Mikael Sjösten

Den Orangea Qwanden

...och himlen färgades röd

Automatiserad teknik vilken används för att analysera text och data i digital form i syfte att generera information, enligt 15a, 15b och 15c §§ upphovsrättslagen (text- och datautvinning), är förbjuden.

© 2025 Mikael Sjösten
Illustration: Mikael Sjösten
Förlag: BoD · Books on Demand, Östermalmstorg 1, 114 42 Stockholm, Sverige, bod@bod.se
Tryck: Libri Plureos GmbH, Friedensallee 273, 22763 Hamburg, Tyskland
ISBN: 978-91-8097-086-0

Tack till
Mamma och Bror,
för att ni finns.
Tony Fridell,
för ditt skarpa öga.
Hannah, Eva & Benita,
för alla glada tillrop.
Alla människor,
som sprider ljus och kärlek.

Leon torkade i ett snabbt svep av ansiktet och rättade till det blöta håret. Det regnade ordentligt, så där som det allt oftare kan göra i vår tid av miljörubbningar. Det hade börjat plötsligt och vräkt ned en kort stund innan det helt upphörde och hade han lyckats pricka in skuren perfekt. De automatiska dörrarna vid entrén åkte snällt åt sidan för honom och han klev in. En blick på klockan – fem i halv, då var han i tid.

Den kombinerade Arbetsförmedlingen och Försäkringskassan var alltid full av människor, en stor rörlig massa med olika ärenden. Han arbetade sig fram genom folkmängden till Arbetsförmedlingens del av lokalen och såg på avstånd Lena stå och vänta, hon var van vid att han kom i tid. Hon log en aning mot honom, de utbytte ett kort "hej" innan hon vände på klacken och gick längre in i lokalen med Leon efter sig.

De svängde höger och sedan fram genom den gråvita belysta korridoren. Det var en lång rad av mindre rum på bägge sidor med jämna mellanrum, alla exakta kopior av varandra. En större grön växt stod på golvet längre fram åt vänster vid en av dörrarna. Han funderade över hur den kommit dit, varför någon ställt den just där? Det såg ut att vara en monstera och den såg välskött ut.

Lena stannade plötsligt framför en dörr på höger sida och låste upp den med en liten elektronisk tag. Ett av alla rum som arbetsförmedlarna hade till sitt förfogande för den här typen av möten, allt efter schema.

- Fint att se dig igen Leon, sa hon medan hon slog sig ner bakom det lilla enkla skrivbordet och loggade in på datorn.

- Tack detsamma.

Han satte sig på den torftiga stolen med minimal stoppning framför IKEA-skrivbordet, vänd med ryggen mot dörren. Han blev alltid obekväm av att sitta så.

- Hur har det gått sedan sist? frågade hon.

- Jo bra! Jag var och fotade ett bröllop förra helgen och innan dess hade jag en porträttfotografering.

- Två uppdrag på tre veckor sedan vi sågs sist?

- Ja alltså... jag fick sålt en bild på väderkvarnen från Gotland till ett kalenderföretag också, sa han prövande.

Lena fick en svag rynka i pannan.

- Tanken var ju, det var vi överens om, att du faktiskt skulle kunna leva på ditt fotograferande Leon, eller hur?

Hon såg uppfordrande på honom lite under lugg medan hon betraktade sina papper.

Tjugo minuter senare klev Leon ut genom de snälla dörrarna och tog emot det väntande regnet igen, ett lugnare regn nu, men fortfarande ett regn. Det hade ändå gått ganska bra därinne, tänkte han. Lena var snäll och tålmodig. Många fick en strängare arbetsförmedlare än henne, det visste han. Men Leon förstod också att han behövde få in mer jobb nu, han levde på utmätt tid om det inte blev bättre. Att sälja in sig själv och bli känd i en större kundkrets var inte hans starka sida, men de kunder han hade var alltid nöjda med bilderna de fick av honom. Leon var duktig på att ta bra bilder och lika duktig på att redigera dem, så där lagom mycket att det ändå såg naturligt ut. Han tog ett steg åt sidan och undvek en pöl, men en rännil passade på att smita innanför jackan vid nacken och rann sedan kallt utmed ryggen. Varför hade han inte skaffat ett paraply?

Maten var snabbt lagad, en konserv med pastasås som hälldes rakt ner i kastrullen med färdigkokta farfalle. Bara att röra om så var det klart. Han slog sig ner i sitt hörn av soffan med en full tallrik, en sked och ett halvt glas kolsyrat vatten. En Ektorp tresits från IKEA, med den nya fina ljusgrå klädseln han kostat på sig för att pigga upp rummet. Soffan var annars gammal och nedsutten men den fick duga, han hade inte råd med en ny.

Den lilla ettan på 43 kvadrat låg på markplan i ett mindre hyreshus i ett ganska bra och lugnt område med mestadels villor och några insprängda hyreshus där emellan. Han hade trots allt haft tur när han och Ingrid skilde sig och flyttade isär. Ingrids äldre kollega på kontoret hade en son som just skulle flytta ihop med sin fästmö och behövde bli av med lägenheten.

De skulle måla om väggarna i vitt så det skulle bli fräscht och fint lovade vaktmästaren som visade honom runt. Badrummet var av bra standard, fina stenplattor på golvet och vitt kakel på väggarna. Resten av lägenheten hade ett gammalt men vackert trägolv i åldrad ek. Leon gillade trä, det kändes tryggt. Det var en genomgångslägenhet vilket gav bra med ljus och sedan sovalkoven som var det stora pluset för Leon, att slippa sova i vardagsrummet gjorde så mycket för trivseln. Dessutom var hyran låg så han tog den på stående fot. I ett år och sju månader hade han bott i den nu och det hade gått bra. Grannarna verkade trevliga det lilla han träffat dem.

Han tog en klunk av vattnet. Det enda som hördes var regnet som slog mot rutorna och rann nedför gatan, annars var det tyst. Han kände sig ensam, men fyllde skeden med pasta för att äta.

Sekel såg den på långt håll i solskenet, från sin upphöjda plats på kullen, där den så självklart gick fram mellan träden 150 meter från henne. Hon satte sig snabbt ner och la sig sedan försiktigt på mage i trädets skugga och kikade fram mellan tuvornas långa grässtrån. Hon släppte den inte med blicken.

Även om den inte sett henne måste hon vara försiktig så den inte kände av hennes närvaro. Hon gjorde som hennes far lärt henne, blundade och steg ut ur kroppen i skuggan. Sedan följde hon fokuserat skuggorna fram genom skogen, svävade ljudlöst fram mellan träd och buskar närmare platsen där den snart skulle komma gående. Nu behövde hon sakta in. Sekel fokuserade på den mörka delen en bit upp i en stor gammal ek, följde den skuggade vägen dit och satte sig viktlöst intill den grova barken.

I det här tillståndet var hon ljudlös, viktlös och luktlös vilket var nog så viktigt nu. Men vargen var ingen vanlig varg, så hon måste stilla sig själv och sina tankar för att bli ett med trädet och bara observera.

Den var närmare nu, kanske 30 meter bort och på väg mot henne i sakta mak. Det var ett ståtligt djur, en riktig ensamvarg, ensam är stark. Vit i pälsen men inte i ögonen, där fanns en stark medveten vildhet. Den stannade upp mitt i steget, lyfte nosen och vädrade i luften. Sekel kände paniken stegra sig inombords men tvingade sig att bli lugn igen, den borde inte känna av henne här, bara hon höll sig lugn och stilla.

Men någonting måste vargen ändå känt, fast varken luktsinne eller ögon hade registrerat något nytt. Den gick in i skugga och såg sig långsamt om, som om den letade efter något och lät sedan den skarpa blicken stanna på trädet där hon satt.

Plötsligt såg hon hur vargens skugga flyger ur honom och hoppar i full fart genom de mörka träden, rakt mot henne. Hennes hjärta slog dubbla slag. Nu gällde det livet. Hon var snabbt uppe i försvarsställning, drog sin kniv med ena handen och sträckte fram den andra med handflatan riktad mot den kommande faran, redo för strid.

Hon mumlar några ord, en väl inövad ramsa, sedan var vargen över henne.

Ett ansikte stirrade mot honom, det var ett åldrat och fårat ansikte med ett korpsvart långt hår och ett lika långt svart skägg. Mannen var klädd i en lång mörkt röd tunika som gick ner till marken. I sin hand höll han en lång trästav prydd med en mörkröd sten som såg ut att lysa inifrån. Han kunde se att mannen rörde på munnen, såg ut att tala till honom, men han hörde ingenting. Det var ögonen, de röda nästan lysande ögonen som stirrade på honom som tog all uppmärksamhet. Alltihop kändes väldigt obehagligt. Plötsligt ringde en klocka långt, långt bort, var kom den ifrån? Ljudet av klockan stegrades och den mörka mannen försvann sakta i tomma intet.

Leon vaknade plötsligt med ett ryck. Dörrklockan ringde ilsket vidare. Han kom på fötter, tog på sig morgonrocken och gick med stapplande steg sömndrucket mot ytterdörren, krockade lätt mot väggen när han rundade hörnet men fick ur sig ett "jag kommer" och fumlade till slut upp dörrlåset.

- Där är du ju.

- Per? Oj, skulle vi ses idag?

- Nej, men jag behövde lite uppehåll från tavlan så jag tog en promenad till dig. Är allt ok?

- Ja, jo.

Per tittade på klockan.

- Halv nio kanske var för tidigt för ett besök?

Han borde veta bättre.

- Nej, nej det är ok.

Leon visade in Per som tog av sig skorna medan han själv gick mot soffan i vardagsrummet. Han behövde sitta ner, den konstiga drömmen hade inte riktigt släppt taget om honom ännu.

- Du, sätt dig så fixar jag lite kaffe, sa Per ståendes i hallen.

- Jag köpte med mig wienerbröd också, sa han medan han gick mot köket utan att vänta på något svar.

- Nice!

Leon snuddade vid tanken på alla smulor som wienerbröd ger, de kommer att hamna överallt.

- Du, lägg dem på en tallrik, ropade han.

Han hörde Per humma från köket och hur kaffekokaren fick liv. Det var en dyr engelsk modell med blooming. En dusch med varmt vatten över kaffet följt av en paus så att kaffet blev ordentligt genomdränkt och fick dra en smula, sedan fortsatte bryggningen som vanligt. Leon var tveksam till att betala extra för en sådan finess, men Per hade varit väldigt övertygande om hur mycket bättre och fylligare kaffet skulle bli. "Inget snack om saken, det där får du igen på alla goda koppar kaffe under flera års tid". Nu blev nog smaken ändå till det bättre, det fick han hålla med om.

Per kom in i vardagsrummet bärandes på en bricka med två koppar kaffe, en liten mjölkkanna och en tallrik med varsitt wienerbröd.

- Här skall du se, det blir finkaffe idag!

Per gav honom en av kopparna.

- Jag tog med mig helt nya bönor från El Salvador, ett mellanrost med smak av choklad och en smula apelsin, ett helt underbart kaffe, riktigt trevligt! Han tog en slurk och smackade nöjt med läpparna.

- Du och ditt kaffe sa Leon och drog på munnen.

- Viktigaste detaljen för en bra dag, sa Per.

- Här, ta nu ett wienerbröd och testa sedan kaffet. Förresten, ta och testa kaffet först.

Leon lydde och tog en smutt.

- Det där var gott, sa han, det får godkänt.

Per drog på munnen och såg nöjd ut, sedan högg han in på ett av wienerbröden och Leon såg smulorna börja dala ner mot den dyra ullmattan han köpte förra året för att ha under soffbordet.

Han lät Per gå en bit före på skogsstigen med sitt skissblock, han var alltid ute efter nya uppslag för en målning. Leon gick också och spanade efter fina motiv med sin nya behändiga Fuji-kamera han köpt på avbetalning från Hyperfoto förra veckan. Egentligen hade han inte råd, men han hade tittat på den länge, läst tester, sett recensioner på Youtube och suktat. Till slut hade han övertalat sig själv, den var liten nog att slinka ned i en ficka men trots det avancerad och gav bra bildkvalité. En avbetalning på två år, det skulle fungera, bara han fick in mer uppdrag.

De fina höstfärgerna i Kronskogen sjöng nu på sista versen, det gällde att passa på för att få de bästa bilderna innan alla vackra löv fallit av. De stannade till då och då, Per för att skissa sina motiv och Leon för att ta en bild eller två. Solen trängde in genom träden och kastade sitt varma ljus på de färgglada löven bakifrån. Han letade efter den bästa kompositionen och tryckte sedan sakta av. Skärpan låg på några av löven, på alldeles rätt ställe i bilden och sedan med den fint oskarpa mjuka bakgrunden med solens sken, det kanske kan bli en keeper? Per hade nu skissat klart och kom fram till honom.

- Du, skall vi sätta oss på bänken därborta och ta en fikapaus? Han pekade på den numera slitna och något nerklottrade bänken bredvid stigen.

- Ja absolut, vi kan behöva ett break nu.

De satte sig, bänken var lite fuktig men inte farligt kall, än var det inte vinter. Per öppnade sin ryggsäck, tog fram termosen och ett par koppar som han satte mellan dem och hällde sedan upp det rykande kaffet.

- Mjölken, jag glömde ju mjölken! utbrast Per.

- Ingen fara, det går bra ändå, försäkrade Leon och smuttade på den varma goda drycken.

- Du, har du hört av Ingrid något?

Leon dröjde en aning med svaret.

- Nej inte på ett par veckor sådär.

Per hummade.

- Jäkla olyckligt det där.

- Jo.

- Ni var väldigt olika förstås.

- Jo.

- Fick hon det nya jobbet på revisionsbyrån?

- Ja, hon hade ju väldigt fina referenser från kommunens ekonomiavdelning.

- En hårt arbetande revisor och en arbetslös drömmande fotograf, ja.. Per dröjde sedan med orden, han insåg att han nog sagt för mycket.

- Mmm, sa Leon och såg Ingrid framför sig. Långt vågigt blont hår, klassiska drag och pigga blå ögon. Hon var vacker, för bra för honom förstås. Men hon var inte bara vacker att se på utan också en intelligent kvinna som arbetade hårt för sin framtid. Som så många andra barn av överklassen ville hon bevisa för sina lyckade föräldrar att hon minsann också kunde. Efter att de flyttat isär och skiljt sig hade inte Leon träffat någon ny, han ville inte, han var inte redo för det. En myra tog sig sakta fram över stigen släpandes på ett stort barr, han tittade i myrans färdriktning och såg en myrstack ligga ett par meter bort vid ett träd. Vissa kan.

- Jag fick ett samtal från Örebro igår, ett galleri som undrade om jag var sugen på att ställa ut där framöver. Per bytte samtalsämne.

- Ja, men vad kul, sa Leon lite dröjande innan han blev närvarande igen.

- Vilka tavlor skall du ställa ut?

- Antagligen blir det serien med vintertavlor, de hade sett några av dem när jag ställde ut i Västerås förra månaden. Du vet de där med snö och röd himmel?

- Jaja, eftersom du köpt på dig för mycket röd färg i stället för blå av misstag?

- Ja precis! Per sken upp.

- Jag håller förresten på med en ny tavla som är helt annorlunda, fortsatte Per entusiastiskt.

- Jaha, inget landskap då?

- Nej, du skall få se.

Per tog upp sin mobil och knappade lite fumligt på skärmen, såg ut att hitta det han sökte och räckte den leende till Leon.

Han såg en skev bild på en tavla på mobilens skärm, den var mörk. Per skulle ha tänt en lampa eller använt mobilens inbyggda blixt när han tog bilden. Han studerade tavlan närmare. En ung kvinna med långt svart hår gick i en solbelyst skog med en vit men ändå mörk varg bredvid sig. Kvinnan hade kläder gjorda av läder som för en riktig jägare, tänkte Leon.

- Vargen är mörk som i skugga fast solen lyser?

- Ja.. Per tvekade, jag vet inte varför men det kändes rätt när jag målade den.

- Ok, kvinnan är det någon du känner?

- Nej, har ingen aning om vem hon är, jag såg henne gå i en skog i en dröm jag hade och hennes utseende fastnade liksom.

- Jo det kan man förstå, hon är vacker.

- Tror du den blir bra, den är inte klar än?

- Jag tycker den redan ser bra ut, tror den blir kanon. Kul att du hittat ett annorlunda motiv än sådant du brukar måla.

Leon slängde ut det lilla kaffet som var kvar i muggen och gav den till Per.

- Dags att fortsätta.

De vandrade vidare på stigen, Per stannade till för att skissa på en dunge med björkar och Leon tyckte han såg något intressant en bit in i skogsbrynet åt andra hållet. Några stora kliv senare mellan ett par buskar trampade han i en lerig vattenpöl i det blöta gräset, som tur var hade han sina vattentäta skor på sig. Han gick vidare mot en rotvälta och komponerade en bild i kamerans sökare. En stor gran hade vält och lagt sig i en bra vinkel mot en björk. Medan han torkade av skorna mot gräset fick han syn på något som blänkte till nere vid kanten av vältan. Han tog ner kameran och såg efter, jo där låg något. Han gick fram och satte sig på knä och grävde lite med fingrarna. En sten, en orange sten, den låg halvt dold i jorden. Han fumlade ner kameran i jackfickan och tog upp stenen, borstade bort jorden och studerade den närmare. Det var någon form av kristall, den var kanske fem-sex centimeter lång. Stenen kändes sval men ovanligt tung för sin storlek och han kunde inte låta bli att fascineras av dess slipade, nästan perfekta form med spetsar i bägge ändar. Den var vacker, han fick rengöra den ordentligt när han kom hem igen. Leon la ner stenen i jackans innerficka, plockade sedan fram kameran och fokuserade på att få en bra bild av vältans vilande stam mot den starka björken.

Hennes förvridna ansikte stirrade rakt fram. Det gällde att inte göra något som kunde reta Far. Hennes uppgift var att finnas tillhanda, men inte synas eller höras. Gnista kallade han henne den dagen han skapade henne, hon visste inte något annat så det var hennes namn. Gnista var en av de sju tjänare Far jämt hade runt omkring sig, osynliga vid väggar och hörn i väntan på att Far gav någon av dem en order att utföra. De andra var också unga flickor men de var inte så förvridna som Gnista, några var till och med vackra att se på. Far hade sagt att hon var den första han skapat. "Hans första barn" kallade han henne. De vackra fick ibland sova inne i Fars rum, det fick aldrig Gnista. "Alla tjänar på det sätt som passar bäst" hade hon fått lära sig.

Långt senare hade hon för första gången sett sig själv i Fars stora spegel och förstod varför hon fick sova ensam. Hennes förvridna sneda kropp var inte som de andras att se på. Även i tjänarnas rum sov hon en bit bort, det hade blivit så.

Trots att hon haltade fram på sina krumma ben, det ena lite längre än det andra, så klarade hon alltid att utföra de uppgifter som Far gav henne. Men han var ofta missnöjd med henne, att hon var så senfärdig eller gjorde inte riktigt som han hade tänkt sig. Då slog han henne, ibland med sin långa käpp, i ansiktet och på kroppen. Gnista hade alltid ont någonstans. Far gjorde det för hennes eget bästa, hon skulle lära sig bättre då. Hon visste inte annat än att det var rätt att göra så. Även idag var Far upptagen med att skapa fler barn. Hon visste att det var viktigt för Far. Hon fanns där i skuggan mot väggen i den jättestora salen utan tak. Gnista förstod egentligen inte så mycket av vad Far gjorde när han skapade sina barn. Han hade gjort många lerhögar på golvet som han fyllt med benbitar, skinn och annat konstigt. Delar av sådana där människor och vilda djur som blir "nytt liv" hade han sagt någon gång när han sett hennes undrande blick. Hon tyckte inte om de här dagarna. Far pratade alltid med en hög hård röst och ord hon inte förstod. Han stod där framför högarna med sin stora stav och när han skrek sina ord skakade marken och salen blev mörk av dansande skuggor. Det var som att facklorna på väggen ryggade tillbaka och tappade sin kraft. Allt gjorde henne väldigt rädd, hon höll händerna hårt knutna i varandra. Ovanför blev himlen mörk och arg, molnen virvlade hotfullt runt, runt och kastade blixtar ner i deras stora sal, rakt ner i Fars högar. Det var då de förvandlades. Det var då deras gnista tändes, som Far sagt, precis som din gjorde en gång.

Leon satte på sig jackan och skorna, hängde på sig fodralet som innehöll trävapen över axeln och tog med sig bagen med träningskläder. Han låste ytterdörren och gick ut på gården, där marken började fyllas med röda och gula höstlöv från trädet utanför hans vardagsrumsfönster. Han gick ner och ställde sig för att vänta nere vid gatan. Leon skulle snart skjutsas med bil mot ögonblicket då hon skickligt skulle döda honom med sitt svärd. Den här gången tänkte han försöka att dö snyggt.

Det hade inte varit någon bra dag så här långt. Redan när han steg upp på morgonen kände han ett tryck över sitt bröst från det tärande mörkret. Det la sig som en tyngd på bröstkorgen, gjorde det svårt att andas och stökade till det med hans huvud. Mörkret som spred ut sina tentakler och genast gick allt i en spiral åt fel håll. När det hände kände han sig ensam och på något sätt främmande inför sig själv. Han hade en familj men kände ändå rotlösheten, som om något fattades inom honom, som om han inte hörde hemma här, som att han saknade ett sammanhang. Han hade tänkt på Ingrid och känt sorg i hjärtat, hur deras förhållande hade tagit slut, hur de växt isär på något sätt.

När han var yngre hade han sökt hjälp på sin 18-årsdag. Allt för att försöka komma tillrätta med de mörka perioderna och ångesten. Åldern markerade ändå någonting och han ville ha en förändring.

Det var vid den tidpunkten han fick sin första lägenhet och hans föräldrar skulle flytta till Spanien för gott, det älskade Spanien som familjen besökt under hela hans uppväxt. De hade köpt ett litet hus i utkanten av Barcelona. Där hade Leon lärt sig uppskatta fotbollens konster när de suttit på Camp Nou bland nittiotusen andra och hurrat för Xavi, Iniesta och Messi. Bägge föräldrarna hade fått jobb på en stor revisionsbyrå inne i centrala Barcelona, där de skulle arbeta de sista åren innan sin pension. De hade lovat att betala hans flygresor så han kunde besöka dem så ofta han ville. Leon hade såklart varit där och hälsat på flera gånger, även om han inte uppskattade flygresorna, plan kan ju faktiskt störta. Det hände att han ibland tänkte sig bort, med ett liv i Spanien, sol och värme varje dag. Den spanska maten uppskattade han dessutom. Men nu blev det mest att han pratade i telefon med dem någon gång i veckan, framtiden kändes oviss.

Efter ett halvår på väntelista fick han tid hos en psykolog. Hon var trevlig och försökte hjälpa honom framåt, men efter ett år så avbröt de sessionerna. På ett plan hade det hjälpt – han hade fått prata av sig om sitt mående. Men de mörka perioderna, rotlösheten och ensamheten fanns kvar. Hon hade försökt tränga in genom mörkrets yttre hinna för att se vad som fanns där inne, men han fick panik och låste sig helt varje gång, kroppen bara stängde av. Det som fanns inom honom ville inte visa sig. Många gånger kom han ut på gatan efteråt och visste inte åt vilket håll som var vägen hem.

Kort efter det hade han träffat Ingrid och försvunnit in i kärleken, snart glömde han hur dåligt han kunde må, passionen och euforin fanns där för att trösta och pigga upp honom.

Fem år senare, alldeles efter separationen med Ingrid, kom allting tillbaka med ny kraft. Han gick åter till mottagningen och fick en kur med antidepressiva och en tid till deras kurator, Lilian.

Mötet med henne gick bra, de fick kontakt. Lilian, inte helt olik prinsessan med samma namn, som hon själv sagt och som de skrattat gott åt. Hon var en smal, ganska lång kvinna i sextioårsåldern. Alltid tjusigt klädd i dress eller klänning av lågmälda men smakfulla tyger och det blonda håret uppsatt i en prydlig knut. Som en gammaldags filmstjärna tyckte Leon. Hon välkomnade honom alltid med värme och hjärtlighet vilket fick honom att känna sig öppen och sedd. Hennes positiva sätt fick honom att åter börja le, att börja bygga upp något nytt.

Det var Lilian som fått honom att börja fotografera igen, kameran blev en terapi. Ett utlopp för all negativ energi och ångest som i stället fick förvandlas till kreativitet och skapande. Komma ut, andas frisk luft, ta fram kameran och se omgivningen i former och färger fick honom att må bra en stund. Han satt sedan framför datorn och arbetade med sina bilder i timmar, ibland dagar. Redigerade och förfinade dem till något vackert. Något att känna stolthet för.

Men idag hade den mörka illvilliga klumpen i bröstet smetat sitt mörker på honom igen när han steg upp. Några vitaminer, en ostmacka och ett glas juice blev frukosten och den åts under tystnad. Han kunde inte förstå varför det kändes som om något fattades honom, ständigt denna rotlöshet, denna ensamhet, som om en bit av honom inte fanns på sin rätta plats, en saknad.

Efter frukosten stod han i köket igen och gjorde kaffe. Idag skulle han inte använda den avancerade maskinen utan brygga kaffet själv. Han malde en del av de goda bönorna Per haft med sig, El Salvador med smak av apelsin. Sedan hälldes kaffet ner i det röda porslinsfiltret som satt på glaskannan och han gjorde som Per lärt honom. Det varma vattnet ringlades långsamt ner över kaffet i en spiral och fylldes på efter behov. Han fortsatte mekaniskt tills två koppar var klara och doften av nymalt och nybryggt kaffe spred sig i lägenheten. Det var ritualen han uppskattade, att få sysselsätta sig, särskilt sådana här dagar. Då fick kaffemaskinen vila och han arbeta i stället. Efter att ha druckit en halv kopp ringde mobilen. Han såg vem det var och tryckte på den gröna symbolen.

- Hej krigaren.
- Hej Leon! Du vet vad som gäller idag eller hur?
- Jodå, jag ska få blåmärken igen.
- Helt rätt, är du redo om en stund?

Leon dröjde lite med svaret.

- Ja.. vi kan inte ta det en annan dag? Jag känner mig inte riktigt i form idag?
- Nej.
- Nej?
- Du kommer i form när vi sätter i gång. Jag hämtar upp dig om en halvtimme.

Leon visste att det inte var någon idé att försöka komma undan det hela, Amina Zazza tog inte ett nej.

- Ok.

Han la ner mobilen på det nötta soffbordet efter de sagt hejdå och förstod att det var lika bra att resa sig upp och komma i ordning. Kanske skulle det pigga upp honom att få träna? Med lite raskare steg gick han mot badrummet och duschen.

Amina dök plötsligt upp bakom kurvan med sin silvriga Volvo. Det var en gammal V70, hon höll den i fint skick och den hade turbo. Silverpilen, som hon kallade den, gick som ett skott. Bagen och vapenfodralet ställdes in i baksätet, han öppnade framdörren och gled in på det svarta skinnsätet. Amina tittade glatt på honom.

- Glöm inte bältet!

Leon hade glömt bältet en enda gång de åkt i silverpilen, men sådant kom hon ihåg.

- Nej då, sa han och bältade sig snabbt.

Han tog en snabb titt på henne, hon såg så där glad ut, som hon oftast gjorde. Amina var en atletisk tjej, ett par år yngre än Leon. Hon tränade hårt, tre gånger Aikido och tre gånger på gymmet varje vecka. Det syntes på den starka, smidiga och snabba kroppen som hon gärna använde hårt vid varje träningstillfälle. En snygg tjej med sitt långa svarta hår i tofs och stora mörkbruna ögon med en fast blick. Han såg henne som en kär vän, dessutom var hon inte intresserad av killar så de tankarna hade han släppt tidigt.

Han minns fortfarande hur de hade träffats på Aikidoklubbens nybörjardag. Leon hade läst en artikel om klubben i Kurren och tyckte att det verkade vara en trevlig träningsform. Kampsport hade alltid verkat intressant och han kände att hård fysisk träning nog kunde vara bra för hans mående, så han tog sig till dojon på utsatt tid. Tränaren Mattias hade inför gruppen instruerat några enklare grepp att testa och sedan delades de in i små grupper om två och två. En nybörjare och en erfaren.

Leon hade fått den där mörkbruna krigartjejen med svart bälte att sparra med. Efter två sekunder låg han på rygg och förstod ingenting. Hon hade knappt rört honom och ändå hade han snurrat genom luften och landat hårt på mattan. Han hade tappat andan i fallet och låg och flämtade efter luft när hon oroligt hjälpte honom att få ner syre i lungorna igen och undrade om han var ok? Jodå, även om han kände sig lite stukad. Efter den stunden hade hon tagit honom under sina vingar. Fastän han bara gick några månader till och tränade i klubben så fick de fin kontakt med varandra, något som sedan utvecklades till vänskap.

Amina hade efter ett tag undrat om han ville hjälpa henne med vapenträningen, något hon gjorde på eget initiativ ensam i dojon. På det viset hade de skapat en rutin tillsammans att en gång i veckan ses och åka till klubbens lokal för att sparra. Leon hade snart skaffat egna träningsvapen, en "bokken" och en "bo", ett svärd och en stav, gjorda i hård ek som tålde ordentliga slag. Båda farliga nog att döda med trots sina harmlösa yttre. Det var ovanligt med allvarliga skador inom Aikido men blåmärken på händer och kropp fick man räkna med.

En bil som plötsligt hängde sig på tutan framför dem i kön fick honom ur tankarna.

- Har du hört något från din dejt? undrade han.

- Japp!

- Aha, det gick alltså bra?

- Ja! sa hon och log brett.

- Nu får du berätta.

- Hon heter Anna, är 21 år och jobbar som kassörska på Coop, där i butiken Triangeln du vet?

Leon visste var den låg, där vid rondellen på söder, en liten men trevlig butik.

- Jaha där, ja jag har handlat där ibland. Jag minns inte att jag sett till någon ung snygging?

- Nej hon har precis börjat, hon har flyttat hit till stan för att plugga på högskolan och jobbar extra där i affären.

- Kul, vad ska hon plugga till?

- Beteendevetare, coolt va!

Leon kände till utbildningen, han hade funderat på att söka på den själv. "De som söker i sig själva brukar ofta bli bra på att finna i andra" som en yrkesvägledare sagt till honom. Men han hade då börjat få fler kunder med sin kamera så han sökte aldrig vidare. Dessutom visste han inte om gymnasiebetygen var bra nog.

- Det är en fin utbildning, funderade på den själv en gång i tiden. Han lät gammal.

- Jaha!

Amina höll själv på att utbilda sig till personlig tränare. "Det kommer att passa dig perfekt", som Leon sagt till henne när hon kom in på kursen.

De färdades lämpligt nog längs Gymnastikgatan, men vek av mot Hamngatan där de nya vita våningshusen låg med sina rundade färgade fönster som förde tankarna till en båt. Amina gillade när bilen gick fort och just nu stod den helt still i kön, vid infarten till den stora rondellen.

- Så typiskt att det blir stopp här, alltid!

Leon småskrattade för sig själv, samma gamla visa. Han tittade ut genom framrutan och såg på "profilen" framför dem. Han hade läst om den i tidningen när den sattes på plats med stora lyftkranar. Det var en lång och smal stenpelare där skulptören låtit sin egen profil bli själva konstverket. Med en uthuggen profil i botten och sedan en till ovanpå den första och så vidare i säkert tjugo meter. Den stod vackert i en stor rund vattenfylld stenbassäng i mitten av rondellen. Mindre konstverk med motiv ur stadens historia var också placerade omkring pelaren i bassängen. På sommarhalvåret var fontänerna i gång och gav allting ett annat liv och solljuset föll nu rätt på alla profilerna så de syntes tydligt. Leon hade fotograferat rondellen kvällstid i mörker med lång slutartid, så att de förbipasserande bilarnas lyktor gjorde långa ljusspår i fotot Den bilden var han nöjd med. Det hade hänt många kvällar att han suttit ensam på olika ställen i staden och fotograferat med bara gatlyktorna och butiksskyltarna som ljussättning och sällskap. Det skapade en speciell stämning till bilderna som han kände sig hemma med.

- Äntligen!

Volvon gnisslade och krängde i kurvan och accelererade sedan snabbt framåt.

Träningen gick bra. Även om Leon inte deltog i klubben längre så uppskattade han de träningstillfällen han fick med Amina. Det fick honom att fokusera på något helt annat för en stund och lite motion var alltid bra. Han hade oftast inte en chans mot henne men tyckte själv att han lärt sig mycket sedan de började.

Bägge var klädda i vita aikidodräkter av grovt bomullstyg, han med sitt vita bälte och hon med sitt svarta. Amina hade dessutom en traditionell svart kjol på sig, en hakama. Den fick bara de som avancerat högt i graderna och blivit godkända av en mästare.

Amina instruerade honom att försvara sig med sin bo-stick, den långa trästaven, medan hon själv använde bokken, träsvärdet. Hon hade en kata att träna in, en lång rad förutbestämda attacker och försvar där hon och Leon utkämpade en strid enligt katans alla rörelsemoment.

De började i ett långsamt tempo där hon förklarade allt, hur i vilken vinkel han skulle hålla staven och vilken ställning kroppen skulle ha. Så gick de igenom moment för moment tills hela katan slutade med att Amina först högg av hans händer och sedan dödade honom genom att skära halsen av honom. En dödlig dans för två. Sista gången körde de på i snabbare tempo. Leon missade såklart en blockering av hennes träsvärd så det träffade honom hårt i bröstet. Hon var alltid omtänksam de gånger hon skadade honom sådär, försäkrade sig om att han var ok. Ett rejält blåmärke var förstås att vänta, men han hade dött snyggt.

Efteråt hade de suttit med en kaffe från lokalens kaffeautomat och pratat om allt möjligt. Även om bröstet nu värkte var det av ett slag i stridens hetta och inte av någon eländig ångest, han kände sig piggare, molnen hade skingrats.

Lurens tjutande signal skar hårt genom luften. Gryhm reste handen som höll i det stora utsmyckade svärdet och skrek som i ursinne. Hela hären sköt framåt skrikandes utan hämningar. De väldiga svarta hästarna med svart man och svarta ögon bar sina svarta ryttare i vindens hastighet. Hovarna dundrade i marken och ett moln av snö och jord yrde efter dem.

Gryhm såg hur de närmade sig de många husen med människor ståendes utanför, stirrandes mot faran. De verkade som förstenade av skriket och mullret från alla ryttare som nu red rakt mot dem. Han njöt för fullt. Det var detta han var skapad för – att plåga och döda sina fiender, människorna.

Han skrek ut en order till ryttaren bredvid honom som höjde hornet och blåste en ny signal. Hären delade nu upp sig i tre delar, två som vek av mot byns ytterkanter och den lite större i mitten med Gryhm i spetsen som fortsatte rakt framåt. Han var nu bara tjugotalet meter från byns första lilla hus och såg hur människorna flydde åt alla håll. Ingen ryggrad, inget mod, de förtjänar att dö.

Svärdet i höger hand delade en av dem i två delar vid midjan med ett snabbt hugg. Spikklubban i vänster hand slog in i käkbenet och spräckte skallen på en annan så ett moln av hjärnsubstans träffade honom och fastnade på den blanka svarta rustningen. Ett tecken på hans överlägsenhet.

Han stannade framför ett av husen och såg sig omkring. Överallt fanns hans mannar och högg ner fienden och deras svarta hästar sparkade sönder kroppar på kommandon utan att tveka. Han steg av sin frustande häst och såg mot huset framför sig, kände på dörren som var låst. Gryhm hade aldrig sett en människas hus förrän idag men visste att de bodde därinne i de små fyrkantiga lådorna. Vilket futtigt liv. Han sparkade sönder dörren och fick syn på en man i mörkret som kom springandes mot honom med svärd och spjut. Människan skrek ett löjligt skrik och kastade spjutet mot honom, men Gryhm vek av åt sidan och det missade sitt mål. Han skrattade högt och svingade sitt svärd. Den lilla människan lyckades precis komma undan hugget i tid, men såg inte spikklubban som i stället träffade honom hårt i sidan från andra hållet och slet med sig en stor bit av kroppen. Mannen flög livlös mot den bakre väggen och blev liggandes i en konstig ställning på det blodiga golvet.

Gryhm frustade och gick hukandes in i huset och såg sig omkring. Därinne i dunklet fanns en kvinnomänniska och någon liten minimänniska som låg på en bänk och skrek. Hon försökte skydda den lille medan han högg huvudet av henne för att sedan stampa ihjäl den lille som inte ens försökte försvara sig. De fanns visst i olika sorter och storlekar, alla lika underlägsna.

Han skrek ut order till sina soldater, några samlade ihop alla döda människor och djur, medan andra satte eld på alla löjliga hus av trä och rev de av sten. "Det ska inte finnas någonting kvar" hade Far bestämt sagt, "jämna allt med marken". Gryhm trodde att Far skulle bli nöjd med honom.

Någonting dunsade till i hallen. Leon satt vid skrivbordet, såg koncentrerat på skärmen och redigerade bilderna från bröllopet helgen innan. Med en digital pensel ljusade han upp brudparets ansikten så de syntes lite bättre i det dunkla ljuset, där de stod vid altaret med den sydafrikanske prästen. Han syntes inte på bilden men Leon mindes honom väl. Han hade varit väldigt engagerad, hållit små förmaningstal och fått brudparet att skratta och slappna av. De var glada på bilden, de trivdes. Ur Leons små datorhögtalarna hördes Hellacopters skiva "Rock & Roll Is Dead" på en lagom nivå. Musiken fanns där i bakgrunden och manade honom framåt i redigeringen, utan att den tog plats och störde koncentrationen han behövde.

Hans hjärna hade registrerat dunsen i hallen men reaktionen kom först nu några sekunder efteråt. "Märkligt" tänkte han, men försvann sedan in i konsten att förvandla en bra bild på bruden från färg till svartvitt. Bröllopsbilder blir ofta väldigt bra i svartvitt, dels för att paret var klädda i just kontrastens svart och vitt, men också för att det gav bilderna en slags tidlös trygg känsla. Hon skrattade vacker och. hennes mörka hårsvall ramade fint in ansiktet. Leon ökade på kontrasten en aning så bruden kom fram bättre från bakgrunden. En ny duns hördes. Den här gången tittade han bort mot hallen, sparade snabbt ner arbetet på datorn och steg upp för att se efter vad som pågick. "Märkligt" tänkte han igen. Han var nu säker på att det hade dunsat i golvet två gånger där ute. Aningen förvirrad såg han först på den tomma kroken och sedan ner på jackan där den låg i en hög på golvet. Han tog upp jackan och skulle precis hänga tillbaka den när han kände något hårt och spetsigt i en av fickorna, som han öppnade och plockade fram en smutsig sten. Han log, det var stenen han hittat på fototuren med Per i Kronskogen.

Han bestämde sig för att göra rent den, gick genast ut i köket och spolade av den med varmt kranvatten. Efter att ha torkat av stenen med diskhandduken tog han med den till soffan. Där tände han den antika golvlampan så ögonen skulle få bättre ljus för en närmare titt.

Stenen var väldigt vacker, orange, eller kanske bärnstensfärgad, men det var som att den lös lite svagt inuti vilket gav den ett orange sken. Leon hade aldrig sett en sten med en spets i varje ände förut. Kanske var det någon form av kristall, den var sexkantig med slipade sidor och en polerad slät yta.

Han stelnade till, det som först sett ut som sprickor, var det inte små tecken där inne? Jodå, flera stycken små tecken på rad mitt i den genomskinliga stenen, från den ena spetsen till den andra. Det var inga han kände igen, även om det översta kanske liknade en sol med sin cirkel och ett kors inuti som strålade ut.

Plötsligt blev han omsluten av kristallen och drogs in i den. Från att ena sekunden ha suttit i soffan virvlade han nu sakta fram mitt i stenen, in i det orangea ljuset rakt mot symbolen i mitten, en eldig fågel med långa vackra stjärtfjädrar. Kring fågeln flammade elden vilt och kastade ett orange-rött sken över allting, samtidigt som dess brännande blick borrade sig in i hans ögon. Långt, långt bort kunde han höra Hellacopter sjunga "...put out the fire and set me free" när allting svartnade för honom.

Hon gick med långsamma och rädda steg mot toppen där den stora Klumpen fanns. Ingen fick gå in till Az-Eko hade Far sagt, förutom när han säger så. Nu har han sagt så till Gnista.

Hon gick den snurrade trappan upp mot ett av det stora slottets torn, det största i mitten. Det var många, många steg innan hon kom fram till översta trappsteget. Hon tyckte inte om lukten som Klumpen hade, luften stank alltid som bränt kött. Hon hade känt lukten av bränt kött förut, när Far kastade blixtar på något av sina barn som gjort fel. De låg där brinnande och skrikande tills det tog slut och sedan var luften tung av den stickande lukten som gjorde Gnista så rädd att hon skakade en lång stund efteråt.

Hon öppnade tyst dörren. Det var en väldigt stor tung dörr av mörkt trä, men av någon anledning gick den lätt och mjukt att öppna och föra åt sidan. "Magisk olja" hade Klumpen sagt och skrattat högt inuti hennes huvud en gång för länge sedan, som om han kunde höra vad Gnista tänkte.

Gnista trodde nog det är en han, rösten i huvudet lät som en han, den var hård och mörk som Fars kunde vara ibland. Gnista försökte sedan dess att inte tänka något alls när hon besökte Klumpen, hon ville inte att han skulle veta hur mycket Gnista avskydde att komma dit, hur hemsk han såg ut och hur rädd hon var.

"Kom in" hörde hon i sitt huvud och steg in i det stora tornrummet. Väggarna i det runda rummet hade eviga facklor, de brann alltid när hon var där. Den stora svarta runda Klumpen svävade i luften med sina många långa tentakler som alla rörde sig långsamt och på olika sätt. Gnista blev alltid förvirrad av armarnas rörelser, hon ville ha kontroll på dem allihop för hon litade inte på Klumpen, han skulle säkert kunna döda henne med en av dem om hon inte såg upp. Klumpen fanns i en väldig bur mitt i rummet och armarna kunde nå långt utanför det glesa gallret.

Det värsta med honom var ändå de fem stora ögonen i mitten av den slemmiga kroppen. Han hade ögon som en orm, smala mörkgröna springor som stirrade på henne när hon sakta gick fram. Hon visste aldrig vilket öga hon skulle se på, det kändes som att alla fem kunde både stirra på och undersöka henne samtidigt.

Idag såg två av dem rakt fram i fjärran, som om de tittade på något helt annat, men de andra tre synade henne ordentligt nerifrån och upp, uppifrån och ner. Deras skarpa genomträngande blick gjorde att Gnista började skaka, även om hon försökte låta bli.

"Vad vill du lilla råtta" sa han i hennes huvud. Rösten var hård och otålig. Hon visste att hon inte alls var någon råtta för sådana sprang snabbt omkring i källaren, men Klumpen kallade henne alltid för det ändå. Armarna rörde sig snabbare nu och kastade långa mörka dansande skuggor på väggar och golv i facklornas sken.

"Tala!" skrek han plötsligt så högt att hennes huvud höll på att sprängas av smärta. Hon fumlade i fickan på den slitna tunikan, tog snabbt fram det stora pappret med konstiga symboler som Far gett henne och höll upp det mot Klumpen så han kunde läsa. Klumpen läste och skrattade sedan så högt i hennes huvud att Gnista ryckte till och tappade lappen. Hon försökte snabbt plocka upp den för att kunna visa honom igen när hon fick en kraftig smäll i sidan från en av tentaklerna. Gnista tjöt högt av smärta när hon for genom luften och slog i väggen med ett krasande ljud.

"Hälsa Far att de nya flygråttorna ska cirkla över staden om två nätter och att vi snart vet hur många människosoldater som finns där, hälsa Far det, lilla råtta!" sa Klumpen och det elaka skrattet ekade högt i hennes huvud medan hon snyftande kröp med förvriden kropp bort mot dörren.

Leon vaknade försiktigt. Nu var det fina ögonblicket, då han precis vaknat till och blev medveten om det, alldeles innan ögonen öppnades för en ny oskriven dag. Han brukade vila i det tillståndet några sekunder och försöka le lite inombords, det var något han lärt sig hos kuratorn.

När Leon väl öppnade ögonen blev han förvirrad. Han låg i ett mindre rum som han inte kände igen. Ytterväggen var gjord av tjocka stockar som på en timmerstuga, medan innerväggarna var av någon sorts furupanel. På ytterväggen fanns ett fönster, där kunde han se blå himmel och vita moln, det verkade vara mitt på dagen. På andra sidan rummet fanns en nästan stängd trädörr, med en liten glipa ut mot något okänt. Han låg i en säng som inte var hans egen, också den av trä med ljusa blåmönstrade sängkläder. Genom dörrens springa spreds en doft, som om någon där ute lagade mat

Han skulle just resa sig ur sängen när han frös till och stirrade ner på sina händer. Det var inte hans händer? Han rörde dem och de rörde sig. Det var hans händer men ändå inte. De såg ut att tillhöra någon mycket äldre än honom själv, dessutom fanns det mörka tatuerade tecken på armarna, tecken han inte kände igen. Vänta nu, var det inte tecknet som liknade en sol, det han sett i stenen, där på vänstra handleden? Jovisst var det så. Det blev för mycket, han fick panik och skrek. Dörren öppnades, en ung kvinna tittade in på honom. Han slutade förvånat skrika. Hon var i hans ålder, runt tjugofem, om han nu fortfarande var i den åldern? Han tittade snabbt ner på sina händer och sedan åter på henne. Hon hade långt svart hår och var klädd i läder, som en jägare från förr. Leon kände plötsligt igen henne, hon såg ut som kvinnan med vargen på Pers tavla. Vad var det som hände honom egentligen? Han skrek igen. Kvinnan kom snabbt in i rummet och höll upp sina händer för att lugna honom.

- Lugn, lugn, du är ok, allt är bra.

Han kände inte igen orden, språket, men förstod ändå precis vad hon sa. Det blev för mycket för honom, han kände hur huvudet ramlade ner på kudden och det svartnade återigen för ögonen.

När dörren åter öppnades vaknade han till och såg den unga kvinnan komma in med en bricka. Han kände igen henne och rummet och mindes. Den här märkliga drömmen som var så verklig, varför hade han ännu inte vaknat upp från den? Han såg ner på sina händer men de var fortfarande främmande. Kvinnan tittade allvarligt på honom och satte sedan ner brickan på stolen som han först nu upptäckte bredvid sin säng. På brickan fanns mat, en djup tallrik med något som såg ut att vara en gryta som ångade av värme. Bredvid den fanns ett glas med vatten och några brödskivor.

- Ät nu så pratar vi sedan, sa hon och gick ut ur rummet.

Han satte sig upp i sängen, tog tallriken och med en vackert snidad träsked provade han försiktigt maten. Han hummade och smackade till, den smakade riktigt gott och magen var hungrig. Grytan verkade vara gjord på grönsaker, sorter han inte kände igen, eller jo där fanns skivade slantar som påminde om morötter ändå, fast de här var mer röda. För någon som var van vid en burk krossade tomater och pasta var det som delikatesser från en annan värld.

En annan värld ja. Han satte ner tallriken och tittade närmare på sina händer och armar igen, klämde försiktigt på magen, som trots den smala seniga kroppen hade en liten kula. Typiskt äldre män.

Han klev darrigt ur sängen, ställde sig upp och såg ner på kroppen. Han var klädd i en ljus särk av något lätt fint tyg som räckte till knäna och var smal, smalare än hans kropp brukade vara. Det var inte bara händerna som såg gamla ut, även de håriga benen och fötterna, ja hela hans kropp verkade gammal och hängig. Leon kände på ansiktet. Skägg, axellångt hår, lite skrovlig hud. Han plockade upp glaset med vatten och försökte spegla sig i det. Håret och skägget var grått, han såg äldre ut än Per, säkert runt 70 någonting.

Leon stönade till, vad var det som pågick egentligen? Då upptäckte han att den orangea kristallen som nu satt runt halsen i ett läderband. Han såg närmare på den, jo där fanns symbolerna, även den vackra eldfågeln han sett på nära håll innan han somnat och börjat drömma konstigt. Då var den stor, nu knappt synlig. Han funderade på om det kanske gick att försvinna in i stenen igen och vakna upp som sig själv i sin egen säng? Han stirrade uppfordrande på den. "Vakna då fågel och hjälp mig ur det här". Men ingenting hände, han kände sig dum.

Först nu upptäckte han att dörren var öppen och att kvinnan stod där i öppningen och såg på honom, medan han stirrade på sin sten.

- Eh... var det enda han fick fram.

- Vad bra att du kommit på benen, grytan piggade kanske upp? sa hon frågande.

- Jo, ja tack, den var väldigt god, sa han och visste inte riktigt hur han skulle stå, såg sig omkring och satte sig sedan ner på sängen igen, tog upp tallriken och fortsatte äta.

- Det är mormors recept, grytan har alltid gett mig tillbaka mina krafter när jag kommit hem från en lång jakt, sa hon och log lite åt hans tafatthet.

- Ja.. hur hamnade jag här, vad har hänt?

- Du är i Shina, jag hittade dig på kullen en bit härifrån. Jag brukar ta den vägen när jag går till skogs och jagar. Du var helt medvetslös så vi tog dig hit. Du är i min stuga, i gästrummet, tillade hon.

Han tittade på henne.

- Kina? Är jag i Kina? utbrast Leon med uppspärrade ögon.

- Du är i vår by, Shina.

- By? Var ligger byn, är jag kvar i Sverige?

- Sverige känner jag inte till. Du är i Fellia, i norra Fellia.

- Det här är ju inte klokt, jag har ingen aning om var jag är någonstans.

Hon såg fundersamt på honom.

- Jag heter Sekel, sa hon och sträckte fram handen.

- Leon, sa han och sträckte fram sin åldrade hand.

Hon grep den hårt och han kramade hennes hand så gott han kunde.

- Hittade du mig på en kulle?

- Ja

- Vad gjorde jag där?

- Jag vet inte, du låg där i gräset i din vita särk och med Qwanden runt halsen.

- Qwanden?

Hon såg allvarsamt på honom.

- Ja den sitter ju runt din hals, en orange Qwand.

Han såg ner på kristallen som hängde på bröstet.

- Jag förstår ingenting.

- Minns du inte vad som hänt? frågade hon.

- Nej, sa han lite frånvarande. Nej, jag hittade den här.. Qwanden i skogen och tog hem den och sedan när jag tittade på den så försvann jag och .. eh.. vaknade här. Jag vet inte hur det gick till.

Han kände sig med ens trött.

- Ja en Qwand väljer alltid sin bärare sägs det, få är förunnade att bli utvalda. De väljer bara dem som har ett öde att uppfylla, enligt legenderna. Jag har bara läst om dem i Krönikan, där finns teckningar och beskrivningar som ser ut som din Qwand. Men de berättelser som finns i Krönikan handlar bara om gudar och magiker. Jag har aldrig läst att en vanlig person haft en Qwand.

- Du kanske är en mänsklig gud! utbrast hon plötsligt.

- Gud? Nej det tror jag då verkligen inte.

Hon studerade honom där han låg, trött, gammal och mager.

- Nej, kanske inte, sa hon sedan.

- Men vad vill den mig, varför hamnade jag här?

- Det vet jag inte, sa hon uppriktigt, men det kommer den säkert att visa dig när du är redo.

Redo för vad, tänkte Leon. Är detta något vansinne. Drömmer jag fortfarande? Han nöp sig hårt i armen.

- Aj!

Hon tittade allvarligt på honom.

Leon såg i ögonvrån hur något kom in genom den till hälften öppna dörren i rummet. När han vände sig ditåt såg han rakt in i den stora vargens skarpa ögon.

- Herregud! Han studsade till av blandad förvåning och rädsla.

Kvinnan sträckte ut en hand och rufsade i vargens päls.

- Var inte rädd, det här är Alfa, han vill dig inget ont.

Han såg att vargen, trots att den stod i ljuset från fönstret, såg ut att befinna sig i en skugga.

Sekel såg hans undrande blick.

- Alfa är en skuggvarg, sa hon förklarande.

- Skuggvarg? Vad är det?

Nu rynkade hon sina ögonbryn igen.

- Du har aldrig hört talas om en Qwand och inte skuggvargar heller?

- Nej, förlåt, jag vet inte ens vem jag själv är, detta är inte min kropp! Han kände att han fick panik igen.

- Lugn, sa hon och la handen på hans axel, lugn. Du har nog tappat minnet, vi får försöka ta reda på mer om vem du är och varifrån du kommer. Vi kan prata med pappa sedan när du känner dig lite piggare. Han är vår shaman och vet sådant andra inte vet, han vet mest av alla jag känner.

Han var en stadig man i 50-årsåldern med skägg och långt gråsprängt flätat hår som stod ut åt alla håll och hängde nerför hans stora ryggtavla. Till skillnad från sin dotter var han färgglatt klädd i regnbågsfärgade tygkläder och något som liknade fårskinnstofflor på fötterna. Rösten var mörk och blicken genomträngande och närvarande. De satt vid en värmande brasa på en väldigt bekväm matta mitt i en stor rund trähydda, säkert 40 meter i diameter. Det fanns inga fönster och flera levande lampor var tända runt hyddans takring. Elden gav en skön värme.

- Din Qwand är verkligen fascinerande, sa Mastik och studerade den orangea kristallen närmare. Jag har bara sett en sådan på bild förut.

Han reste sig och gick bort mot en av bokhyllorna, drog ut en tjock bok som han tog med sig tillbaka, satte sig ner hos dem och bläddrade för fullt.

- Här i Krönikan finns den, titta!

Leon studerade uppslaget. Den vänstra sidan var full av text och på den högra fanns en målad bild av en blå kristall som förutom färgen såg precis ut som hans egen. Med två spetsiga ändar och sexkantig med fina släta sidor. Men han såg inga symboler i den här. Han läste lite i texten, det stod egentligen inte så mycket. "De två Qwander man känner till och som är bekräftade, har båda tillhört stora magiker. Den ena kristallen skall vara röd och sägs ha setts kring halsen på den odödliga guden Patrick den Store när han bebodde vår värld vid tidpunkten då vår tideräkning började, allt enligt legenden om Glorien: kap. 33 sid. 276 och Lumnos återförening: kap. 36 sid 302. Den blå varianten här bredvid skall ha tillhört den kände magikern Rossiliana som befriade vår värld från skuggdemonen Testeros skräckvälde år 1632. Rossiliana skall ha haft sin Qwand på en lång stav där den lös och skickade blå strålar omkring sig vid slaget om Bast: kap 26 sid 205. Enligt de dokument man hittat skall Testeros dödats av en sådan blå stråle som då upplöste demonen i tomma intet. Var Qwanden finns idag vet ingen, den tros ha försvunnit tillsammans med Rossiliana, som bara några år efter slaget om Bast försvann spårlöst. De efterforskningar som gjorts visar att Qwanderna varit betydelsefulla för sina ägare, men ingen vet hur de fungerar eller dess ursprung, mer än att den inbyggda magin verkar ha varit väldigt stark. Teorier gör gällande att Qwanderna kanske har sitt ursprung från Glorien och enbart används av gudarna där."

Ingenstans nämndes hans egen orangea Qwand och ingenstans stod det något om symboler. Han suckade.

- Vilket år är det nu?

- 2638 svarade Sekel.

- Det är alltså tusen år sedan som man såg en Qwand, tills nu då, sa Mastik glatt.

Leon tittade ner på kristallen som hängde på hans bröst. Vad vill den mig egentligen, funderade han och kände ångesten komma. Vad väntar mig framöver?

- Leon menar att han kommer från en annan värld och har färdats hit med Qwanden, sa Sekel och log lite.

- Verkligen! Det låter ju helt fantastiskt, jag visste inte att de var så starka i sin magi, utbrast shamanen.

- Vad är det för år därifrån du kommer, undrade Sekel

- 2021 efter Kristus.

- Efter Kristus?

- Ja vår största religion handlar också om en man som kunde magi kan man säga, vi börjar vår tideräkning efter när han föddes.

- Fascinerande, vi börjar vår tideräkning enligt legenden när de mänskliga gudarna från Glorien kom ner från himlen och hjälpte oss att skapa vår civilisation. Då skrevs den första boken på Glorenska, som är ett väldigt gammalt språk och universellt för oss alla här på vår planet Lumnos. Ja förutom våra länders olika språk förstås. Sådant som till exempel handel och matematik utvecklades ordentligt på den tiden med hjälp av guden Patrick.

- Han med den första Qwanden?

- Ja precis, han härskade över alla länder i exakt hundra år, sedan försvann han upp till himlen igen och efter det har vi inte sett någon gud här vad jag vet, om nu inte magikern Rossiliana var en sådan.

Leon tänkte på Per och Amina, om de bara också hade varit här och upplevt detta. Undrar om jag någonsin kommer att få se dem igen? Patrick förresten, det är ett vanligt namn därifrån jag kommer, det är första gången jag hör ett namn här som jag känner igen, vad betyder det tro?

- Ja det stämmer, Elafagur är den stora världsmodern. Hon som skapat allt, hon som skyddar oss på dagarna, hon som helar allt med sitt ljus och som får allting att växa. Eldfågeln Askasur som du har i din Qwand är ett av hennes uttryck i vår värld, den som renar genom sin eld. Mastik var entusiastisk och gestikulerade medan han förklarade.

- Det är alltså symbolerna på vänster arm, vad betyder de tre på min högra arm då?

- Det är lite knepigare, för de där symbolerna har jag inte sett innan mumlade shamanen medan han studerade Leons högerarm mer noggrant. Det kan ju vara någonting som är mer personligt för just dig.

- Den där skulle kunna vara Glorien, det påminner om hur det ser ut när det passerar på himlen? Men den sexkantiga symbolen med streck i känner jag inte till och inte ditt stora "A" där heller, sa han.

Det får helt enkelt vänta, tänkte Leon, det är mycket med den här världen som är stora frågetecken just nu.

Inne i den väldiga hyddan fanns massor av prylar, bänkar med flaskor, kristaller som hängde i taket tillsammans med fjädrar och stora mobiler, som Leon antog var av deras planetsystem. Mobilerna rörde sig på något sätt helt av sig självt, planeterna snurrade i olika hastigheter runt den stora centrala solmodern Elafagur. Mastik hade förklarat att de befann sig på den fjärde planeten inifrån, den med de två månarna Epone och Ariane i rotation. Planeten de befann sig på kallades Lumnos efter en gammal skapelseberättelse, som shamanen sagt.

Leon reste sig upp och gick mot planetmobilen. Han tittade på den okända tatueringen som påminde om något sorts skepp. Han såg sedan på planeten Lumnos. Där fanns de två månarna i rotation men också ett tredje mindre objekt som han tyckte påminde om just ett skepp.

- Vad är det där som snurrar runt planeten? undrade Leon och pekade.

- Det där är det stora fartyget Glorien, däruppe där gudarna finns.

- Gudarna, de bor alltså på ett slags fartyg?

- Ja, de mänskliga gudarna. De är stora odödliga magiker sägs det, som Patrick. Jag har aldrig sett någon men det finns berättelser nedskriva att de har besökt oss flera gånger från himlen under historiens gång. De lärde våra förfäder att handskas med magin. Det sägs att ska finnas många gudar och att de alla lever där uppe på sitt skepp i himlen. Det finns ingenting nedskrivet om hur det kan sväva så där i luften eller om någon någonsin varit där eller hur man nu kommer dit för den delen. Så vi vet egentligen inte mer än så.

De måste ha stark magi som kan bo i himlen på det viset, sa Mastik och drog i skägget.

- Spännande, jag måste hålla utkik efter det. Kan det vara ett UFO eller rymdskepp av något slag?

Mastik höjde på ögonbrynen.

- Ufo och rymdskepp? Det vet jag inte vad det är, men det passerar oss oftast med några dagars mellanrum långt däruppe, sa han och pekade mot himlen. Så du kommer att få se det med egna ögon.

- Vad för sorts magi är det ni praktiserar egentligen? undrade Leon. Han tyckte det var spännande med en värld där det fanns magi, men samtidigt var det också lite skrämmande. Ändå ville han gärna veta vad han hade att vänta.

- Det är lite olika i olika länder och områden, men vi här i Fellia är speciellt stolta över vår skuggmagi, utbrast den stora mannen.

- Det handlar om att separera en del av sitt medvetande och kunna färdas i skuggornas värld, förklarade Sekel som suttit tyst en stund medan hon lagt på några klabbar ved i elden. Vi kan gå ur kroppen och färdas väldigt fort och viktlöst så länge det finns en skugga. Sedan kan vi kliva ur skuggorna och vara tillbaka i vår kropp igen. Det är ett bra sätt att färdas stora sträckor snabbt för att spana under jakt.

- Din varg, Alfa, är en skuggvarg, sa Leon. Vad betyder det, är han magisk?

- Alfa tillhör skuggvargarna från norr, det snörika landet Wolwar. Men jag mötte honom här i skogen inte långt ifrån där vi hittade dig. Han hade vandrat söderut, ensamvarg som han är. Vi träffades i skuggvärlden i en strid på liv och död. Men efter att jag fångade honom i en snara av ljus möttes vi i samförstånd och sedan dess håller vi ihop. Alfa är alltså inte min varg, utan min vän, han kommer och går som han vill.

- En snara av ljus?

- Ja det är en magisk formel man kan uttala, den håller fast någon som befinner sig i skuggan.

Leon kände att det blev för mycket att ta in på en gång och tog långsamt en klunk av det gröna te som Sekels far bjudit honom på. Han andades in de olika lukterna i hyddan - kryddor, elden och det goda teet, ja för det var gott. Han tänkte igen på Amina Zazza. Hon skulle nog trivas här bland krigare och magi, det skulle kännas tryggt att ha henne vid sin sida just nu. Vad skulle Per säga om allt det här, han skulle säkert hitta massor av motiv att måla. Det är ju synd att jag inte fick med mig en kamera hit. Han kände efter i dräktens fickor, nej ingen mobil heller.

- Hur kommer det sig att ni inte kan skuggfärdas i solens sken utan bara i skuggor? undrade han efter en stund.

Mastik tog till orda igen och slog ut med armarna.

- Elafagur tillåter det inte helt enkelt. Vår magi fungerar bara i skugga och mörker, där den stora modern sover och mångudinnan Epone är vaken.

- Epone har alltså med magi att göra?

- Vi ska försöka komma in i Epones drömvärld sedan, Epone är vår källa till magi förstår du, hon ger oss vår magiska gnista, sa han och pekade mot bröstet. Vi ska se om hon eller någon Väktare kan tala om för oss vem du är och vad dina symboler betyder. Var beredd på att det kan hända underliga saker både under vår färd och när vi kommit fram till Epones drömvärld.

Leon svalde nervöst. Sekel såg det och la en hand på hans axel.

- Det kommer att gå bra, pappa är med dig på färden.

- Ariane den andra månsystern, sa Mastik, hon som får oss att tänka och vara medvetna om oss själva och skapelsen. Hon är källan till vårt intellekt. I hennes drömvärld finns kunskapen om allt som existerat här på vår planet, all historia. Hittar vi inget hos Epone så besöker vi Ariane och söker efter svar där. Men med tanke på de magiska symbolerna på din kropp och din Qwand tror vi kommer att hitta svaren hos Epone.

- Elafagur är den stora världsmodern, hon som skapat allt, hon som skyddar oss på dagarna, hon som helar allt med sitt ljus och som får allting att växa. Eldfågeln Askasur du har i din Qwand är en av hennes speglingar i vår värld. Den som renar genom sin eld. Ur askan växer sedan något nytt upp. Det finns en skogsdunge därborta, sa han medan han pekade med hela armen åt ett håll, den brann för ett tag sedan ner och redan nu börjar det spira ny grönska, en perfekt plats för oss att odla grödor på.

- Men nu ska jag förbereda drycken för vår färd till Epones drömvärld, sa shamanen och reste sig. Vid en av bänkarna började han metodiskt blanda innehållet från flera flaskor i en stor gryta, rörde noggrant och tillsatte ivrigt ingredienser med van hand.

- Du behöver inte vara nervös, far ser efter dig och ni ska ju bara leta efter svar på dina frågor, sa Sekel lugnande under tiden.

- Allt det här är nytt för mig så jag vet inte vad jag ska tro, sa Leon och skakade på huvudet.

- Det påminner om vår skuggmagi, man åker med medvetandet till drömvärlden medan kroppen är kvar där man lämnade den, förklarade hon. Jag kommer att vara här och se efter er under tiden, inget kommer att hända.

- Vad händer om man dör i skuggvärlden? undrade han försiktigt.

Hon dröjde lite med svaret.

- Då dör du, sa hon sedan, det blir bara en tom kropp kvar. Detsamma gäller om din fysiska kropp dör under en skuggresa, då är det slut, bandet är brutet och du får möta Elafagur igen.

- Det känns ju uppmuntrande.

Hon skrattade.

- Ingen fara, jag ser efter er.

Den store shamanen kom över till dem med två muggar i händerna och gav den ena till Leon.

- Säg till när du känner dig redo så dricker vi och åker i väg. Men du måste dricka upp alltihop oavsett hur det smakar, har du förstått?

Han jakade till svar och tittade ner på det grumliga innehållet i muggen, det luktade då inte särskilt gott alls. Han hämtade kraft och tömde muggen i ett drag. De båda lade sig sedan ner på den stora mattan och Sekel satt på huk mellan dem och övervakade allting.

Först kände Leon ingenting. Just som han skulle fråga om något gått fel sögs han hastigt in i ett mörker där han virvlade runt, snabbare och snabbare. Långt där framme syntes ett ljus som hastigt kom närmare, och plötsligt föll han igenom det. När allt stannade till låg han på den kalla marken – eller var det ett golv?

Per ringde en gång till på Leons ringklocka. Inte en rörelse inifrån lägenheten nu heller. Han tittade genom brevinkastet och såg brevhögen på golvet, det var mest fönsterkuvert. Han har kanske rest bort? Per ringde på mobilen men inget svar där heller. Det var synd, nu när han haft en ny dröm och målat en tavla som han så gärna ville visa Leon. Nej det får helt enkelt bli en annan dag. Per tittade på klockan, det var dags för 10-kaffet. Han knöt handen hårt om påsen med mazariner och gick sin väg.

Hon satt i full koncentration i det tysta dunkla rummet framför de tre skärmarna och skrev snabbt på det egenbyggda tangentbordet. Det var ett litet 65% med valnötschassi, helt utan alla funktionstangenter och den numeriska delen. Freja behövde dem ändå inte för det hon gjorde. Dessutom fanns ett extra lager funktionstangenter inom nära räckhåll, bara ett Fn-tryck bort. Tangentbordet hade smörjda, tysta mekaniska linjära switchar med tjocka, specialbeställda tangenter med japanska tecken. Det gav ett mjukt och behagligt skrivande med precis lagom motstånd och den inbyggda belysningen kastade ett turkosfärgat sken över bordet. Hon behövde egentligen ingen belysning för att se tangenterna utan skrev felfritt utan att släppa blicken från skärmen, men det var vackert så. Det viktigaste för henne var att tangentbordet kändes bekvämt att använda och hade den utformning hon behövde, eftersom det trots allt var hennes viktigaste redskap.

Det stora datorbordet i mörkt ådrat trä bestod bara av tre stora skärmar, tangentbordet och de olika animefigurerna i plast. Alla från hennes favoritserier som stod där tysta och tittade på henne när hon arbetade och gav ett trevligt sällskap. Den specialbyggda tysta datorn stod på en mjuk vibrationsdämpande matta på golvet under bordet. Skärmarna var klädda med LED-lampor på baksidorna vilket gjorde att den vitmålade väggen bakom dem sken i samma turkosblå färg som tangentbordet. Blått var bra för det höll henne alert. Något annat var inte tänt i rummet. Detta som egentligen var tvåans sovrum fick agera arbetsrum, sängen hade hon trängt in i hörnet av vardagsrummet, bredvid soffan.

Freja hade varit uppe sedan tidig morgon och programmerat på en ny version av en app hon sålde på mobiltelefonernas olika appstores. Appen var till för att blockera reklam och spårare i mobilernas webbläsare. Den blev snabbt en succé och hamnade på alla topplistor, tillräckligt populär för att Freja kunde leva gott på inkomsten det gav. Det mesta av pengarna hade hon gömt undan på utländska banker i form av kryptovaluta som Bitcoin och Etherium. Kryptovalutorna hade i sin tur gått upp med flera tusen procent de sista åren vilket gjorde Freja närmast ekonomiskt oberoende. Men hon levde officiellt på sin a-kassa och gick med jämna mellanrum till sin Arbetsförmedlare, som inte kunde begripa hur en sådan begåvad tjej som Freja inte lyckades behålla ett enda jobb.

Eftersom det var brist på programmerare hade hon då och då blivit anställd på något dataföretag, dit hon tvingats söka jobb eller blivit ditskickad på prov av Arbetsförmedlingen. Men oftast hade hon fått sparken, eller själv slutat rätt snabbt, då hon haft svårt att komma överens med medarbetare, chefer, eller båda delar.

Senast hade Chefen på det lokala IT-företaget Best IT sparkat henne efter bara några dagar, då hon ifrågasatt hans och företagets intelligensnivå inför alla medarbetare. Hennes uppgift var att hjälpa en av medarbetarna att programmera företagets storsäljare, ett ekonomiprogram.

Arne, som medarbetaren hette, hade börjat med att säga till den märkligt svartklädda "fröken" att hon kanske kunde hämta kaffe åt honom medan han skrev "viktiga rader". Freja hade då surnat till ordentligt och i smyg hackat Arnes dator och ändrat i koden till bolagets storsäljare. I just Arnes rader med kod hade hon lagt in en länk till en porrsajt och efter ett par dagar hade den nya versionen skickats ut till kunderna. När de sedan klickat på funktionen för att summera konton, dök det i stället för siffror upp en film i helskärm med grov porr. Kunderna hade ilsket ringt supporten till Best It som i sin tur förtvivlat ringt upp Chefen. Han ropade omgående in Arne till sitt rum och alla kunde höra hur högröstad och arg han lät därinne. Arne fick sig en rejäl omgång och Freja hade fnissat gott för sig själv. Efter en stund, då det lugnat ner sig, kallades även hon in till Chefen. De hade förstått att det måste varit hon som låg bakom alltihop. Innan Chefen hann ta till orda hade hon skrikit åt dem båda två att de var "manschauvinistiska incels" och att deras programkod var "urdålig" och "stank grisapa lång väg" så det hördes över hela våningen. Hon fick som väntat gå hem på direkten. Hennes arbetsförmedlare Lena hade sedan fått en utskällning av Chefen för att ha skickat en sådan "fullständig idiot" till dem.

Hon tittade till på sin högra skärm där något plingat. Hon använde ingen mus utan allt styrdes av kommandon via tangentbordet. På den egenbyggda datorn hade hon installerat operativsystemet Arch med enbart en DWM-fönsterhanterare, ett minimalt Linux-system hon skräddarsytt helt för egen hand. Där fanns enbart det hon verkligen behövde och allt var blixtsnabbt och effektivt. Hon rättade till de trådlösa hörlurarna och tryckte en knappkombination för att byta låt i Spotify, samtidigt som hon började läsa det nya meddelandet, allt medan Evanescence lugna låt "My Immortal" startades på hög volym i hennes öron. Det nya fönstret hade öppnat sig i mIRC-programmet, där all kommunikation var krypterad. Det var deras ledare @Bojjis som skrev att de snart skulle slå till mot Västbankens server. Freja, eller @Norse_Goddess som hon kallade sig, önskade henne lycka till med ett "GL". Freja visste att @Bojjis skulle leda dem rätt. Det skulle förmodligen ta flera timmar att bryta sig igenom bankserverns olika försvar utan att lämna några spår efter sig, men @Bojjis var den bäste och mest erfarne hackern av dem alla i gruppen.

Freja skulle själv inte vara med, men hon hade skrivit programmet som skulle infiltrera servern med kod så den öppnade sig för en attack. Hon var mest fascinerad av själva det matematiska arbetet med att programmera. Att med kodade formler öppna en brandvägg, en kryptering eller att själv kryptera något så det blev oåtkomligt för andra. Det var rent magiskt för henne när hon lyckades med sådant ingen annan gjort, det värmde gott i henne flera dagar efteråt.

Deras grupp cyberPunks, eller cPu som de klatschigt kallade sig till vardags, en internationell hackergrupp löst formerad med olika sorters talanger som alla samlades i den privata chat-kanalen på mIRC där enbart medlemmar kom in. Där fanns också många underkanaler för olika syften. En av dem hette kort och gott "Tribute_to_Climate". Hon visste att hon hade behörighet och gick in. Ett tiotal personer hade samlats och chattade med korta meningar på engelska, som var det gemensamma språket i cPu. Hon såg att attacken redan börjat och deltagarna utförde alla sina olika uppgifter. Eftersom hon själv inte skulle delta satt hon tyst och bara observerade deras framsteg. De hade redan infiltrerat den första brandväggen med hennes program, vilket fick henne att le inombords. Deras syfte var inte att skada banken, den skulle bara få främja deras syften. Helt utan spår skulle hennes trojan, ett dolt program, planteras i servern som sedan skulle aktiveras varje gång det skickades pengar mellan olika konton.

Kontona var från företag som deltagarna tillsammans valt ut som de största miljöbovarna i Sverige. De flesta i gruppen var normalt inte intresserade av det politiska spelet, men planeten, luften de andades och skogarna de vistades i var något som berörde många. Det handlade om deras framtid, allas framtid. Frejas uppgift var att programmera de verktyg som behövdes och det såg än så länge ut att fungera som det skulle.

Tanken var att när dessa företagskonton aktiverades av en

transaktion där det fanns decimaler så skulle allt rundas av nedåt till närmaste krona. Överskottet skulle sättas in på ett konto de skapat via Frejas program, helt i det fördolda. Företagen hade tusentals transaktioner varje dag, så det skulle snabbt samla sig till ansenliga summor. Kontot skulle sedan med jämna mellanrum fördela pengarna till olika projekt och organisationer som aktivt arbetade med att motverka klimatförsämringar. Allt såklart som anonyma gåvor.

De visste att någon förr eller senare skulle reagera på ett fel i bokföringen, men det skulle förmodligen ta sin tid då det var så pass små summor i varje post. Som @Bojjis sagt åt dem så var deras roll nu att vara en Robin Hood som stal företagens pengar och gav till miljöaktivisterna. @Bojjis hade varit väldigt nöjd när hon förklarat hela planen för dem. Där ingick att de dessutom redan hackat flera av företagens egna datorer och kopierat de väl gömda dokument de hittat, som visade hur företagen i hemlighet aktivt bröt mot flera olika miljölagar. Gruppen hade sedan via ett fejkat emailkonto skickat dokumenten till alla större tidningar och media i landet. Det hade fått stor effekt, flera tidningar hade redan publicerat artiklar på förstasidorna om företagens brott och skapat en politisk debatt där nu även statsministern anklagades för att inte göra tillräckligt för miljön.

Hon såg att de nu även tagit sig in genom den andra brandväggen, allt låg nu öppet för att försiktigt plantera Frejas nyskrivna trojan. Den delen skulle ledaren @Bojjis sköta själv, hon var en mästare på sådant.

Freja noterade i ögonvrån hur ett fönster öppnade sig på skärmen åt vänster. Där fanns bland annat övervakningsprogrammet till hennes botnätverk Harpya. Hon hade för flera år sedan, medan hon gick på en kurs i programmering via Arbetsförmedlingen, skrivit en av sina hittills bästa trojaner. Den namngavs Harpya efter ett grekiskt väsen, en sorts bevingade kvinnor snabba som vinden. Freja hade alltid varit förtjust i väsen och gudinnor av olika slag. Trojanen hade hon lagt in osynlig i många av de filer som delades på piratsajter. När någon laddade ner en film eller ett piratprogram hon infekterat skulle en trojan installeras på deras dator. Den var sedan programmerad att sprida sig vidare till alla datorer och servrar den smittade datorn hade kontakt med. Med åren som gått var nu tiotusentals datorer med i hennes hemliga nätverk. Trojanen hade dessutom fått fler funktioner med tiden. En av dem var att kopiera alla bilder och dokument från värddatorn till ett konto på en extern server hos ett stort molnföretag, allt utan att det gick att spåra det till henne.

Hennes övervakningsprogram på servern hade flera uppgifter, en var att skanna igenom alla dokument på molndisken och reagera på vissa ord. Ett sådant var ordet "hemlig". Oftast larmades det om helt ointressanta saker som hon inte hade någon nytta av, men denna gång hade larmet gått för orden "Hemligstämplad information". Hon såg att dokumentet kom från en av de nya datorerna i botnätet, den från servern hos den svenska militära underrättelsetjänsten.

Hon var tveksam till att låta trojanen vara kvar där, det var riskfyllt. Militärens egna väldigt duktiga hackers kunde upptäcka trojanen och kanske skulle de lyckas spåra henne. Men hon bestämde sig för att låta den ligga kvar tills alla bilder och dokument den kunde hitta var kopierade, sedan skulle den få radera sig själv.

Evanescence spelade "Haunted" i hennes öron medan hon öppnade ett av dokumenten hennes blick fastnat för. Det handlade om en ny gruva i Norrland utanför Kiruna, där ett bolag letat efter järnmalm och råkat borra sig in till en stor grotta bara tjugo meter under markytan. När de borrat en så pass stor öppning att de kunde sända ner en liten drönare med filmkameror för att se efter vad som fanns där nere, så visade det sig att grottans sal var över hundra meter i diameter och trettio meter från golv till tak. Freja blev nyfiken, det där lät ju intressant. Hon såg också att det fanns en film bifogad till dokumentet, satte sig framåtlutad och bestämde sig för att titta på den. På filmen såg hon när drönaren med påslagna lampor åkte ner i hålet i marken och en stund senare kom in i den stora sal hon läst om.

Där tappade Freja hakan. Den jättestora grottsalen hade flera byggnader, ett mindre nätverk av vägar och en stor rosa kristall som stod ensam mitt i salen, flera meter bred och säkert över femton meter hög. Drönaren närmade sig kristallen. På golvet runt den syntes ringar, fulla med ord på ett språk hon inte kände igen. Hon lutade sig närmare. Vänta nu, där fanns symboler också. En av de yttre ringarna runt kristallen hade sex symboler på golvet, med varsin mindre färgad sten under. Den första symbolen såg ut som en sol, de två nästa såg ut att vara månskäror, den fjärde kunde vara en planet, den femte var något sexkantigt, men den sista var svår att tolka. Den påminde Freja om formen på en stor kryssare från Star Wars, de väldiga rymdskeppen som rymde tusentals människor.

Under varje symbol fanns text på det okända språket, utom under det som kunde vara ett skepp, där stod det "Glorien". Den lilla stenen under skeppet lyste. Drönaren tog sig sedan närmare den väldiga kristallen, den var på något sätt självlysande i ett rosa ljus som spred sig runt salen. Men det mest intressanta var att den såg levande ut. Hon såg hur det rosa inuti stenen sakta rörde sig, virvlade långsamt runt i sin kristallform. Drönaren gick ännu närmare, virvlarna var väldigt fascinerande. Plötsligt var det som att drönaren drogs in i stenen och alldeles innan videon slutade helt och allt blev svart tyckte hon sig se en glimt av något som såg ut som en person i ett blått sken.

Freja andades spänt och spolade snabbt tillbaka en bit. Sedan tryckte hon fram rutorna en och en tills hon hittade den sista på videofilen innan det blev svart. På bildrutan syntes övre halvan av en äldre kvinna med ett stort långt grått glänsande hår som gick i vågor längs med hennes ansikte. Hon var klädd i en blå åtsmitande klänning som såg ut att vara av skinande siden. Med klarblå intensiva ögon och rynkade ögonbryn stirrade kvinnan rakt in i kameran. I ena handen hade hon en stav hon stödde sig på och längst upp på staven satt en blå självlysande kristall som skickade en lika blå stråle rakt mot drönaren.

Leon skakade lite vilset på huvudet och reste sig sedan långsamt med möda upp från det kalla golvet. Han kände sig illamående av den korta men intensiva färden, hängde på knäna och försökte andas och lugna sig. Panikkänslorna hade också kommit tillbaka, kroppen och psyket var stressat. Under lugg såg han Mastik komma gående mot honom med ett leende på läpparna.

- Ingen fara, illamåendet går snart över och man vänjer sig, sa han uppmuntrande.

Leon såg sig omkring. De befann sig en långsmal sal, eller snarare ett förmak av något slag, med en stor tvådelad trädörr i andra änden. Golvet verkade vara av marmor, gjort i ett stycke, det kändes kallt som marmor brukar göra. Mäktiga pelare stod i långa rader och höll upp ett stort tak, minst femton meter ovanför dem. De verkade ha hamnat i förmakets gång som var upplyst av någon sorts lampor av kristall som hängde ner från taket. Luften var ren och skön att andas och han kände sig redan lite bättre till mods.

- Mastik, trevligt att se dig igen, sa plötsligt en röst bakom hans rygg.

När han vände sig om fick han syn på en kvinna klädd i rustning av någon glänsande silvrig metall. Den var gjord som av fiskfjäll som satt runt hennes kropp ner till knäna. På fötterna bar hon ett par lika silvriga smala stövlar och på huvudet satt en långsmal hjälm i samma blänkande material. I ena handen höll hon en stor utsirad sköld gjord i olika sorters metall. Han kunde se att på den fanns något skrivet på ett okänt språk som han av någon anledning kunde läsa. "Gudinnan Epones Dotter Ansasis, Väktare av den stora Salen" stod det sirligt mellan alla mönster och symboler i guld och silver mot den mörkare bronslika metallen. I sin andra hand hade hon ett spjut, också det i samma tre metaller. Själva staven i mörk brons, en sorts vingar av guld där spjutspetsen började och den långa spetsen som var av blänkande silver. Kvinnan hade blont, nästan vitt hår i page som slutade i höjd med munnen. Hon var klassiskt vacker men med en sorgsen blick i de fasta bruna ögonen som nu såg på honom. Konstigt nog hade Leon inte hört henne komma ut genom den stora dörren som han såg fortfarande var stängd.

- Ansasis! Tack för att du tar emot oss, sa Mastik bredvid honom och bugade sig.

Hon nickade mot Mastik och fortsatte sedan att studera Leon.

- Dig har jag träffat förut, sa hon, men det var längesedan.

- Mig? Har du träffat mig förut? Leon såg nu förvånad ut.

- Ja, men det var för flera tusen år sedan. Du är död.

- Är jag?

Leon kände paniken återvända, hur benen blev svaga. Jag är för gammal för sådant här. Nej, jag är inte gammal, inte egentligen.

Väktaren Ansasis vände sig om och öppnade de stora dörrarna där de sedan klev in i en stor väldig sal.

- Välkomna till den stora Salen, det magiska biblioteket, sa hon och svepte ut med handen. Här finns magins hela historia, alla sorters magi som någonsin använts.

Leon såg sig snabbt omkring. Salen var säkert hundra meter lång och lika bred. I taket fanns en stor glaskupol där månen syntes klart och det kraftiga månskenet lös upp allting omkring dem.

Långa rader av bokhyllor sträckte sig genom rummet likt i ett bibliotek och stora bord var täckta med flaskor och annat, förmodligen skulle användas för att blanda ihop drycker liknande den Mastik gjort.

- Du sa att du kände igen mig, sa han sedan och såg på Väktaren.

- Ja, det är en av anledningarna till att jag släpper in er här, sa hon. Jag förstår att du inte är samma man jag en gång träffade men ändå ser du precis ut som honom och bär samma Qwand som han gjorde.

- Hur vet du att jag inte är samma person, vilket jag verkligen inte är.

- Coor Marvastix försvann i den stora Kristallen av tidsrymd och har aldrig kommit tillbaka.

- Coor? Heter jag.. han Coor Marvastix? Vem var han? Varför ser jag ut som honom?

- Frågan är också hur du kan ha Coors Qwand?

- Uhm, jag hittade den i skogen under ett träd, sa han och lät fånig.

- Under ett träd? På Lumnos?

- Nej nej, jag kommer från Sverige på planeten Jorden.

- Jorden, verkligen. Hon såg eftertänksamt på honom.

- Coor pratade ibland om denna Jorden, tillade hon sedan.

- Det var till den världen han försvann genom Kristallen sista gången hans sågs i detta planetsystem för ungefär två tusen år sedan.

Två tusen år sedan. Leon häpnade. Här stod han som den här personen Coor två tusen år efter att han försvunnit. Dessutom åkte gamlingen till jorden och dog? Leon pustade ljudligt.

- Qwanden har valt dig och fört dig till Lumnos av någon viktig anledning. Coor måste ha levt och dött på din planet Jorden för Qwanden skulle aldrig skiljas från honom annars.

- Jag har ingen aning om vem han är.. var. Var han en magiker?

- Ja, en av de största som vandrat på Lumnos. En vän till gudarna

63

och gudinnorna, sa hon.

- Han var ofta här och studerade i böckerna om Epones magi. Natt och dag kunde han tillbringa tiden här i flera veckor tills han lyckats skapa en ny magisk formel eller behärska en ny form av trolldom. Även om hela historiens magi finns tillgänglig att studera här betyder det inte att man klarar av att lära sig den eller för den delen behärska den. Många magiker har dött här när de försökt sig på krafter som varit för starka för dem.

Leon upptäckte att Mastik tittade på honom med öppen mun.

- Coor, den store Coor, sa shamanen sedan långsamt. Det finns ett kapitel i Krönikan om legenden som handlar om när den store magikern Coor Marvastix år 626 ska ha besegrat diktatorn från det som idag är landet Primaria, det ligger söder om Fellia tillade han när han såg Leons undrande blick. Diktatorn Sinnis Kabaria ärvde makten av sin far som dog när hon var 15 år. Hon sägs ha varit hänsynslös redan som barn. På bara några år byggde hon upp en stor armé som hon sedan själv ledde i ett anfall mot våra fredliga och lärda grannar Cragia i väst. Legenden säger att hon hade hjälp av den då mycket fruktade svartmagikern Smil Zatalocki och hans svarta drake Pest. På en månad intog de hela Cragia och dödade många av de lärda ledarna. Med hjälp av Cragias tillgångar byggde hon vidare på sin armé och fortsatte sedan norrut mot oss i Fellia. Vi hade inte mycket att sätta emot, trots hjälpen vi fick från våra grannar i öst, de tappra krigarna från Dullavar. Flera stora slag förlorades och tiotusentals människor dog.

- Jag minns den tiden, sa Ansasis. Coor var här och studerade de riktigt gamla böckerna då. Han letade efter en magi som inte synts till på Lumnos på tiotusen år. En kraft som skulle kunna besegra Zatalocki och hans drake.

Leon kände att han nu blev fascinerad. Magiker och drakar. Rena fantasyfilmen. Leon mindes nu att han hade fått en hel hög med fantasyböcker att läsa av den där tjejen han blev vän med på

Arbetsförmedlingens programmeringskurs för flera år sedan. Vad var det hon hette nu igen? Freja, så var det. Hon visade sig vara riktigt duktig på att programmera till skillnad från honom själv. Han kom ihåg att hon var lite förtjust i honom. Men hon var knappt 15 år och själv hade han bara ögon för Ingrid, som han just träffat och blivit störtkär i med en gång. Han hade inte hört något från Freja efter den kursen, undrar hur det gick för henne?

- Hittade han magin, frågade han sedan försiktigt.

- Ja. Han hittade den. Eldfågeln Askasur.

- Askasur? Eldfågeln som finns inuti min Qwand?

- Ja. En av solgudinnan Elafagurs sätt att uttrycka sig på en fysisk nivå. Hon skickade Askasur till Lumnos en gång för väldigt länge sedan, då för att utplåna en hel civilisation som hotade att förgöra planeten med sin ondska. Askasur satte eld på hela deras stora stad och dödade alla inom flera mils omkrets. Det är den biten som nu är öken i gränslandet där ert Fellia och Dullavar möts, sa hon.

- Döda öknen utbrast Mastik. Där inget levande finns. Det är alltså så den kom till.

- Ja. Elafagur lät det vara första och enda gången som hon skickade sin eldfågel till er planet. Modern förstod då att Askasurs kraft var för stark. Elden utplånade allt liv där, för all framtid. Efter det sägs det att hon hellre använt magiker från skeppet Glorien för att gå hennes ärenden.

- Var Coor från Glorien? undrade Leon.

- Ja och nej. Han blev hemmastadd där senare i livet. Han var född i Fellia och blev upplärd i magin av den ni känner som Patrick den Store. Coor var nyfödd när Patrick började sitt styre av Lumnos, till hundra år av utveckling. Coor visade tidigt att han hade stor fallenhet för magi så Patrick tog sig an den redan då något bångstyrige grabben som lärde sig snabbt. Coor hjälpte sedan Patrick som lärare i magi och matematik i arbetet att ena länderna på Lumnos. När Patrick efter etthundra år överlämnade allting till den då enade kontinenten och dess nya ledare, så valde han att återvända till skeppet Glorien och tog med sig Coor dit.

- Men om Coor föddes runt år noll och försvann för tvåtusen år sedan, efter att ha besegrat den här Zatalocki och hans svarta drake, då var han alltså ungefär sexhundra år gammal? sa Leon och blinkade förvånat.

- Magi. Det sägs att de på Glorien inte åldras som vanliga människor, sa Väktaren och log mot honom. Det sägs också att de som bär en Qwand kan bli odödliga.

- Coor är en av de största hjältarna i Fellias historia, sa Mastik stolt och stirrade på Leon. Fantastiskt att få se honom, eller ja dig, livs levande framför mig, verkligen fascinerande!

Leon tittade något obekvämt ner på det blanka golvet.

- Coor studerade de gamla böckerna om fågeln Askasur och lyckades till slut både frammana och hantera den väldiga eldfågelns kraft och la in den i din Qwand ihop med de andra magiska symbolerna, fortsatte Väktaren. Qwanden ska han ha fått på skeppet Glorien av Patrick, han sa till mig att det var Qwanden och Moder Elafagur själv som kallat på honom och bett honom om hjälp att försöka lösa konflikten med Sinnis och Zatalocki. Något som då hotade att kasta hela kontinenten in i ett långt mörker av krig och svart magi. Vad den stora Modern inte visste var att han skulle gå bakom ryggen på henne och använda sig av fågeln Askasur för att kunna ha en chans mot Zatalocki och hans svarta drake. Coor berättade för mig att han var förtvivlad över att inte ha hittat någon annan lösning, det var den enda kraften stark nog. Han visste hur arg den stora Modern skulle bli på honom, men gjorde det ändå. Jag bad honom att inte göra det, jag visste hur vred hon skulle bli, men han lyssnade inte, han hade inget val sa han.

Leon tittade på kristallen och såg den lilla eldfågeln därinne.

- Han lyckades alltså besegra dem?

- Ja. Hans plan, som han berättade det för mig efteråt, var att åka ner från skeppet Glorien till Fellias nordliga granne Wolwar och övertyga dem att ansluta sig till kriget. Han lyckades och fick med sig en armé av shamaner, snökrigare och skuggvargar och de gick söderut. Jag kan tyvärr inte detaljerna, sådant kan ni hitta i det stora biblioteket hos mångudinnan Ariane där hela planetens historia finns skriven. Det jag vet är att Coor med hjälp av Askasur lyckades besegra Zatalocki och draken Pest vid sidan av det stora slaget som skedde på platsen som nu kallas Blodsdalen i norra Fellia. Coor lurade bort Zatalocki och hans drake från diktatorns armé för att med hjälp av Askasur besegra och spärrade in dem i magiska burar. De blev sedan satta i fängelset ombord på skeppet Glorien. Samtidigt möttes den samlade kraften av de Fellianer som återstod, de stolta krigarna från Dullavar och armén från Wolwar och gick tillsammans som de Allierades armé till det avgörande slaget i Blodsdalen mot den hänsynslöse Sinnis Kabarias väldiga här. Sinnis var inte bara en hänsynslös diktator utan också en fruktad militär strateg, hon hade fram till dess vunnit alla sina slag. Efter två dagar av hårda strider och många döda på bägge sidor ska hon den tredje dagen ha gjort flera genialiska taktiska drag som fått de Allierade att backa och förlora mycket av sitt kvarvarande manskap. Men efter att ha besegrat Zatalocki anlände Coor sedan till Blodsdalen och med hans hjälp lyckades de vända striden och den femte dagen var Sinnis besegrad för första och sista gången i sitt liv. Hon dog i det avgörande slaget.

- Coor vände på hela slaget, Mastiks ögon lös av stolthet.

- Ja. Han kom hit efteråt och berättade allt för mig, han sa att det skulle vara den sista gången vi sågs då han hade planer på att resa med Kristallen till något han kallade Jorden. Varför han skulle dit sa han aldrig, men det var den sista gången jag såg honom. Kanske var det för att komma undan Moderns ilska. Jag förstod senare av andra magiker att Glorien ansåg honom som död eftersom han aldrig återvände från sin resa. Men nu två tusen år senare står du här i hans kropp, sa hon och såg Leon i ögonen.

- Jag har ingen aning om hur det gick till, sa han som i försvar. Jag försvann från min egen värld och vaknade upp hos Sekel och Mastik så här, utbrast han förtvivlat med många blandade känslor i bröstet.

- Lugn, jag anklagar dig inte för något, sa hon och log, jag tror din Qwand har något med det hela att göra. Tyvärr har jag inga sådana svar att ge dig. Jag kan bara hjälpa dig när det gäller magi.

- Coor.. Leon har magiska symboler på sina armar som vi inte blir riktigt kloka på, säger de dig någonting? undrade Mastik och pekade mot Leons armar.

Han sköt tillbaka dräktens ärmar och visade Väktaren de mörkblå symbolerna som syntes tydligt i den ljusa salen.

- De på vänster arm har vi koll på, sa Mastik men de på höger känner jag inte igen även om en av dem påminner oss om skeppet Glorien. Han tittade frågande på Väktaren.

Väktaren ställde sig närmare Leon och hon tog försiktigt tag i hans arm för att titta närmare.

- Ja. Det stämmer, det är skeppet Glorien fastslog hon.

- Den sexkantiga där med streck ut från mitten till varje kant känner jag igen som symbolen för den stora Kristallen av tidsrymd, kanske symboliserar den portalerna.

- Den sista med ett stort "A" vet jag tyvärr inte vad det är, det är ingenting jag sett förut. Intressant, det är inte ofta jag får uppleva någonting nytt när det gäller magi och symboler.

- Ett skepp, en kristall och ett "A" alltså, summerade Leon och kände sig inte ett dugg klokare av det.

Väktaren satte plötsligt ett pekfinger på symbolen "A". Hela rummet lös upp av bokstäver och siffror i kod som var i ständig förändring, som flödade fram i vågor, rad för rad. Han tyckte det såg ut som kod man programmerar på en dator men han förstod den inte, allt var på ett språk han inte kände igen. Han försökte tyda de dansande tecknen som rann fram i rummet men kände sig i stället yr. När Väktaren släppte fingret upphörde alltihop lika plötsligt som det startat.

Leon fick sätta sig ner på golvet av yrselattacken.

- Vad hände egentligen? sa han.

- Jag vet faktiskt inte vad det där var för något, sa Väktaren, men dina symboler på armen är definitivt magiska. Så typiskt Coor att tatuera in dem på sig själv, sa hon och log. Förmodligen får du olika resultat om du trycker på de olika symbolerna. Testa.

- Testa? sa han med vidgade ögon, ska jag testa?

- Ja. Hur vet du annars om de fungerar för dig?

Leon svalde och tryckte försiktigt med pekfingret på "A". Rummet var nu fullt av det som såg ut som dansande datakod igen, han släppte och det försvann.

- Fantastiskt utbrast han förvånat. Denna gång blev han inte yr och reste sig upp från golvet.

- De andra symbolerna, det måste ju finnas ett samband med vad de ser ut som, sa han försiktigt och tittade både på Väktaren och den förvånade shamanen.

- Jag har aldrig sett något liknande, sa Mastik som plötsligt hittade rösten igen. Att det finns magiska symboler vet jag men inte den här sorten, det såg ut som matematik av något slag?

- Jag tror det är datakod, sa Leon, jag känner igen hur det ser ut men det är ett språk jag inte kan.

- "Datakod"? sa shamanen undrande.

- I min värld har vi en sorts maskiner som man kan ge datakod på ett språk de förstår, då kan de utföra olika uppgifter. Leon kände hur liknelsen haltade, men hur förklarar man datorer för någon som aldrig sett en?

- Maskiner har de på Lumnos, i landet ni kallar Cragia, där de lärde bor, sa Väktaren. De använder inte så mycket magi utan bygger hela sin civilisation på kunskap och vetenskap. Men det finns alltid undantag och några magiker därifrån har varit här och sökt magins kunskap. De är övertygade om att vetenskap ihop med magi är den rätta balansen för deras samhälle, den inre och den yttre kunskapen i harmoni. Är det någon som vet vad "datakod" betyder är det nog där ni ska leta, de kanske kan hjälpa er att tyda den.

- Cragia, de som diktatorn och Zatalocki anföll i kriget?

- Ja. Efter kriget när de blev fria igen och byggde upp sitt land på nytt, då forskade de vidare på sådant som kunde vara till hjälp om de skulle bli anfallna i framtiden. Jag vet tyvärr inte några detaljer, de är hemlighetsfulla av sig.

- De i Cragia har alltid hållit sig för sig själva, sa Mastik. Vi har lite handel med dem men de är inte så pratsamma av sig, fast är alltid korrekta och betalar bra. De vill ogärna att man kommer dit, de kommer i stället till oss om de behöver något.

- Hur får man tag i det där sällskapet av magiker då? undrade Leon.

- Ni kanske kan få mer information hos min syster som är Väktare av mångudinnan Arianes sal, där allt om Lumnos finns, all bevarad kunskap och historia.

- Kan det fungera om jag trycker på Arianes symbol? sa han och pekade på armen.

- Du får helt enkelt testa, sa hon.

Mastik rörde bekymrat på sig.

- Det är inte säkert att jag kan komma med dit, jag menar, det är ju dina symboler, de kanske bara fungerar för dig?

- Håll i mig medan jag trycker så får vi se, sa Leon. Som Ansasis säger så får vi helt enkelt testa.   Mastik lossade en liten flaska från sitt bälte.

- Här, jag gjorde en åt oss var, för att kunna komma tillbaka till min hydda igen. Ifall vi kommer ifrån varandra.

Leon lade den lilla flaskan till rätta i en av sin särks många fickor.

- Väktare Ansasis, tack för all din hjälp, sa han sedan och bugade sig lätt.

- Ni är välkomna hit igen när ni vill, sa Väktaren med de sorgsna ögonen och sträckte på sig så att alla silvriga fjäll på rustningen åter satt felfritt.

Leon kände att Mastik höll i hans arm och satte försiktigt pekfingret på Arianes månsymbol. Må det bära eller brista. I nästa ögonblick virvlade han fram genom en tunnel och närmade sig snabbt en ljus öppning därframme. Precis då såg han den väldige eldfågeln Askasur komma från ingenstans och hänga i luften framför honom och blockera hans väg. Fågeln böjde huvudet bakåt och kastade det sedan framåt för att spruta fram ett eldhav som nu var på väg rakt mot honom utan att han hade en chans att komma undan.

Gryhm stod i bakgrunden av Far och såg på när Far pratade högt och gåtfullt medan han vevade med sin kristallstav. Han var inte rädd för mycket men han var ändå rädd för staven, han hade sett Far döda flera av sina barn med den. Han visste också att det inte behövdes mycket för att göra Far arg.

Himlen fick nu mörka moln och snart skulle den kasta ner blixtar till de många lerhögar Far gjort i ordning på golvet i den stora stensalen utan tak. Han hade varit med förut och sett det, men det var skillnad idag. Den här gången hade Far använt delar av människorna Gryhm hade haft med sig tillbaka från byn. En av högarna var större än de andra, inuti den hade far lagt både människodelar och vargdelar. Far hade arbetat med just den högen i flera dagar. "Det måste bli perfekt" hade han sagt, "detta blir min elitstyrka". Gryhm visste mycket väl vad elit var. Far hade kallat honom för elit och att han var den bäste krigaren av dem alla. Kanske skulle han idag få nya bra krigare till den armé som Far låtit honom vara ledare över.

Far skrek fram sina befallningar till himlen och blixtarna började lysa upp salen. Gryhm kunde från väggen bakom honom höra Fars fjantiga kvinnotjänare flämta till av rädsla. Så löjligt. Kvinnor duger inte att vara krigare, bara tjänare, de var svaga. Han väntade på att Far skulle ge honom en egen tjänare att bestämma över snart, han tyckte han hade gjort sig förtjänt av det. Gryhm hade dödat alla människorna i byn och bränt ner allt till marken precis som han hade fått order om.

Med höga smällar slog nu många blixtar ner i lerhögarna, där något inuti dem långsamt började röra på sig. Till slut slog en stor blixt ner även i den största högen i mitten framför Far. Gryhm log och var spänd på att få se de nya barnen, hans nya trupp av elitsoldater.

Ur lerhögarna såg han något som liknade människor komma fram krypandes och gnällandes. De var större och grövre i skinnet och med svarta ögon men annars ganska lik människorna han slagit ihjäl. Han blev förvånad, han förstod inte hur några sådana skulle kunna vara elit. Nu rörde den stora högen på sig. Ur den steg en väldig människolik kropp fram, men i stället för hud var den täckt med svart luden päls. Han såg nu att huvudet mer såg ut som en av Fars vargar, stora håriga öron, en käft fylld av skarpa huggtänder och sedan ögonen. Gryhm tyckte inte om ögonen. De var röda, helt röda precis som Fars. Han tyckte inte alls om vargmannen som Far skapat. Den var större än honom själv.

Vargmannen stod nu framför Far, ställde sig på knä och bugade sig inför honom. Han hörde besten säga "Min Far" med mörk stämma. Far skrattade till hårt, sedan vände han sig om och såg på Gryhm.

- Titta Gryhm, skåda din nya ledare, min armés nya ledare. Kom fram hit och buga dig inför Fenrir. Far skrattade till igen.

Gryhm stod som förstenad. Var han inte ledare längre? Hade han inte gjort allt som Far begärt av honom? Han förstod ingenting och kände sig förkrossad för första gången i sitt liv, som om han misslyckats helt med någonting stort utan att förstå varför.

Han såg att Far blev arg när han inte rörde på sig, vände staven åt hans håll och kom då ur chocken, han ville inte dö. Med tveksamma steg gick han fram till Far och den store vargmannen, som Far kallade Fenrir. Han såg Fars röda blick och gick tungt ner på

knä framför Fenrir och bugade. Nu skrattade både Far och varg-
mannen hårt. Något gick sönder inom Gryhm.

Amina skickade ännu ett meddelande till Leon, det var dags för deras träning. Hon hade sänt honom tiden när han skulle hämtas upp, men han hade inte svarat. Hon kände sig orolig, hade något hänt honom? Det kom inget svar den här gången heller. Amina bestämde sig för att åka bort till hans lägenhet och se efter. Väl där ringde hon på hans dörrklocka. Inget svar. Då öppnade hon luckan till brevinkastet och tittade in. Det nere låg en liten hög med post, mest fönsterkuvert. Hon ropade efter honom i öppningen, men fick inget svar nu heller. Hade han rest bort utan att tala om det? Hade något hänt så han var tvungen att åka i väg någonstans? Amina reste sig och gick därifrån, nu fick hon träna utan honom och hon kände på sig att något måste ha hänt, hon var orolig.

Leon såg det stora eldhavet komma emot honom. Paniken bultade i bröstet. Flaskan! Han tog blixtsnabbt upp Mastiks flaska från fickan, fick av korken och drack allt i ett svep. Plötsligt virvlade allting till och han var i en ny tunnel, nu utan något eldhav framför sig. Han hann inte ens reagera förrän han flög ut ur öppningen och ramlade ihop på ett golv. När han tittade upp såg han Mastik och Sekel titta på honom. Nu pustade han ut, det lyckades.

- Välkommen tillbaka, sa Sekel och räckte honom en hand. Han tog den och kom upp på fötter, de gick och satte sig vid den varma elden. Det värkte både här och där, resorna tog på den gamla kroppen, han var inte 25 längre.

- Vi kom ifrån varandra, sa Mastik. Men kom du fram?

Leon förklarade snabbt vad som hänt honom.

- Jag vet inte om Askasur ville mig något ont eller om det var något form av test?

- Det låter märkligt att fågeln i din Qwand först väljer ut dig och sedan försöker elda upp dig? Sekel slog ut med armarna.

- Ja, jo det gör ju det, sa han fundersamt. Men jag har inte lust att testa igen just nu och kanske bli till aska.

- Nej det förstår jag, men vi fick ju en hel del information av Väktaren Ansasis om din bakgrund och dina symboler, sa Mastik och log.

- Tänka sig, den store Coor under mitt tak!

Leon tittade på sina åldrade händer.

- Här, ta lite gryta, sa Sekel och räckte både honom och shamanen en tallrik med den goda grytan han ätit förut.

- Man brukar bli hungrig av att resa.

Han kände hur magen tomt drog ihop sig, tog tacksamt emot den varma maten och började äta.

- Något har hänt medan ni var borta, sa Sekel. Det har kommit nyheter från norr, från Wolwar. En korp dök upp med meddelandet att en liten by nära Furuvik attackerats av någon okänd fiende. En överlevande lyckades fly dit och kunde berätta om anfallet. Personen dog tyvärr av sina skador några timmar senare, men någonting i berättelsen måste ha skrämt upp Runvar för han undrar om du kan komma dit? sa hon och såg på sin far.

- Runvar är huvudshaman i Furuvik, förklarande Sekel för Leon. Han och pappa är goda vänner. Han verkar vara orolig för vad som hänt och vill ha pappas hjälp.

- Självklart kommer jag dit, sa Mastik, om han behöver hjälp har något riktigt dåligt hänt. Skicka korpen med ett meddelande att jag kommer.

- Det har jag redan gjort. Jag kommer med dig och vi tar med oss Pöllsa också ifall vi hamnar i trubbel på vägen.

- Bra, sa Mastik, bra.

- Jag då? undrade Leon utan att tänka sig för.

- Det är klart du följer med om du vill? sa Mastik.

- Jag visste inte om du ville komma med, sa Sekel, det kan bli farligt. Hon såg forskande på honom.

- Jag kommer med, sa han och förvånade sig själv.

- Gott! utbrast Mastik. Vi börjar vår färd imorgon bitti när solen går upp. Han reste sig och började leta runt i hyddan för att packa inför resan.

- Kom så går vi och packar det vi behöver, sa Sekel menande till

Leon och reste sig upp.

Han följde stelbent efter henne med en begynnande oro och ångest i bröstet. Varför hade han inte bara varit tyst, var fick han det där ifrån? Nåja, försökte han lugna sig själv, det kan ju inte bli värre än eldsprutande fåglar, eller?

Efter att till sin förvåning ha sovit gott under natten åt Leon frukost i Sekels trevliga kök. Skuggvargen Alfa satt bredvid honom och studerade noga varje tugga han tog av det goda brödet. Han kände sig tvungen att ge vargen en stor bit. Alfa verkade nöjd, slickade sig om munnen och la sig ner och slöt ögonen. Sekel fnissade åt honom när han sakta tog en ny skiva bröd, försiktigt så inte vargen skulle vakna. De kontrollerade sedan packningen de gjort i ordning föregående kväll. Extra kläder, medicinalväxter, matransoner, rep och flera vapen låg på sin plats. Allt skulle räcka för de tre dagar färden skulle ta.

- Ska vi bära på allt det där? undrade Leon.

- Nej vi kommer att ha med oss en extra fax.

- En fax? Leon såg framför sig en gammal apparat som skrev ut papper.

- Ja, våra riddjur. De är pålitliga och väldigt tåliga mot kylan i norr. Vi kommer att ha faxar att både rida på och för packningen.

- Ok, jag har aldrig ridit på någonting, varken hästar eller faxar.

- Det ska nog gå bra, du får Gullfaxe, hon är snäll.

De bar ut packningen och Sekel stängde dörren bakom dem.

Hon bar sin mörkbruna läderklädsel, med ett svärd vid ena höften och en stor kniv vid den andra. På ryggen satt en pilbåge och ett koger. Leon tyckte hon såg ut som en riktig krigarkvinna. Sekel såg lugnt på honom, tog sedan fram ännu en kniv från packningen och räckte den till honom.

- Här, fäst den i ditt skärp.

Han fumlade lite men fick den på plats.

- Jag har aldrig använt en kniv mot någon, sa han och kände sig lite underlägsen.

- Ingen fara, du kommer antagligen inte att få användning av den, men det är alltid bra att vara förberedd för det okända.

Han klämde på Qwanden som satt runt halsen och hoppades den skulle skydda honom om något hände. Mastik och en annan man kom gåendes med vad Leon förstod var faxarna. De påminde honom om islandshästar, lite mindre än vanliga hästar, med grövre päls och de såg muskulösa ut.

- Dotter, Leon, hälsade Mastik på dem med en nick.

- Pöllsa, sa den store mannen och räckte fram en rejäl näve mot Leon.

Han tog mannens hand och skakade den. Handslaget var hårt, Leon försökte inte visa det men de gamla händerna tålde inte så mycket. Pöllsa verkade vara en trevlig person, även han klädd som en krigare med svärd, pilbåge och en smidig läderklädsel. Han märkte att Pöllsa tittade noggrant på honom och förstod att han var traktens nya attraktion.

De andra packade vant faxarna och Sekel hjälpte Leon att komma upp på den sandfärgade Gullfaxe. Hon hade blängt lite på honom men verkade acceptera sällskapet.

En stor grupp barn och vuxna samlades kring dem och önskade lycka till på färden.

- Må Elafagur skydda dig, sa en liten flicka med nyfiken blick.

- Tack detsamma, sa Leon och log mot henne uppifrån faxryggen.

- Sejd, du tar hand om dem, sa Mastik till en äldre kvinna. Hon var i hans egen ålder, så som det var numera, med långt grått hår, grå fotlång tunika och flera olika halsband med stenar och fjädrar. Kvinnan höll en lång trästav så Leon förstod att hon också var shaman.

- Det vet du Mastik. Kom levande tillbaka och med goda nyheter, sa hon. Även Sejd studerade Leon, nerifrån och upp, för att sedan le brett mot honom. Han visste inte riktigt hur han skulle tyda det men log artigt tillbaka.

- Framåt, sa Sekel och alla faxarna började skritta. Nu bar det i väg.

Efter halva dagen nådde de en liten sjö som trädde fram ur den glesa tallskog de ridit genom de sista timmarna. Solen sken och sjöns vatten var blått och såg friskt ut. De stannade till vid gläntan av grönt gräs framför sandstranden. Mastik signalerade till alla att de skulle sitta av. Det hade gått bra att rida och Gullfaxe var lugn och snäll, men nu hade Leon träsmak. En paus skulle bli skönt kände han och försökte fumligt komma ur sadeln utan att slå sig fördärvad. Sekel fnissade och hjälpte honom komma ner på marken helskinnad. Han skickades ut tillsammans med den store Pöllsa för att skaffa bra ved till brasan, medan shamanen och Sekel förberedde mat och dryck. Var skuggvargen Alfa tagit vägen såg han inte, han gick ofta i utkanten av gruppen, som om han höll span åt olika håll.

Han visste egentligen inte vad "bra" ved var för något, men Pöllsa visade honom vad som dög och inte. Torra grenar och gärna lite torr bark, den är lätt att få eld på. Medan han gick och samlade med grenarna i sin famn tänkte han tillbaka på hur han för bara några dagar sedan suttit i sin soffa helt ensam och utan några framtidsplaner. Nu gick han här i kroppen av en gammal magiker och plockade ved tillsammans med personer han redan kände stor samhörighet med. Han kom på sig själv med att det kändes bra, en aning, trots allt.

De satt runt den öppna elden som sprakade hemtrevligt och åt. De hade tagit torr mat ur en säck och sedan hällt kokande vatten på den och vips blev det en välsmakande gryta, den här världens motsvarighet till frystorkad mat. Han smackade förnöjt, man blev hungrig av att resa och det här slog hans fattiga pastasås med hästlängder.

Även Alfa hade dykt upp nu när maten blev klar och fick sin ranson. Han verkade också gilla grytan och låg en bit ifrån dem och vilade middag medan faxarna gick fritt och åt av gräset.

Det började skymma och gruppen gjorde upp ett läger i skydd av skogen. Mastik tog fram några dukar, ungefär stora som diskhanddukar, och lade ut dem på marken. Sedan mumlade han ord över dem och plötsligt var de stora som segel. Leon tappade hakan och alla hade roligt åt honom. De stora dukarna fungerade bra som tältduk, han såg fascinerat på när de andra vant lyckades få ihop stadiga boningar av dem. Detta var verkligen ett helt annat liv än han var van vid. De kamouflerade allting med stora granruskor. Även om de inte stött på någonting farligt på vägen så var försiktighet nödvändigt här ute i vildmarken.

De andra tre kom överens om att sitta vakt i skift. Leon slapp och skulle få sova ut i sitt tält, vilket han var tacksam för. Han kände sig mörbultad och trött efter en hel dags ritt på Gullfaxe. Intrycken var många, men samtidigt höll det honom upptagen från att fundera för mycket på sin märkliga situation. Han hade såklart under dagens färd tänkt en del på vad som hänt, undrat om han var fast i den här kroppen och den här världen för gott, skulle han komma hem igen? Men han kände att han inte orkade älta det hela för mycket, han behövde sina krafter till allt annat. En utmaning i sänder var det som gällde just nu. Han somnade så fort han lade ner huvudet på kudden av mjukt granris.

Färdens andra dag bjöd på lika fint väder som den första. En blå himmel och solsken välkomnade Leon när han blev väckt för att få i sig lite frukost tillsammans med de andra som redan varit uppe sedan gryningen. Det blev äggröra på fezägg, en fågel som var tam och hölls ungefär som höns, de var mindre i storlek men desto praktfullare att se i alla sina fina färger. Han åt hungrigt, det var gott och mättande. Mastik hade sedan mumlat sina ord över tältdukarna så de blev som handdukar igen och alla packade ihop lägret. De satte sig på sina faxar och red vidare genom den glesa skogen med solen i ögonen. Leon hade inte sett till skuggvargen sedan gårdagen, men enligt Sekel fanns han omkring dem, han höll sig för sig själv. Landskapet de red genom påminde Leon om norra Sverige. Det fanns skog överallt även om träden, mest tallar, stod ganska kargt och glest. Små bäckar rann ner från snöklädda berg i fjärran och de stannade ibland för att dricka det kalla goda vattnet, det piggade upp. Sedan red de genom ett stort område med något som påminde om den lila ljung Leon vandrat i när han som fjortonåring var uppe i Sareks nationalpark med sina föräldrar. Ljungen här var precis likadan, förutom att de små buskarna var röda i stället för lila, vilket skapade en vacker kontrast mot allt det gröna omkring dem. Plötsligt stannade de till på en av de röda ängarna och Mastik ropade till honom att titta upp mot himlen. Långt däruppe kunde han se det stora skeppet Glorien glida fram. Han gissade att det säkert var flera hundra meter upp, men skeppet var under molnen och väl synligt. Det hördes inget ljud som från en motor, utan det for ljudlöst fram. Han kunde inte urskilja några detaljer på det här avståndet. En kikare hade varit bra, men något sådant hade han inte sett till i den här världen. Skeppets skrov var inte som hos ett vanligt fartyg utan helt platt och blänkte som av metall. Kanske var det inte ett skrov utan bara en undersida av något som aldrig var tänkt att kunna landa i havet eller på marken, utan gjort för att sväva fram långt däruppe i luften för alltid. Till slut hade det försvunnit bakom trädtopparna och de fortsatte framåt.

Några timmar senare kom de fram till ett bergspass som skulle passeras. Det var två höga snöfyllda berg på var sin sida med en dalgång i mitten. Det hade blivit kyligare i luften senaste timmen och sällskapet plockade fram sina varmare kläder. Leon fick en fodrad skinnjacka med pälshuva, fodrade byxor och kängor i stadigt läder. Bergspasset bjöd fortfarande på mestadels grön barmark även om frosten nu dykt upp, men luften var klar och skön att andas. Det kändes inte som mer än ett par plusgrader och han frågade Sekel som red bredvid honom om de hade något sätt att mäta temperaturen?

- Nej, hur menar du med att mäta?

- Ja alltså, hemma i min värld har vi instrument som visar vilken temperatur det är i antingen Celsius eller Fahrenheit, två olika mätsystem. Hos oss använder vi Celsius och då är det noll grader när vattnet fryser.

- Vi har inget sådant sätt, vi går ut och känner efter om det är kallt eller varmt, skrattade hon retsamt. Men vi brukar också notera just om vattnet fryser, då är det vinter. Det sker aldrig hemma i byn, vårt klimat är för varmt även på den kalla årstiden. Men nu är vi i gränslandet till Wolwar och där finns snön och kylan, de har ständig vinter norröver.

Mastik och Pöllsa red framför dem, han såg Mastik vända sig om.

- Det är en sjö här framme, vi stannar och äter lite mat där.

De upprepade proceduren från dagen innan, så Pöllsa och Leon letade brukbar ved. Det fanns inte så mycket träd just här, mest större buskar, men Leon använde sin kniv för att skära av torra grenar från ett fallet träd de kunde använda. Vid den nya lägerplatsen satt han sedan och vilade sin ömmande kropp. Han kände att åldern tog ut sin rätt med de långa ritterna, han var stel och hade ont lite överallt, den här gamla kroppen var nog inte van vid att röra sig så mycket.

De åt den goda grytan igen, den värmde gott i kylan och Leon piggnade till. Mastik meddelade att han minsann tänkte vila middag, medan Pöllsa gick i väg för att spana in omgivningen och vägen framför dem.

- Du som ska föreställa Coor magikern, vi kanske skulle testa om du kan någon magi? sa Sekel.

- Javisst men hur då, jag har ju ingen aning om hur sådant

fungerar. Förutom mina tatueringar då förstås.

- Pappa kan lite av varje som du märker, själv har jag lärt mig att använda skuggmagin. Vi kan ju testa om det är något för dig?

- Javisst, gärna.

Leon förväntade sig ingenting, han hade ju ändå ingen magi i sig.

- Nu är det mitt på dagen och dåligt med skugga, men vi går bort till de stora buskarna därborta, där finns det lite skugga vi kan använda, sa hon.

De satte sig och hon instruerade honom.

- Sitt i skräddarställning. Slut ögonen och lugna din andhämtning.

Det påminde honom om meditationen som han lärt sig av Amina från deras träningspass. De brukade alltid börja med en kort meditation för att stilla sig och få fokus. Han gjorde som Sekel sa.

- Bra, tänk dig nu att du ska bli ett med naturen runt dig, låt naturens energi komma in i din kropp, från marken och upp ända till huvudet. Visualisera och känn det ske.

Han försökte och kände faktiskt hur han fick en kontakt med naturen runt sig. Även om ögonen var stängda kunde han på något sätt känna gräset och buskarna omkring sig. Det pirrade i kroppen, som av lätt kolsyra, en trevlig känsla. Han kunde för sitt inre se hur kylan långsamt vandrade över marken som vågor på havet. Det var som om allting var levande, var del för sig men ändå som en helhet.

- Fokusera nu på att gå ur kroppen och stanna kvar i buskarnas skugga till höger om dig.

Leon kände en växling, som om han förflyttade sig en liten bit åt sidan.

- Öppna ögonen.

Han gjorde som hon sa och såg den frusna marken, sjön. Men det var ett speciellt daller av energi över allting, som att det fick ett inre sken. Varje grässtrå framför honom var som ett litet levande väsen, tusentals med gröna strån som leende tittade tillbaka på honom. Helt fascinerad vände sig Leon om för att se på Sekel och såg först nu sin egen kropp sitta där bredvid honom. Det var alltså så han såg ut. Vitt skägg, rynkor. Kroppen såg skör ut där den satt helt stilla. Bredvid hans kropp satt Sekel och såg rakt på honom. Hon blundade till och plötsligt såg han hennes skugga bredvid sin, en mörkare lite mer genomskinlig variant av hennes kropp, hon log mot honom.

- Det gick ju bra, duktigt av dig att klara det på första försöket.

- Wow, det här är ju fantastiskt! Som att låta själen gå ut ur kroppen på något sätt. Det går att prata också?

- Ja vi syns och hörs om vi vill. Vårt folks jägare och krigare använder sina skuggor i jakt och strid. Som du ser har du dina kläder och din kniv på dig även i den här formen. Du kan välja att vara osynlig skugga och smälta in i omgivningens skuggor och bara sväva fram i luften helt tyst och omärkligt tills dess du med avsikt vill vara fysisk skugga, då både syns du och hörs du och kan agera med omgivningen. Du kan alltså välja att växla mellan de två tillstånden med din tanke. Men det fungerar bara så länge du befinner dig i riktig skugga. Skulle du nu sväva ut i solskenet så bryts det och du hamnar i din fysiska kropp igen.

- Så nattetid kan man röra sig fritt med sin skugga?

- Javisst, så länge inte solen skiner på dig kan du resa vart du vill med skuggan och med lite övning kan du fara flera mil på en kort stund.

- Det måste vi testa ikväll, utbrast han entusiastiskt.

- Det kan vi göra, sa hon och nickade gillande.

- Nu kan du välja, antingen blundar du och tänker dig tillbaka till kroppen eller så svävar du ut i solskenet så sköter det sig självt.

Leon kände sig som en vampyr som skydde solsken och valde att blunda. Med en tanke var han tillbaka i kroppen igen, han kände genast stelheten och hur han frös mot den kalla marken.

- Jaha, det där såg ju bra ut! hörde han Mastik ropa. Shamanen stod en liten bit bort och studerade honom.

- Inte illa att klara av skuggmagi på första försöket, det bor nog en liten magiker inom dig ändå. Man kan ju inte gå omkring och se ut som Coor utan att kunna magi! Han skrattade gott.

De gick och packade ihop sina saker och förberedde sig på att rida vidare när de såg Pöllsa komma springande över heden. Han rörde sig snabbt mot dem och bakom honom hördes något som lät som ylande vargar.

Först lät hon trojanen ladda ner materialet från underrättelsetjänstens server och därefter instruerade hon den att radera sig själv. Freja hoppades att det skulle räcka för att slippa bli upptäckt. Hon funderade även på att radera militärens egna backuper, där trojanen fanns kvar och kunde upptäckas. Men det skulle förstås dra till sig uppmärksamhet, så hon lät bli och hoppades att ingen skulle granska dem närmare. Ingenting i Harpya ledde till henne personligen utan bara till servern i Venezuela där allting låg. Hon hade två anonyma servrar till på andra håll i världen, så allting kopierades även till dem från Venezuela. Kontakten mellan servrarna kopplades sedan bort så de blev fristående ifrån varandra.

Det blev kväll och hon hade med sin röst, via en egenskriven app, tänt lampor i lägenheten. Hon litade inte på de stora IT-bolagens röstaktiverade högtalare och hade studerat datatrafiken från deras enheter och sett hur mycket av information från hemmet och rösten som skickades till deras servrar. Vad informationen sedan användes till var okänt, förmodligen såldes den vidare. Det gällde information från alla enheter på nätverket, även var man geografiskt befann sig, allt ner till den exakta platsen för ens hemadress. Enheterna som lyssnade efter röstkommandon spelade in samtal utan att man visste om det, så fort någon sa ett av alla utvalda nyckelord.

Google, Apple, Facebook och de andra stora techjättarna och deras tjänster var inget för Freja, inget för någon i hackergruppen cPu. Där hade många av medlemmarna skrivit egna appar för att styra sina hem eller för att kommunicera med andra, allt fritt från övervakning. Frejas hemstyrningsprogram var populärt i deras kretsar, det blockerade de smarta lamporna och andra enheter från att kunna skicka i väg information. Hon hade gått så långt att hennes Androidmobil inte hade några appar kvar från de stora bolagen. Hon hade bytt ut hela operativsystemet i den mot ett med öppen källkod fri från all spårning. Inget som inte var godkänt av henne fick finnas där, hon använde alltid sina egna eller hackergruppens appar till allt hon behövde. Freja hade specialskrivit flera av apparna och sedan delat ut på nätet, som öppen källkod för vem som helst att ladda ner. Allt helt i stil med cPu:s filosofi om att information vill vara fri.

Hon bytte till "Not Gonna Get Us" med t.A.T.u och höjde volymen i hörlurarna. Med korslagda ben på datastolen gungade hon sakta med i låten medan hon granskade filer på skärmarna framför sig. Ikväll hade hon bytt ut tangenterna på sitt tangentbord till en uppsättning helt svarta, utan några tecken alls. Hon behövde dem ändå inte, hon visste exakt var varje tangent fanns utan att behöva titta. Det var mer minimalt och rent så här, dessutom var allt svart, det passade henne.

Sedan hon sett drönarvideon igår kväll hade hon vidtagit säkerhetsåtgärder för att undvika spårning från militären och därefter noggrant studerat dokumenten på sin server. Hon började få en bra bild om vad som hänt. Gruvbolaget som upptäckt den underjordiska salen hade kontaktat kommunen i Kiruna. De i sin tur visste inte hur de skulle hantera ett sådant märkligt ärende och hade kontaktat SÄPO, som inte ansett att det var frågan om någon terrorism som kunde hota rikets säkerhet. Till slut hade någon kontaktat militären som däremot visade intresse. Det hade gått kommunikation mellan högre politiker och militären där det beslutades ligga på militärens bord att hantera och undersöka alltihop. Deras underrättelsetjänst hade sedan säkerhetsstämplat alltihop och lagt tystnadsplikt på de lokala politikerna och gruvbolaget.

De senaste dokumenten från militärens server avslöjade att två agenter skulle resa till gruvan för att utreda om det utgjorde ett militärt hot av något slag. Hon kunde inte se att någon ännu rest till Kiruna och varit på plats. Tyvärr hittade hon ingen skriftlig order heller, så hon visste inte när det skulle ske och nu när hon raderat sin trojan skulle det inte bli mer information än så här.

Några timmar ägnades till att försiktigt hacka Kiruna kommuns servrar i jakt på intressant information där, men hon hittade ingenting. Militären hade förmodligen gett kommunens IT-ansvarige order att radera allt. Hon lät en trojan ligga kvar som skulle fortsätta leta tills vidare, man vet aldrig. Hon funderade på om hon skulle dra in hackergruppen i det hela och få mer resurser? Men nej, hon bestämde sig för att hålla allting för sig själv, det var för känsligt. Dessutom ville hon inte att gruppen skulle riskera att få ögonen på sig i onödan, de hade redan fullt upp med sin miljöaktion.

Hon hade även sålt en mindre del av sin kryptovaluta från utländska banker och fört pengarna via omvägar in på sitt svenska bankkonto märkt som en spelvinst. Hon behövde lite kapital för det hon nu tänkte göra.

Freja var inte utanför lägenheten i onödan. Hon visste att det var nyttigt att ta en promenad för att få frisk luft och motion, men hade inget intresse av det. Med jämna mellanrum tvingade hon sig ut med hörlurarna och en lång spellista för att i rask takt gå runt ån i Vilsta naturområde. Exakt ett varv och sedan hem. Det kunde faktiskt kännas rätt bra efteråt. Trots att hon inte rörde så mycket på sig så var hon smal och smidig i kroppen. Förklaringen var att hon såg på mat precis som motion – något som ibland var nödvändigt. Ofta tinade hon en liten portion i mikron eller beställde hem thailändsk mat eller pizza, alltid samma rätt som förra gången. Vissa dagar blev det bara någon snabb macka framför skärmarna. Freja förstod ändå värdet av att kroppen var i någorlunda skick och började alltid dagen med att tänja och mjuka upp sig i tio minuter. En kropp i bra skick gör hjärnan pigg och hjärnan behövde hon.

Dagens utflykt var därför något som bröt det normala mönstret i hennes liv. Det började bli höst ute, de flesta löv hade nu ramlat av träden och luften var kyligare. Hon tog på sig sin svarta fodrade skinnjacka som matchade resten av de svarta kläderna, kängorna och de svarta hörlurarna. Hon tog sig till busshållplatsen, reste med bussen ner till centrum och gick till den lokala datorfirman. En helt ny laptop köptes in tillsammans med ett extra tåligt USB-minne klätt i gummi, en liten mobil router samt en drönare. Det blev en mindre modell med bra kamera som kunde styras med hjälp av skärmen på mobilen. En tur till ICA gav olika proteinbars som kunde vara bra att ha som mellanmål. Hos järnaffären, som också hade en hörna för friluftsartiklar, köpte hon ett tunt klätterrep som var lätt att ta med sig och inte tog för stor plats och så några paket med frystorkad mat. Hon hade ingen lust att släpa på alltihop i bussen utan tog i stället en taxi hem och betalade kontant som alltid.

Väl hemma satte hon sig med den nya laptopen. Hon raderade det Windows som fanns på den och installerade sin specialversion av Linux och krypterade hårddisken. Hon satte i den nya USB-stickan och kopierade alla nya dokument och filmen från sin server till den. Stickan krypterades den också, ingen skulle kunna komma åt innehållet utan hennes långa lösenord. Den lilla mobila routern som såg ut som en ishockeypuck ställde hon in så att datorn kunde koppla in sig och nå internet var hon än befann sig. All trafik genom routern gick via en krypterad VPN-tjänst så hon inte kunde spåras. När den tekniska biten var avklarad satte hon sig att studera tidtabeller. En flyglinje från Arlanda gick direkt till Kiruna. Bra, då slapp hon trängas på ett tåg hela vägen. Hon funderade på situationen. Det här var något helt annat än vad hon brukade göra. När Freja gick till aktion var det alltid via datorn och bakom sina skärmar. Nu skulle hon i stället flyga till Kiruna, leta upp en gruva och sedan försöka ta sig in på förbjuden mark. Det hela gjorde att hon tvekade lite. Det skulle kännas tryggare att ha med sig någon hon kunde lita på. Att ta någon från hackergruppen var uteslutet, hon ville inte dra in dem i det här. Dessutom hade hon aldrig träffat någon av dem utanför nätet och visste inte om de gick att lita på här i den fysiska världen. Hon umgicks normalt inte med någon om det inte skedde digitalt, hade inga fysiska vänner förutom sin storebror och mamma. Dem hade hon ändå inte mycket kontakt med, de förstod inte hennes livsstil särskilt bra och hade aldrig gjort.

Plötsligt tänkte hon på Leon. Det var fem år sedan de senast sågs, på programmeringskursen som Arbetsförmedlingen hade betalat åt dem. Hon hade varit väldigt kär i honom, han var snygg och charmig på sitt lite bortkomna sätt. Visst, han var fem år äldre, vilket var mycket när man själv bara var femton. Men hon hade aldrig fäst sig vid sådant, tvärtom var det ett plus. Han hade förstås aldrig sett henne på det sättet, han hade ju redan träffat sin 'stora kärlek', som han själv uttryckte det. De killar hon träffat i sin egen ålder var, tyvärr, rätt omogna. Hon hade haft två korta förhållanden i sitt liv, båda var datanördar, vilket i teorin borde passa henne bra. Men det fungerade inte, de var visserligen väldigt förtjusta i henne båda två och de var söta på sitt sätt, men hennes intresse svalnade snabbt. Hon insåg att de snarare gillade idén om henne, den coola hackern och tjejen som kunde datorer, men de såg aldrig vem hon verkligen var. Då var det bättre med äldre killar som Leon. I hemlighet hade hon varit svartsjuk och arg på honom, men hon visste förstås att det inte var hans fel att han redan träffat någon. Det var hennes problem att hantera. Hon visste också att han senare hade gift sig med den där ekonomtjejen, hon var säkert snygg. Men det var något med honom, hon kände att Leon var en av få personer hon kunde lita på om det verkligen gällde, trots att de inte haft kontakt på länge. Han hade alltid lyssnat på henne och respekterat henne, även om hon säkert varit fjantig på den tiden och pratat om för honom helt ointressanta saker.

Hon hade inget eget Facebook-konto, men visste hur man fick fram informationen ändå och letade snabbt upp honom. Han verkade inte särskilt aktiv, men hon kunde se att han inte var gift längre och att han fotograferade mycket. Han verkade göra det professionellt. Det var färdigheter och kunskaper hon själv inte hade. Någon som Leon skulle kunna dokumentera gruvan och det som fanns där om de nu kom så långt, bra. Hon gick in på Instagram och hittade hans konto. Det verkade han mest använda som reklam för att visa upp sina bilder. Bröllop och studioporträtt varvades med vackra landskapsbilder, han var begåvad det kunde hon se. Det fanns en bild på honom också, hon studerade den. Han såg lite äldre ut nu, men det gjorde snarare att han såg bättre ut i hennes ögon.

Hon gick in på andra tjänster och hittade hans adress, mobilnummer och att han bodde ensam. Bra, mindre krångel på det viset. Hon såg att han hade samma mobilnummer som förr, efter hon jämfört med det hon sedan gammalt hade sparat i sin mobil. De hade ju setts privat några gånger och fikat tillsammans, mest pratat om programmeringsspråk och läxorna de hade. Han var ingen Einstein när det gällde datorer men försökte alltid lära sig när hon visade honom hur man gjorde. Freja hade först tolkat det som att han var intresserad av henne, men så var det ju inte.

Det var då, nu är nu. Hon tog mod till sig och ringde hans mobil. Signalerna gick fram, men ingen svarade. Hon tvekade när hans röst talade om för henne att tala in ett meddelande så skulle han höra av sig. Hon lade på, men samlade sedan ny kraft och ringde igen. Inget svar denna gång heller men nu talade hon in ett meddelande.

- Hej Leon det är Freja här, tjejen du gick programmeringskurs ihop med om du kommer ihåg? Jag skulle vilja prata med dig om något viktigt, kan du ringa mig, det är bråttom, ok hej!

Så fort hon lagt på insåg hon att hon glömt lämna sitt mobilnummer. Så korkat. Hon skickade honom ett sms med sitt nummer och bad honom återigen att ringa henne så fort han kunde. Hon kände sig spänd och nervös, sociala interaktioner som det här var inte hennes starka sida. Hoppas att han snabbt ringde tillbaka, för det fanns ingen tid att förlora.

Militären skulle säkert bege till gruvan snart och då skulle de förmodligen bomma igen hela stället. Hon ville se den där salen och den stora kristallen med egna ögon. Framför allt var hon väldigt nyfiken på det som hänt drönaren när den flög in i kristallen och som det verkat, hamnat någon helt annanstans. Hon kom ihåg bildrutan på den blåklädda kvinnan med en stav som skickade en blå stråle. Freja hade läst och sett mycket science fiction och fantasy sedan hon var liten och där hade hon stött på fenomenet portaler mot andra värdar. Detta kunde mycket väl vara en sådan, en riktig sådan. Hon log. Plötsligt plingade det till på den vänstra skärmen borta på bordet. Hon gick och satte sig och leendet försvann genast. Ett larm hade gått på servern i Venezuela dit all dokumentation först skickats, någon försökte hacka sig in.

Pöllsa skrek något åt dem, han hörde först inte vad.

- Varg, varg, stora vargar!

Leon visste inte vad stora vargar var för sorts vargar men han förstod allvaret och rädslan i Pöllsas röst och ansikte. Hela sällskapet plockade snabbt upp vapnen som de hade lagt ifrån sig i lägret. Själv grep Leon skaftet på kniven i sitt bälte. Vad den nu skulle hjälpa. Sekel skrek åt honom att komma och alla sprang mot klippan en liten bit bort. Han sprang allt han kunde, den gamla kroppen krängde och det gick inte fort nog, han kom efter. Vargarnas tjut lät mycket närmare nu, han vände snabbt på huvudet för att titta bakom sig. Han kunde se tre stora vargar, alla med lång svart päls. De var säkert dubbelt så stora som de han sett på ett zoo en gång och var nu på väg rakt mot honom. Leon tittade framåt igen och sprang så fort kroppen kunde. De andra var framme vid den lilla klippan, men själv hade han en bit kvar. Han kunde se Sekel sikta med sin båge mot honom och vände snabbt på huvudet igen. Nu var den närmaste vargen bara tjugo meter bort och tog snabbt in på honom. Det var längre än så kvar till klippan, han skulle aldrig hinna dit i tid. Skulle han dö nu? Han såg Sekel skjuta en pil rakt mot honom, blev rädd och kastade sig åt sidan och ramlade ihop på marken. Han hörde vargen bakom sig tjuta till, pilen hade träffat den i halsen. Det var naturligtvis inte honom Sekel siktat på, han kände sig dum och kom upp på fötter igen. Vargen som träffats av pilen var nära honom nu och fortsatte framåt trots att pilen stack ut genom bestens hals. Den väste och blodet rann och färgade snön svart, men det verkade inte bekomma den alls.

Han bestämde sig för att stanna och drog snabbt sin kniv, beredd på att dö. Plötsligt såg han något komma från sidan i ögonvrån. Det var skuggvargen Alfa som kastade sig rakt mot bestens strupe och båda rullade runt i en hög på snön framför honom. De två andra vargarna stannade till av den plötsliga attacken. Leon förstod att han måste hjälpa Alfa på något sätt, men innan han hann röra sig kom Pöllsa och ställde sig framför honom, hållandes i ett stort svärd.

- Spring till klippan, skrek han. Nu!

Leon tvekade men började sedan springa. Han hörde en vargs dödstjut bakom sig och hoppades att det inte var skuggvargen som fallit. Framme vid klippan såg han Sekel stå och skjuta fler pilar medan Mastik blundade och mumlade med sin stav. Han klättrade upp på klippan och kunde se vad som hade hänt. Den första stora besten låg livlös med Alfa och Pöllsa framför sig. De två andra vargarna stod still och tvekade. Han kunde se fradgan droppa från deras stora käftar och ögonen var helt svarta som vore de demoner från en annan värld. En av dem ryckte till när Sekels pil träffade den rakt i ett av de mörka ögonen, men det sporrade den bara till ett nytt anfall och besten bredvid rycktes med och gick också till attack. Leon hörde plötsligt ett högt surrande bakom sig och såg ett väldigt moln av insekter snabbt flyga förbi dem rakt mot striden. Han kände sig panikslagen och samtidigt helt hjälplös. Han kunde bara stå där och titta på när besten med pilen i ögat träffade Pöllsa med sin stora framtass full av rakbladsvassa klor. Den stora mannen voltade genom luften, slog i marken och låg sedan stilla. De vände sig nu mot den ensamma skuggvargen. Han var en stor varg, men jämfört med de här odjuren var han liten. Men molnet av insekter var nu över dem. De två vargarna började tjuta och riva runt i luften för att skydda sig. Han såg att Sekel sprungit bort till Pöllsa och attackerade nu en av vargarna med sitt svärd. Hon lyckades träffa den i halsen, han kunde se hur blodet sprutade ut i en stråle, det måste varit en stor artär. De stora vargarna tjöt av insekternas attacker och den skadade blodiga vargen ramlade plötsligt ihop och var död. Nu var besten med en pil genom ögat ensam kvar, den försökte värja sig från både insekterna och Sekels attacker. Leon fick en ingivelse och började springa mot dem, han kunde höra bakom sig hur Mastik fortsatte att mumla.

Sekel högg av ena benet på besten när den försökte riva henne med sina väldiga klor. Den gnällde till och trots att dess enda öga var kolsvart så lös det som av vanvett. Vargen ställde sig upp på bakbenen och gjorde ett nytt utfall och träffade Sekels svärd med sådan kraft att det flög ur händerna på henne, hon föll baklänges till marken och slog huvudet hårt i en sten och blev orörlig. Alfa kom genast och ställde sig mellan Sekel och och den väldige besten och djuren stirrade på varandra. Leon var nu framme och plockade upp Pöllsas svärd från marken och kastade det med ett skrik mot den stora vargen, som först nu såg honom. Svärdet träffade den i halsen, alldeles för löst för att göra någon större skada, men tillräckligt för att få vargen att vackla till. Den vinglade och försökte balanserade på sina tre ben med pilen genom det ena ögat och molnet av insekter som ständigt anföll. Skuggvargen passade på tillfället och med ett vigt hopp slöt Alfa sina käftar kring odjurets hals och han kunde höra strupen krossas. Ett väsande ljud och den sista svarta vargen föll livlös ihop.

Leon var snabbt framme hos Sekel som stönade till och började röra på sig. Hon verkade ok och han hjälpte henne upp på fötter, sedan var de fort framme vid Pöllsas livlösa kropp. Han hade puls, men var svårt skadad på vänster sida där blodet rann röd över snön. Nu kom Mastik springandes och trängde sig fram mot Pöllsas kropp och skrek åt dem att flytta sig. Han skar upp läderbrynjan så det stora såret blev synligt och plockade fram flaskor och örter ur sin väska. Medan shamanen gick till handling kände Leon hur huvudet snurrade till och kallsvetten trängde fram. Han var tvungen att sätta sig ner och stirrade rakt mot pilen som stack fram ur den stora bestens öga.

Han märkte plötsligt hur allting var tyst, stridens alla ljud var borta. Den stora svärmen med insekter hade också försvunnit utan att han märkt det. Han såg Sekel sätta sig på knä bredvid honom.

- Är du skadad? frågade hon.

- Nej, nej jag.. det blev lite mycket bara, sa han matt.

- Det är chocken efter striden. Här drick lite.

Hon gav honom en en liten skinnsäck fylld med någon vätska, han tog en klunk och det starka brände till i halsen. Han hostade till och ögonen tårades, men kom ur chocken och såg förvirrat på henne.

- Zocca, sa hon.

- Zocca?

- Ja det heter så, det är gjort på saven från zoccaträdet. Man blir berusad om man dricker för mycket. Men det är bra för att komma ur en chock.

- Det fungerade, sa han och hostade till igen.

- Kom och hjälp mig, hörde de Mastik ropa.

Shamanen hade använt medel från flera flaskor och tvättat rent de stora såren.

- Hjälp mig att rulla runt honom så jag kan lägga på förband.

Leon och Sekel fick ta i ordentligt för att kunna rubba den stora kroppen men till slut satt förbandet på plats.

- Jag tror han är stabil nu men han är fortfarande medvetslös, sa Mastik. Såren är rena och jag har lagt mazaörter i dem, de kommer att påskynda läkeprocessen. Jag har gjort så gott jag kan men jag är ingen helare, sa han bekymrat.

- Insekterna, var det du? frågade Leon.

- Ja, jag kan lite magi för att kommunicera med djur. Jag bad alla flygande insekter i skogsdungen bakom oss att hjälpa oss.

- Fantastiskt, utan deras hjälp hade vi inte klarat oss.

- Utan dig hade vi inte heller klarat oss, sa Sekel, tack för att du kom och räddade mig.

- Utan långsamma mig hade Pöllsa aldrig behövt offra sig för min skull, sa han och kände hur ångesten växte.

- Det är inte ditt fel, du sprang så fort du kunde och Pöllsa visste vad han gav sig in på.

Alfa kom och satte sig bredvid dem och slickade på ett sår i sidan.

- Utan Alfa hade vi också dött, sa han och log tacksamt mot skuggvargen.

- Ja, han är modig.

- Vi hjälpte alla till så gott vi kunde, bröt Mastik in, kan ni komma och titta här.

De gick fram till honom där han stod på knä och studerade en av de fallna vargarna.

- Det här är inga vanliga vargar.

Leon och Sekel tittade också närmare. Pälsen var mörk, lång och tjock, de var verkligen stora. Han kunde se sin spegelbild i de döda blanka ögonen, han rös till.

- Sådana här stora långa klor har jag aldrig sett på en varg, sa shamanen, de är som rakblad.

- Inte svart blod heller sa Sekel och studerade vargens sår och fläckarna i snön.

- Det liknar helt enkelt inget vi sett förut, konstaterade Mastik. Jag ska ta med mig prover från vargarna till Runvar i Furuvik så får vi undersöka det hela närmare i hans laboratorium. Det kanske har något samband med det som hände i byn därborta.

- Vi måste bygga en bår att lägga Pöllsa på så vi kan transportera honom, något hans fax kan dra honom med.

- Gör det ni två, så tar jag prover och håller koll på honom så länge.

Sekel gick i väg mot skogsdungen med Leon i släptåg. De använde en yxa och fällde ett tiotal mindre träd för att kunna bygga en stadig bår. Sedan gjorde de den mjuk att ligga på med torrt gräs och granris. Efter en stund var den klar och de bar bort den till Mastik och Pöllsa.

- Vi måste hitta våra faxar också, sa Sekel, de blev nog skrämda av anfallet. Jag och Leon fixar det.

Efter en stunds letande hittade de faxarna som lugnt stod och betade en bit från lägret. De packade ihop alla saker och gick i väg för att koppla båren till Pöllsas fax. Sedan la de honom försiktigt ner och Mastik mumlade över en av handdukarna som blev stor igen. Den använde de att bädda in den store livlöse mannen så han höll sig varm i kylan, som nu blivit mer påtaglig. Solen stod fortfarande högt på himlen och de hade flera timmars ritt kvar att göra för dagen, även om det nu skulle gå betydligt långsammare med båren att släpa på.

De red in i passet. Alfa försvann framför dem, kanske ville han hålla utkik så de inte blev överraskade av något mer otrevligt. Efter ett par timmars tyst ritt ropade plötsligt Mastik till och sprang av sin fax. Pöllsa hade vaknat, och de samlades glatt runt hans bår för att välkomna honom tillbaka till livet. Han fick näringsrik dryck av shamanen och var tacksam för deras hjälp, men blev fort trött och somnade igen. Det var ändå ett gott tecken och gruppen red vidare upplivade och samtalade glatt med varandra.

Det blev snabbt mörkare när solen närmade sig horisonten så de beslöt att rida upp mot en klippskreva för att slå läger i dess skydd. De hjälptes åt att sätta upp tälten och gjorde sedan en eld fastän den skulle kunna avslöja deras läger, men alla var hungriga efter allt som hänt. Det blev den goda grytan igen. Leon tyckte det var märkligt att han kunde äta den om och om igen utan att tröttna på den och vilja ha något annat. Sekel log åt honom och förklarade att det var hennes mormors hemliga recept och att hennes mormor kunde det här med både mat och magi.

- Apropå mormor, din mamma har jag inte träffat? Leon såg frågande på Sekel.

- Hon dog för ett par år sedan, sa hon och tittade ner.

Han såg att hon blev ledsen.

- Förlåt, jag visste inte.

- Nej, nej det är ingen fara.

- Bella var en fin kvinna, sa Mastik plötsligt.

- Hette hon Bella?

- Ja, efter en vacker blomma, vilket passade henne.

- Hon dog i en jakt, sa Sekel.

- Vi var fem jägare som hade skuggjakt. Min mor var också skuggmagiker. En stor björn rev henne i bitar innan vi kunde rädda henne. När hennes skugga dog så dog också min mors kropp. Hon finns begravd hemma i byn bakom mitt hus. Min mors hus.

Han såg sorgen i bägges ögon.

- Hon finns hos Moder Elafagur nu, tillsammans med fina mormor. De har det bra.

- Ni har ingen dödsgud?

- Nej? Gudarna är livet. Man föds in i denna värld och sedan går man åter till Modern när man är klar. Kanske har mamma redan tagit sig ett nytt liv här nere.

- Det finns de som tror så även i min värld, sa Leon.

Han kom på sig själv med att han aldrig funderat så mycket på sådana frågor.

- Hur vet man att det fungerar så? Jag menar att man får nya liv?

- Det finns de som minns och kan berätta om sina gamla liv, ofta är det dem som blir riktigt kunniga inom det andliga arbetet, som shamaner, sa Mastik.

- Minns du något annat liv?

- Nej tyvärr inte, men jag har träffat andra shamaner som gör det och berättat sådant som sedan kunnat bekräftas. Runvar i Furuvik minns bitar av sin tid hos Modern innan han gick ner hit till detta liv. Kanske kan han berätta mer för dig.

De satt tysta en stund tills Pöllsa vaknade till. Leon ville vara den som hjälpte honom få i sig maten.

- Pöllsa, tack för att du räddade mig där mot vargarna. Jag hade inte varit här utan dig.

- Det var självklart för mig min vän, du behöver inte tacka. Du får i din tur hjälpa den som är i nöd nästa gång något händer, sa den store mannen svagt. Jag hörde att du hjälpte Sekel därborta, du ser en god gärning ger en annan, ringar på vattnet.

- Tack ändå och här, ät nu och bli stark. Leon matade honom omsorgsfullt med den varma grytan.

Det blev kväll, elden var släckt för att inte röja dem i onödan. Det skulle bli kallt men de hade ordentligt med varma kläder. Där vid klippskrevan hade snön lagt sig någon decimeter, Leon gissade att det nu var flera minusgrader i luften. Men det var vindstilla och klart och inget oväder i sikte. Himlen blinkade av alla stjärnor som gav tillräckligt med ljus för de skulle se en bra bit över landskapet. Han hade fått värk i lederna av kylan och Mastik förklarade att det helt enkelt var för att han blivit gammal och sedan skrattat. Han fick en liten flaska vars innehåll skulle hjälpa om det blev för illa. Leon hade tagit en klunk och faktiskt så hjälpte det, han kände sig plötsligt ovanligt pigg trots kylan och den sena timman. Han passade på och frågade Sekel om de inte kunde öva mer på skuggmagin nu när det var mörkt och det kunde de visst göra tyckte hon. Medan Mastik satt vakt så satte de sig i skydd av en stor sten och han gjorde som hon sa och lyckades komma ut ur kroppen igen. Leon betraktade sin egen och Sekels kropp som satt där påpälsade och helt stilla och fridfulla. Hans såg att det långa vita skägget var täckt av frost som gnistrade av kylan. Det värmde faktiskt när det var kallt, kanske något att ha i min vanliga värld. Om det nu gick att återvända dit.

"Kom så åker vi norrut och ser om det finns något framför oss."

Han hörde henne i sitt huvud utan att hon öppnat munnen.

"När vi är i skuggtillståndet kan vi kommunicera med bara tanken, tänk på att om du pratar fysiskt med din mun så blir du synlig, förstår du?"

Det var ju bara att testa.

"Ja ok jag förstår, hör du mig nu?" tänkte han högt. Han var tveksam till om det verkligen skulle fungera.

"Jag hör dig fint", sa hon.

"Fantastiskt! Det finns telepati."

"Följ efter."

Sekel svävade i väg bort mot dalgången. Han kom då på att han inte visste hur det här fungerade. Han testade att luta sig fram, som för att få fart, men ingenting hände.

"Använd tanken." Hon hade stannat en bit bort och såg på honom.

Han fokuserade på att åka framåt och det fungerade, han kunde styra både fart och riktning med tankens kraft och var snabbt framme hos Sekel.

"Det här var faktiskt roligt."

Hon log åt honom.

"Ta det försiktigt bara, tänk på att om du ramlar omkull eller säger något högt kan du bli synlig igen. Vi vill inte att någon ska se oss."

"Kan jag bara tänka mig osynlig igen om det skulle hända?"

"Ja, allting handlar om riktat fokus när du är i skuggform, du styr med din vilja."

De svävade fram över snön. Sekel lät dem öka takten efterhand som hon märkte att Leon behärskade farten.

"Nu är vi snart framme vid byn Hogdal, den ligger på vägen fram till Furuvik. Där är vi ibland och har handel med byborna. De har goda isäpplen."

"Isäpplen, det låter kallt?"

"Det är små röda äpplen som växer och frodas trots kylan. De är smakrika och goda att göra saft på."

Leon såg hur rök steg mot stjärnorna vid horisonten. En av Lumnos månar hade börjat sin färd upp över himlen och lyste sakta upp landskapet. Han trodde det var magigudinnan Epone som nu visade sig när den stora Modern lagt sig för att sova.

"Något har hänt." Sekel ökade takten.

De var snart nära byns utkant och nu steg röken upp från marken på flera ställen. Han förstod snart att det var brandrök. Det som en gång varit hus och byggnader låg i spillror och glödde medan brandröken långsamt steg i den kyliga luften. Det var helt tyst. På helspänn for de sakta fram mellan högar av aska och raserade stenhus. Han såg ingen, varken levande eller död.

"Jag ser inga människor?" tänkte han högt.

"Nej, inte jag heller. Det är något som inte stämmer här."

Efter att ha susat runt en stund i den ödelagda byn kunde de konstatera att de inte hade sett ett enda lik, eller någon som levde för den delen. Det var helt öde.

"Vi åker tillbaka till pappa."

En stund senare var de åter i sina kroppar. Leon frös, huttrade och skakade. Hans gamla kropp hade trots all påpälsning blivit nerkyld av att vara still. Mastik hade förberett deras ankomst med lite varm dryck som de tacksamt tog emot. Någon eld vågade de inte hålla i gång men drycken värmde gott efter deras skuggresa. Pöllsa var vaken igen och kunde delta i samtalet en stund innan han somnade om. Efter att ha berättat för Mastik vad de hade sett, kom de fram till det var bäst att avresa tidigt på morgonen. Då skulle de vara framme vid Hogdal lagom till lunch, när solen stod som högst på himlen.

De närmade sig åter byn, nu ridande på sina faxar. I fullt solsken fick man en helt annan översikt av förödelsen. Hogdal hade bestått av ett femtiotal hus och byggnader men inte en enda av dem stod kvar. Trots kylan rök det fortfarande på flera ställen och glöden lyste som ett bevis på vad som hade hänt. De steg av faxarna och gick tillsammans och inspekterade omgivningen. Solen gjorde att de nu kunde se spår efter strid och stora röda fläckar överallt i snön, men inga lik.

De hade placerat Pöllsas bår i skydd bakom en mur så att han också fick lite överblick, samtidigt som han inte syntes på håll ifall någon skulle närma sig byn utifrån. Han hade varit klart piggare på morgonen och Mastik var nöjd när han lade om såren med nya örter och förband, läkeprocessen gick bra.

Leon hittade flera pilar i snön som han visade de andra. Även svärd, sköldar och blodiga spjut fann de efter en stunds letande.

- Här har ett riktigt blodigt slag stått, sa Mastik.

- Ja det är blod överallt, sa Leon lite matt.

- Men inga döda eller levande någonstans, inte en kroppsdel. Det är konstigt.

Leon var samtidigt glad att slippa se lemlästade och döda människor, den enda döda människa han hittills sett i sitt liv var gamla mormor som dog på sjukhuset när han var liten. Han gick in i spillrorna av vad som hade varit en stenbyggnad och rotade runt med en pinne. Där fanns rester av ett kök. Skärvor av tallrikar, bitar av bord, stolar och annat låg i en röra omkring honom. Sekel kom och gjorde honom sällskap och visade honom en smutsig trasig docka.

- Men inga barn, sa hon. Jag vet inte om det är bra eller dåligt.

Skuggvargen Alfa fanns plötsligt vid deras sida. Han sniffade i luften och gick mot vad som hade varit en större träbyggnad en bit bort. De följde efter honom. Leon försökte undvika att gå i det frusna blodet på marken, allting var olustigt nog ändå.

- Det här ser ut att ha har varit shamanens byggnad, sa Sekel när de var framme. Ser du runorna på det som är kvar av dörren?

Leon tittade dit hon pekade och såg flera inbrända runor i träet.

- Det ser ut som runorna vikingarna hade, sa han.

- Vikingar?

- Ja i min värld, tusen år innan min tid härskade vikingarna i mitt land. De var stora krigare och handelsmän. De hade också shamaner och runor, runor som såg ut så där. Han tyckte att det kändes märkligt att se något som påminde om sin egen värld här.

- Pappa kan nordmagin bättre än mig, men de använder ofta runor till sin magi här i norr. Jag vet inte vad de betyder, men låt oss se om vi hittar någon.

De gick omkring i resterna av byggnaden och lyfte och flyttade runt det som nu låg i en enda röra för att försöka hitta något av intresse. Alfa morrade till och stirrade på något som såg ut som delar av ett altare längst in mot den bakre raserade väggen. De gick dit och hittade en stor träskiva på golvet som förmodligen varit en bordsskiva. De tog i med gemensamma krafter och lyckades flytta undan den tunga skivan. Där den legat fanns en tjock matta med ett motiv på. Flera vita vargar som såg ut att springa i flock, med snötäckta berg i bakgrunden. Alfa betraktade mattan som för att studera motivet, sedan krafsade han på den och tittade på dem. De rullade undan mattan och under den fanns en stängd trälucka på golvet. Kanske gick den till en källare?

- Har ni hittat något?

Mastik dök upp bakom dem och pustade.

- Åh, här bodde Hogdals shaman, jag har träffat henne flera gånger. Nu finns ingenting kvar, sa han bedrövat.

- Vi har hittat en lucka i golvet, sa Sekel och visade honom.

- Låt oss öppna, sa han och tog tag i luckans handtag och fick upp den med ett ryck. Öppningen var svart av mörker. Mastik tog fram sitt tändspån, det påminde Leon om tändstickor. Han tände ena änden av ett trasigt stolsben som var inlindat i tyg och höll ner det mot hålet. Där fanns en stege. Med facklan i ena handen och sin stav i den andra försvann han snabbt nedåt och Sekel gick efter honom. Leon tvekade först men klättrade sedan ner han också.

Ännu ett meddelande om en attack plingade till. Det var från hennes molndisk i Venezuela där den samlade informationen från militärens underrättelsetjänst fanns. Det och allt annat hennes trojaner samlat ihop de senaste åren. Hon knattrade snabbt på tangenterna och fler terminalrutor med text dök upp på den mittersta skärmen. Med sitt spårningsverktyg kunde hon se att intrånget kom från samma adress som militärens servrar. De måste ha upptäckt hennes trojan i sina backuper, den hade lett dem till Venezuela. Skit också, inte bra.

Freja rynkade pannan och skrev snabbt fler kommandon. Hon gav sin disk i Venezuela order att formateras på det långsamma sättet. Det skulle ta extra tid, men hon var tvungen att göra det för att ingen skulle kunna återskapa hennes data efteråt. Det fanns firmor specialiserade på sådant. Ingen skulle få tag i henne eller hennes data.

Hon kom på att serverbolaget måste ha säkerhetskopior av all data i sina backupservrar, det var hon tvungen att ta hand om. Givetvis hade Freja hackat bolaget när hon skaffade sitt konto där för flera år sedan och byggt in en bakdörr till deras stora serverhall, som hon nu använde för att ta sig in med. Det plingade till igen, militären hade lyckats bryta sig in till hennes molndisk, men formateringen var redan klar, så den var nu tom. Ett steg avklarat.

Inne på bolagets backupserver beslöt hon sig för att ta bort varenda backup som fanns. Hon visste att det inte var så snällt mot bolagets alla andra kunder, men hon hade inte tid för finlir just nu, det var bråttom. Fick hon bara bort all data skulle ingen kunna spåra henne och det var det viktigaste.

Det fanns såklart spärrar inbyggt i systemet, som inte alls tillät sådant hon nu tänkte göra, men dem kom hon snabbt förbi. Hon kikade på den vänstra skärmen för att se vad militären hade för sig på hennes tomma disk. De gjorde ingenting. Antagligen funderade de som bäst på sitt nästa drag för att spåra henne, kanske skulle de snart lista ut att leta efter henne på backupservern. Det gällde att ligga steget före nu. Hon satte upp flera brandväggar som skydd och gav sedan hela serverhallen kommando att formatera sig långsamt. Det skulle ta ännu längre tid än hennes egen lilla disk. Men det fanns inga genvägar, hon fick vackert vänta. Ett av fönstren på mittenskärmen blinkade till, en av brandväggarna utsattes nu för en attack. Då hade de förstått var de skulle leta någonstans, men formateringen var snart klar, de borde inte hinna forcera alla hennes skydd i tid. Ett fönster visade att det nu var exakt en minut kvar, då skulle hennes jobb vara klart och hon kunde försvinna.

Hon skrev ett kommando till brandväggarna att radera sig själva efter att hon kopplat bort sig, hon ville inte lämna några som helst spår efter sig. Äntligen plingade formateringen till att raderingen var klar och hon tryckte tungt och bestämt på enter-tangenten och kopplade bort sig, kontakten var nu bruten.

Det var stilla i rummet, knattret och plingen hade tystnat och skärmarna hade slutat spotta fram text. Hon satt där med korslagda ben i sin stol. Det enda hon hörde var sitt dunkade hjärta och sina snabba andetag. Hon rynkade pannan och andades kontrollerat och långsamt ut spänningen ur kroppen. Nu kunde hon bara hoppas att allt hade fungerat som det skulle, då skulle det inte finnas några spår kvar av henne för militären att hitta. Men det fick visa sig. Hon hade fortfarande två molndiskar kvar på andra ställen i världen, där kopior av all information hon nu hade tagit bort fanns lagrade. Dessa diskar hade inte längre någon kontakt med den i Venezuela. De skulle fortfarande vara bara hennes och utom deras eller någon annans räckhåll. Bra.

Hotell Arctic Eden fick det bli. Det låg nära Kiruna centrum och hon gillade deras "King Deluxe Svit". Bubbelbad och egen bastu, det kunde vara kul att testa. Hon kontrollerade flygets avresor på skärmen och bokade sedan sviten från fredag till tisdag. Det borde ge henne gott om tid att undersöka gruvan och reka omgivningarna.

Idag var det torsdag middag och tidigt på fredag morgon skulle flygbussen ta henne till Arlanda där flyget avgick 09:15. Då skulle hon vara framme 11:25 på Kirunas flygplats. Det var lagom med tid för att checka in på hotellet och sedan reka staden några timmar. Hon valde att åka dit till helgen då det borde vara minimalt med folk i gruvan. Ju mindre risk för upptäckt desto bättre. Vintern verkar ha kommit tidigt där uppe i norr, det var redan flera minusgrader och snön hade fallit rikligt sista veckan. Prognosen sa att samma väder dessutom skulle hålla i sig ett tag till. Hon sökte på uthyrning av snöskotrar. Freja "googlade" aldrig utan använde "DuckDuckGo" i stället som var en anonym söktjänst. Där hittade hon ett uthyrningsföretag på fjällguiden.se och valde en "Arctic Cat Pantera" för de fem dagar hon skulle vara där, den skulle säkert duga. Hon bestämde att ägna flygtiden åt Youtube-videos om hur man hanterar en skoter. Hur svårt kan det vara?

Freja hade fortfarande inte fått något svar från Leon, det bekymrade henne. Hon behövde ett besked från honom, men hade för säkerhets skull redan beställt två flygbiljetter ifall de skulle ta slut. Även ett mindre extrarum på hotellet var bokat, ifall han skulle komma med. Men hon behövde veta. Freja ringde till hans mobil igen. Inget svar nu heller, bara telefonsvararen som sa att han skulle höra av sig, men det gjorde han ju inte. Vad hon kunde komma ihåg hade han alltid svarat förr, då när de gick på kursen. Några knapptryckningar senare svarade taxibolaget och hon beställde en körning om 10 minuter.

Taxin släppte av henne vid hans adress, hon gick mot huset och studerade omgivningen. Ett lågmält villaområde lite i utkanten av centrum med ett par insprängda hyreshus, ett helt ok ställe att bo på. Hon gick in till ingång B. Han skulle bo på bottenvåningen och jodå där på dörrens brevinkast stod det "Leon Bergsson". Freja ringde på dörrklockan en gång. Sedan en gång till. Efter en halv minut utan någon rörelse inifrån lägenheten öppnade hon luckan till brevinkastet och tittade in. Det låg en drös med fönsterkuvert på golvet. Hon bedömde att han nog inte varit hemma på kanske en vecka. Plötsligt öppnades dörren bredvid och Leons granne kom ut. Det var en äldre pigg lite rynkig dam, säkert pensionär sedan länge. Damen hade brunfärgat hår och klädde sig ungdomligt.

- Åh, hej! sa damen.

- Hej.

- Letar du efter Leon?

- Ja precis, han verkar inte vara hemma.

- Nej, nej jag har inte sett honom på flera dagar faktiskt. Det har varit andra här och ringt på dörren men ingen har öppnat. Han är väldigt trevlig!

Hon hade koll på sina grannar.

- Hej Gunilla, sa hon och räckte fram handen för att hälsa.

- Hej, sa Freja utan att räcka fram sin egen hand.

Hon vände sig i stället om och gick mot utgången.

- Jag ska hälsa att en ung svartklädd dam varit här när jag ser honom, sa Gunilla efter henne.

- Tack, sa Freja med ryggen mot damen och gick ut. Utanför försökte hon se in genom Leons fönster men de satt för högt upp, det var inte tänt där inne. Hon halade vant upp mobilen ur fickan och ringde samma taxibolag igen. Skit också, hon fick helt enkelt åka till Kiruna ensam.

Freja lutade den stora vita flygstolen bakåt, den var skön att sitta på. Hon hörde inte det grymtande lätet från kavajmannen bakom henne som nu fick det trångt för sina långa ben. Brusreduceringen i hennes hörlurar fungerade utmärkt. Den gjorde att flygplanets dån försvann till ett litet svagt hummande som knappt hördes när "Bring Me To Life" med Evanescence nu spelades på hög volym. Hon tog fram den nyköpta laptoppen ur väskan som låg på sittplatsen bredvid, den plats som var bokad åt Leon. När han nu inte var här så slapp hon få någon annan okänd person bredvid sig och det var bra, då gick det att fokusera ifred på sitt. Hon sökte på snöskotrar via en anonym Youtube-tjänst. Där ägnade hon sedan en timme åt att lära sig det man kunde behöva veta om skotrar i allmänhet och just den modellen hon hyrt i synnerhet. En gång blev hon avbruten av en flygvärdinna som försiktigt knackade henne på axeln och undrade om hon ville ha något att äta? Det var ju första klass ändå? Men nej, Freja tänkte vänta med att äta tills hon kom fram till hotellet. Flygmat var ju ändå inget speciellt att fylla magen med.

Precis som alla väderprognoser sagt var Kiruna täckt av flera decimeter knarrig snö. Huden knottrade sig i kylan när hon steg av planet, Freja förstod att hennes kläder inte skulle duga långt här. Hon steg in i en ledig taxi vid flygplatsen och angav sitt hotell som destination. Chauffören försökte vara pratglad men märkte snabbt att han inte fick någon respons av den svartklädda tjejen och körde därefter i tystnad till hotellet. Efter att ha betalat och hämtat sitt bagage, kabinväskan och ryggsäcken, så gick hon in till receptionen. Hotellet såg välkomnande ut där det låg lite avskilt och hade ett fint trägolv och hemtrevlig inredning. Den välklädda killen med tjusig frisyr bakom disken hälsade henne välkommen och checkade in henne. Han sken upp när han förstod att det var hon som bokat den kungliga sviten och erbjöd sig att bära hennes bagage och visa vägen till rummet. Hon tackade ja.

- Det är här på övre våningen, ni får fin utsikt över staden, sa han entusiastiskt och öppnade hennes dörr med ett kort. Han ställde in hennes bagage i hallen bredvid ett bord med fyra stolar och visade snabbt runt.

- Det är hela 40 kvadrat och härinne har ni egen bastu och bubbelbad.

Han visade det stora badrummet och hon tittade nyfiket på bubbelbadet. Hon hade bara testat ett sådant en gång, nu bestämde hon sig för att göra det igen.

- Här ute finns en stor platt-TV med satellitkanaler, kaffe och tekokare.

Hon nickade.

- Hoppas ni blir nöjd, lunch finns i restaurangen om ni vill ha en bit mat.

- Tack.

När han gått packade hon upp sin laptop och sitt lilla modem och bytte sedan plats på det stora bordet i hallen och det lilla framför TV:n. Hon satt hellre med det stora bordet inne i rummet för att få plats med sin dator och annat viktigt. Modemet blinkade, det fanns god täckning i stan. Hon kopplade upp datorn till modemet och krypterade sin trafik med en VPN-tunnel. Allting fungerade som det skulle. Hotellets wifi var visserligen gratis men hon ville inte låta sin trafik fastna i deras datorer i onödan, vem vet vilka som kunde snoka där. Med en kombination av knappar startades övervakningsprogrammet för att se om någon försökt kontakta eller göra intrång på hennes dator därhemma. Allt verkade lugnt, inget hade hänt. Hon kontrollerade sedan att USB-stickan med all sparad information låg på sin plats i den gömda fickan i ryggsäcken.

Där ville hon ha den när den inte användes. Proteinbars, annan lätt mat och klätterrep låg också på sina platser.

Hon fick fram några kablar hon packat med sig och kopplade in den stora platt-TV:n till sin laptop. Nu blev det två skärmar att arbeta med, det kändes mer hemma så. Hon tog sedan fram den topografiska kartan som köptes på flygplatsen och studerade den närmare. På den hittade hon platsen där den nya gruvan borde ligga, ungefär tre mil fågelvägen från staden. Efter att ha analyserat kartan en stund så märkte Freja ut en streckad led för att kunna hitta dit med skotern. Det var en väg som skulle vara enkel att köra på enligt kartan och låg samtidigt inte i någon bebyggelse. Det gällde att inte synas eller höras mer än nödvändigt där ute. Hon lade undan alltihop och stängde sedan sin dator med ett lösenord. Freja kände sig klar, tog på sig sin svarta jacka och gick ut. Hon såg till att låsa dörren ordentligt innan hon fortsatte mot den nedre våningen för att se om det fanns något vettigt att äta i restaurangen.

Hon tyckte inte om när Far var så arg, det gjorde henne rädd. Han stod och skrek "mina bästa krigare, mina bästa Grorgals har misslyckats!". De är Fars stora gröna barn, de som dödar människorna. Nu fanns bara den ensamma ledaren kvar, de andra hade fått gå. Gnista gömde sig mot väggen och försökte att inte synas. Ingen av tjänarna ville synas när Far var arg.

- Jag frågade var vargflocken tagit vägen?

- Jag vet inte Far, de skulle patrullera runt människobyn.

- Jag vet vad de skulle göra, var är de?

- De försvann, kanske några människor fick dem?

Hon såg Far sträcka en aning på sig och använda sin mjuka farliga röst.

- Gryhm, du gör mig besviken. Menar du att du lät människor komma undan som sedan dödade mina vargar?

- Nej, nej Far, nej jag vet inte!

Gnista ryckte till när Far plötsligt höjde sin stav med den lysande stenen och en blixt skar med en hård smäll genom luften och träffade Fars stora barn. Han skrek, han skrek länge av smärtan. Hon höll andan för att inte själv skrika till.

- Gå. Det var sista gången du fick ta befälet för en attack. Du får fortsätta hålla ordning på din lilla grupp av Grorgals men jag låter någon annan vara befäl nästa gång ni ska ut. Förstått?

- Far! Jag dödade alla djuren och människor och kom hem med liken till dig, jag krossade deras by, det finns ingenting kvar. Far, jag gjorde som du ville!

- Tig! Du har gjort mig besviken, det blir som jag sagt. Gå.

Gnista såg hur Far höjde sin stav igen. Det stora barnet gick snabbt ner på knä, bugade och reste sig upp och gick sedan skyndsamt ut genom dörren, men ansträngde sig för att stänga den mjukt efter sig. Barnets ögon mötte Gnistas för ett ögonblick. Hon såg att han var väldigt ledsen och sorgsen med en blick fylld av stor smärta. Det var något hon själv visste mycket om.

- Gnista!

Hon spratt till och sträckte på sin förvridna kropp.

- Ja Far!

- Gå upp till Az-Eko och hör efter om han kan se vad som hänt vargarna. Nu.

- Ja Far!

Utan att se Far i ögonen haltade hon sakta ut genom samma dörr barnet Gryhm nyss fått gå. Utanför började hon skaka, hon var rädd. Far bad henne att gå upp till Klumpen igen. Ända sedan hon var där förra gången var hon halt av smällen hon fått. Gnista hade alltid haltat en aning då hennes ben var olika långa, men nu var något sönder därinne. Far visste om det, men ville ändå att hon skulle gå upp till honom och hon vågade inte säga något.

Gnista gick ut på gården med långsamma steg och närmade sig dörren till det höga tornet där Klumpen bodde. Hon visste att varje trappsteg skulle skära som en kniv i hennes höft. Tårar började rinna nedför kinderna när hon beslutade sig för att öppna dörren och gå in.

Det tog en lång stund och hon var helt slut av att gå steg efter steg uppför den långa slingrande trappan, men nu var Gnista äntligen framme vid den magiska trädörren. Hon stannade till ett ögonblick för att förbereda sig. Hon kände knappt sin höft längre, den var bortdomnad och det var skönt så. Men den otäcka lukten som Klumpen spred omkring sig fanns här och påminde om det som måste göras.

"Kom in" hörde hon honom säga inuti sitt huvud och även denna gång gled dörren upp som om den inte vägde någonting. Gnista gick in i den mörka salen som var Klumpens hem, där han satt i sin stora stålbur. Armarna svävade och svängde ut genom burgallret och alla fem ögonen stirrade på henne när hon sakta haltade in. Facklorna på väggen kastade långa fladdrande skuggor i hela salen.

"Vad vill du råtta."

Hon tog några försiktiga steg in i rummet men aktade sig för att vara inom räckhåll för hans långa armar. Som om han hade känt hennes rädsla svepte han till med en av de långa tentaklerna så att ett bord flög genom luften och missade henne med en hårsmån. Hon hörde hur det krossades med en smäll mot väggen bakom henne. Gnista hoppade ofrivilligt till, men gjorde samtidigt allt hon kunde för att inte visa Klumpen hur rädd hon var.

- Far.. Far vill veta vad som hänt med hans vargar. Hon hörde sig själv snabbt klämma fram orden med en tunn pipig röst. Hon kunde se hur två av hans ögon plötsligt såg bort mot fjärran utan något fokus. Stanken låg som en tung matta i rummet och hennes höft hade börjat värka igen men hon vägrade ändra ställning.

"De är döda, jag varken ser eller känner dem längre. Någon har dödat dem. Råttor! Råttor!"

Klumpens armar slog hårt i både golv och tak.

"Råttor har dödat dem!"

Hans röst skrek högt inom henne och hon tog sig instinktivt hårt för huvudet av smärta och vred den förvridna kroppen ännu mer. Det onda blixtrade i huvudet så hon inte längre kunde se, allt var bara vitt.

"Vem har dödat dem! Råtta vet du vem!"

Hon lyckades få fram ett ynkligt "nej".

Klumpen lugnade sig plötsligt. Hennes syn kom tillbaka och smärtan i huvudet avtog. Nu stirrade alla fem ögonen på henne igen.

"Hälsa Far att jag ska skicka ut en stor trupp kråkfåglar att patrullera och spana av hela området efter dem. Hör du råtta?"

- Ja jag ska hälsa honom genast.

"… Kom hit till mig först…"

Hon hörde hur hans ord långsamt väste fram i huvudet, mjuka och utan den vanliga hårdheten. Gnista låtsades inte ha hört något utan vände sig om och började haltande gå mot dörren. Hon kunde höra honom skratta hårt åt henne och kalla henne "löjliga lilla fega råtta" när hon stängde den lätta dörren efter sig. Nu låg den långa slingrande trappan framför henne och hon stannade kort till för att samla kraft och mod. Sedan tog hon det första trappsteget av många.

De stod nere på det hårda källargolvet och såg sig omkring. Mastik svängde runt med facklan för att lysa upp omgivningen. Det var inget stort utrymme, kanske 15-20 kvadrat gissade Leon, men det var fyllt med allsköns ting. Utmed väggarna stod det hyllor med flaskor, burkar och annat som shamaner brukade använda. Ett skelett av något djur låg i ett hörn och skuggan dansade på väggen i facklans sken.

- Ingen här, sa Mastik nedslaget, men kanske finns det en del örter jag kan dra nytta av. Pöllsa behöver snart lägga om sina sår igen.

Pöllsa ja, hoppas han har det bra däruppe, tänkte Leon.

- Mastik, Mastik är det du?

En röst hördes bakom en stor byrå och en kvinna reste sig upp och steg fram. Hon var runt femtio år och såg bra ut i sitt silverfärgade långa hår med tunna flätor som hängde nerför sidorna. Hon var klädd i en ljus, tjockare tunika gjord av något som såg ut som korthårig päls, men som nu var missfärgad av sot och smuts. Hon hade flera halsband av olika slag och ringar runt armarna så Leon förstod att hon antagligen var en shaman, han hade aldrig sett några andra ha sådant på sig.

- Mistih! Är det verkligen du, du lever!

Mastik och kvinnan gav varandra en varm och hjärtlig kram.

- Jag trodde du var död eller försvunnen, vi har inte hittat någon levande i byn, sa han.

- Ja vi blev anfallna, men kan vi gå upp härifrån så kan vi prata sedan? Jag har varit instängd här sedan igår, något blockerade luckan så jag inte kunde komma ut. Jag trodde aldrig någon skulle hitta mig här.

- Det låg en tung dörr över luckan, sa Leon.

Kvinnan ryckte till när hon såg honom.

- Du... dig har jag sett förut.

- Du också?

- Jag berättar mer bara vi kommer härifrån.

Alla gick uppför stegen och kvinnan letade sedan runt en stund bland röran i den raserade byggnaden. Bakom en nedbrunnen bjälke hittade hon det hon letat efter, en vackert snidad stav. Hon höll den glatt i luften.

- Här är den, jag var rädd att min stav också skulle brunnit upp, men runorna skyddade den.

Leon såg nu att det var fullt av runor från början till slut längs med hela staven.

- Runor, det finns sådana i min värld också, sa Leon utan att tänka sig för och pekade på hennes stav.

Hon såg skarpt på honom.

- I din värld.. varifrån är du egentligen? Jag har sett dig i flera drömmar på sista tiden, konstiga drömmar.

- Det är en lång historia, sa Mastik och bröt in, kan vi bara ta och gå till vår skadade vän först och se så han är vid liv?

De gick till platsen där de ställt Pöllsa och såg att han somnat i solskenet. Han vaknade till när de kom och fick hälsa på Mistih som sedan ville leta efter överlevande. Hon försvann ifrån dem en kort stund och kom sedan tillbaka med tårar rinnande nedför kinderna.

- De är alla borta, jag förstår inte, allt detta blod, var är alla?

- Vad hände egentligen här? frågade Mastik medkännande.

- Jag berättar senare bara vi kommer i säkerhet, de där odjuren kan komma tillbaka.

Efter att ha rådgjort en kort stund bestämdes att de skulle ta sig bort till björkskogen i närheten. De var inte säkra här menade Mistih och såg sig hela tiden oroligt runt. Sagt och gjort, de tog med sig faxarna och Pöllsa dit. Väl framme vid björkskogen började de att ordna med mat, för alla var nu hungriga. Mastik passade på att lägga om Pöllsas sår med de nya örterna han hittat. Mistih ritade sedan några runor över bandaget och mumlade en ramsa.

- Jag är ingen helare men det påskyndar läkeprocessen, sa hon.

Leon märkte hur Mastik tittade förtjust på henne medan hon arbetade och hur hon besvarade hans blick med ett litet leende. Med hjälp av fler ristade runor och en kort ramsa på en hög med uppstaplade stenar, så började de glöda varmt. Nu kunde de värma sin gryta utan att någon eld eller rök skulle avslöja var de befann sig, det var bäst att de var försiktiga ifall angriparna kom tillbaka.

När de satt sig för att äta runt de varma stenarna berättade Leon kort hur han kommit hit och vad som hänt hittills. Kvinnan lyssnade nyfiket men lät honom berätta klart utan att avbryta med frågor.

- Jag har hört berättelser om sådana som dig, sådana som kommer från andra världar, sa hon sedan.

- Har du? sa Mastik förvånat.

- Ja.

- Du sa att du känner igen mig från en dröm? undrade Leon.

- Ja Mistih är känd för sina sanndrömmar, sa den store mannen glatt.

- Nåja, sanndrömmar vet jag inte men de brukar ofta visa på någonting viktigt, sa hon och log mot Mastik.

- Men det stämmer, fortsatte hon. Två gånger har du dykt upp i mina drömmar och första gången var för en vecka sedan. Jag såg dig komma gående in till vår by och när du såg mig kom du fram.

Jag förstod direkt att du inte var shaman utan någon speciell magiker. De få vi känner till som har en Qwand kommer från skeppet Glorien. Hon nickade mot stenen runt Leons hals.

- Du berättade då för mig att du letade efter en annan magiker och beskrev honom som en man med långt svart hår, svart skägg och en lång stav med en röd Qwand på. Jo och han skulle ha röda ögon också.

Leon studsade till.

- Den mannen har dykt upp i en av mina drömmar, jag har sett honom, de där mörkröda lysande ögonen minns jag. Han skakade till som för att bli av med synen.

- Ja tyvärr sa du inget namn till mig i drömmen, så jag kan inte hjälpa dig med vem det kan vara. Jag känner inte igen beskrivningen på honom från någon magiker eller shaman jag hört talas om heller. Med det utseendet hade ryktet spridit sig snabbt i våra kretsar.

- Det konstiga är att jag drömde om honom innan jag ens kommit hit till er värld.

- Men var det efter att du hittat Qwanden?

- Det var morgonen samma dag som jag sedan hittade den.

- Det visar att Qwanden redan hade då valt ut dig, den hade börjat påverka dig innan du ens funnit den.

Leon satt tyst och såg i fjärran.

- Andra gången du dök upp i mina drömmar gör mig lite mer förskräckt, fortsatte hon.

Han såg på henne.

- Då stod du på en snötäckt äng någonstans i Wolwar med en stor trupp soldater och mot er stormade en enorm fiendearmé fram med otäcka varelser ledda av något som såg ut som en vargman. Då hördes plötsligt ett rytande från himlen och en enorm röd eldfågel dök upp ovanför dig, flaxande med sina väldiga vingar. Fiendearmén stannade kort till innan de manades fram igen av vargmannen.

- Vad hände sedan? undrade Mastik

- Jag vet inte, jag minns inget mer av drömmen. Mistih skakade på huvudet.

- Askasur, sa Leon.

- Vid den stora Modern, var det verkligen fågeln Askasur? Mistih såg förskräckt på honom.

- Ja, han finns i min Qwand och jag har träffat honom flera gånger nu. Sist försökte han döda mig med sin eld.

Hon rynkade pannan.

- Det var konstigt, för i min dröm såg det snarare ut som att ni tillsammans hjälpte soldaterna mot de anfallande varelserna.

Leon började andas fort, han kände hur han snart skulle få en panikattack.

- Ja jag vet inte, jag förstår inte vad han vill mig, jag vet inte varför jag är här och det här är inte ens min kropp!

- Lugn Leon, lugn, andas med långa andetag, sa Sekel och lade handen på hans axel.

Han tvingade sig att göra som hon sa och kände sig snart lite bättre.

- Ursäkta mig, det är mycket att ta in.

- Be inte om ursäkt, sa Mistih.

- Men vad menade du med att det inte är din kropp?

- Leon har fantastiskt nog hamnat i den store Coor Marvastix kropp, sa Mastik entusiastiskt innan han kom på sig själv.

- Ehm, vilket är en stor ära, fortsatte han, men såklart också en stor börda för Leon, vi vet ännu inte varför det hände.

- Vi ska nog lösa det, sa Sekel lugnt och såg på sin far.

- Coor? sa Mistih förvånat. Honom har jag såklart läst om i Krönikan, men det var väl två tusen år sedan han försvann efter slaget mot diktatorn?

- Det stämmer, vid år 626 stod det stora slaget vid Blodsdalen i Fellia där Coor tillsammans med eldfågeln Askasur besegrade diktatorn Sinnis Kabaria, den fruktade magikern Smil Zatalocki och hans svarta drake Pest, bekräftade Mastik.

- Coor är en hjälte hos oss i Fellia, fortsatte han stolt.

- Ja så var det. Jag borde förstått att det var Coor och Askasur jag såg i drömmen. Jag får skylla på att jag aldrig sett dem i verkligheten, bara läst om slaget.

- Kan du frammana Askasur?

- Nej inte vad jag vet, han verkar komma och gå som han vill.

- Med tanke på hur Askasur har utplånat en hel stad en gång i tiden så är det nog lika bra om han stannar där i din Qwand.

- Coor var ju en av de största magiker man känt till någonsin, har du fått hans förmåga? undrade hon.

- Jag? Nej jag kan ingen magi.

- Nåja, du lärde dig skuggmagi redan på första försöket, sa Sekel och log.

- Åh, det var inte dåligt. Men inget annat?

- Nej, eller ja mina tatueringar är ju magiska. Han visade upp dem.

Mistih tittade noggrant på dem.

- Nej tryck inte! ropade Sekel när Mistih var på väg att känna på en av dem.

Hon tog snabbt bort handen.

- Om man rör på en symbol så verkar man åka dit som den föreställer, sa Leon. Jag har inte testat allihop men.. ja jag vågar inte heller, sist höll Askasur på att döda mig med eld.

- Fascinerande. Symboler som teleporterar, väldigt kraftfull magi.

- Jag skulle kunna lära dig några enkla runor så ser vi hur det går, du kanske har magin i dig?

- Mistih är väldigt duktig på nordmagin, sa Mastik och såg på henne.

- Ja visst, vi kan ju alltid testa.

- Men Mistih, du måste berätta vad som hänt er by? undrade Sekel.

Kvinnan tog sig för pannan och skakade på huvudet.

- Igår var en vacker solig dag och de flesta av oss i byn var utomhus. Barnen lekte och stojade och vi vuxna satt och pratade och njöt av vädret. Då hörde vi ett stort dundrande oväsen från öster och ser ett moln av snöyra stiga mot himlen och marken skakade. Plötsligt var de över oss, säkert hundra odjur. Ridandes på sina svarta faxar med svarta ögon red demonerna fram och började döda oss med sina vapen. De var förvridna bestar med grön grov hud och svarta rustningar. De skrek och njöt av blodet och döden. De jagade oss alla och vi hade inte en chans att hinna försvara oss. Jag och ett av barnen sprang mot mitt hus, jag var panikslagen. Jag tänkte att vi, jag och lille Pellestrix, kunde gömma oss i min källare och vänta ut det som hände.

När vi kom fram till min dörr såg jag hur Pellestrix träffades av en pil som borrade sig in genom hans bröst och med en sådan kraft att den lilla pojken flög livlös mot marken flera meter bort. När jag vände mig om kom en av demonerna ridande mot mig med sitt svärd. På ren reflex hann jag skrika fram några runor som fick honom att flyga av faxen och i farten bryta nacken mot marken. Jag såg efter att ingen sett mig, sedan sprang jag in och klättrade ner i min hemliga källare och väntade. Jag kunde höra hur de brände och raserade mitt och andras hus däruppe. Efter några timmar tystnade allting och jag vågade försöka komma upp igen, men då var luckan blockerad. Jag trodde min tid var slut när jag plötsligt hörde er komma. Men jag kunde ju inte veta vilka ni var, så jag gömde mig bakom den stora byrån. Om du bara visste vad glad jag blev av att höra din röst Mastik!

Hon log ett stort leende mot shamanen samtidigt som tårar rann nedför hennes kinder.

- Jag trodde du var borta för alltid, sa han berörd, vad skönt det var att se dig helskinnad.

De log mot varandra i samförstånd. Leon såg på Sekels

forskande blick att hon också noterat känslorna som visade sig mellan hennes far och kvinnan Mistih.

- Bestarna, vad var de för några? undrade Leon?
- Jag vet inte, sa hon och såg allvarlig på honom, jag har aldrig sett något liknande förut. De var enorma, över två meter långa och kraftigt byggda. Det var inga människor utan mer som djur. De hade mörkt grön grov hud och svarta rustningar. Beväpnade med många sorters vapen. De visste vad de gjorde, vi hade inte en chans när de kom från alla håll. Jag såg en av dem, den störste av demonerna, slå ihjäl gamle oskyldige Bennix med ett slag av sin spikklubba samtidigt som han med ett svärd i andra handen klöv Bennix lilla barnbarn på mitten. De var båda döda innan de träffade marken. Jag såg att han njöt av det, njöt av att brutalt släcka deras liv. Mistih grät igen.

- Hans ögon glömmer jag aldrig, de var svarta, men lyste och glödde av ett hat och raseri jag aldrig upplevt förut. Då förstod jag att vi inte skulle komma levande ifrån dem och greppade tag i barnet bredvid mig och sprang.

- Men var är alla döda, både människor, djur och dessa gröna demoner? undrade Mastik, det finns ju bara blodfläckar kvar på marken.

- De måste ha tagit med sig dem helt enkelt, sa hon.

Leon kände sig olustig och kramade sin egen hand hårt.

Mastik och Sekel berättade sedan om deras möte med vargarna och alla var överens om att någonting konstigt var i görningen. De behövde komma till Furuvik och berätta allt för Runvar och se om han visste mer om vad som händer. Han hade trots allt skickat efter dem för att en annan by nära Hogdal också blivit attackerad av någonting okänt. De kom fram till att det måste vara den lilla handelsbyn Käll en bit norröver. Nu när en ny, okänd och farlig fiende rörde sig omkring dem måste de vara försiktiga.

Solen gick ner tidigt i norr så de bestämde att de lika gärna kunde slå läger här i skydd av björkskogen och fortsätta färden till Furuvik morgonen därpå. De gav faxarna mat och sedan fick den store shamanen mumla över sina handdukar som återigen blev till stora tältdukar. När lägret var klart satte de sig ner. Mistih värmde upp stenarna igen så de kunde göra lite av det goda teet Sekel hade med sig. "Mormors fina recept". När de druckit klart sa Sekel att hon skulle gå och hålla vakt vid skogsbrynet. Mastik gick i väg för att ta hand om Pöllsa, som nu var mer och mer vaken och alert.

- Kom så går vi och lär dig lite om runor, vinkade Mistih till Leon. De gick i väg en bit från lägret och under en timmes tid lärde hon honom alla runor som fanns och deras betydelse. Han kände igen en del av dem från runstenar han sett i sin egen värld, men hade aldrig förstått deras betydelse då. Nu förstod han mer och fick träna på att läsa hela meningar som hon skrev på marken i snön med sin stav.

- Vi kan väl börja med något enkelt, sa hon. Du kan ju testa att göra en sten varm.

Hon la en sten på marken framför honom och visade honom vilka runor han skulle använda.

- Glöm inte att det är din intention som är viktig, inte bara att rita de rätta runorna. Du måste fokusera och sedan säga runorna i rätt ordning så som du skrivit dem, för att omvandla din magiska kraft till en verklig händelse.

- Jag tror inte jag klarar det här.

- Prova nu.

Han ritade runorna med kolpennan han fått, fokuserade på att stenen skulle bli varm den glödde. Sedan mumlade han orden som hon lärt honom. Ingenting hände.

- Som jag trodde, sa han besviket.

- Försök igen.

Ännu en gång mumlade han meningen och ingenting hände.

- Behöver inte jag också en trollstav, som du har?

- Staven förstärker din magi, så jo det hade nog hjälpt. Men du borde ändå ha fått något resultat. Hon kände på stenen men den var fortfarande iskall av kylan.

Han kände sig misslyckad. Sedan kom han plötsligt ihåg att magikerna från Krönikan använde sina Qwander. Han tittade ner på den orangea kristallen där den hängde på bröstet och tog den i ena handen och sträckte ut den andra mot stenen på den snötäckta marken. Han fokuserade och mumlade ramsan igen. Nu kände han plötsligt hur något inuti Qwanden strömmade in i honom. Den starka energin fortplantade sig i varenda cell i hans gamla kropp. Det var som att han föddes på nytt och såg världen med andra ögon. Han kände sig stark och plötsligt fylldes hans medvetande av minnesbilder från Coors liv, händelser han själv aldrig upplevt fladdrade förbi i snabb följd. Han upplevde magi han aldrig känt förut men som ändå på något sätt var så bekant. Sedan såg han plötsligt stenen med de svarta runorna på marken framför sig igen och ur hans framsträckta hand strömmade det röd och varm eld mot marken. Han visste att elden var varm, men han kände den bara som en smekning i kroppen. Lika snabbt som den kom var elden borta, men där stenen legat återstod nu bara en förkolnad, svart fläck i snön. Nu var magin borta och all den sköna kraftfulla energin var försvunnen från kroppen. Han kände sig gammal och trött igen och sjönk ner i snön.

- Stora Moder Elafagur!

Shamankvinnan hade kommit på fötter och skrek, han såg att hon var skrämd. Han kunde höra Mastik komma springandes bakom dem.

- Vad har hänt, är någon skadad?

- Eld, eldmagi, sa kvinnan och var fortfarande uppskakad.

Mastik stirrade på Leon där han utmattad satt framför den svarta förkolnade marken.

134

Signalerna ljöd från mobilen. Freja trevade sömnigt efter den och stängde av larmet. Klockan var sju på morgonen och det var dags att stiga upp. När hon blev klar med en kort men uppiggande stund i duschen började hon noggrant packa sin ryggsäck.

Efter att ha ätit den vegetariska hamburgertallriken på hotellets restaurang igår eftermiddag hade hon tagit sig ner till stadens centrum för att handla vinterkläder. En tjock parkas och termobyxor, en sådan där pälsmössa med lappar på sidorna och rejäla handskar. Allting i vitt. Det gällde att smälta in i det vintriga landskapet där hon skulle ligga och spana. I Vildmarksaffären bredvid köpte hon en handkikare, 8x40, den verkade perfekt. "Jättebra för jakt, ja eller att spana fågel med" hade expediten sagt. Ett stormkök med bränsle och tändare åkte också med. Hon lastade in allt i en taxi och åkte vidare till uthyrningsfirman för skotrar. Taxin fick stå kvar utanför medan hon gick in. Chauffören hade inget emot lite rast och surf på mobilen, särskilt efter att hon gav honom ordentligt med dricks.

- Jahaja, fröken ska upp i fjällen och se sig omkring?

Hon kände hur firmans ägare betraktade henne bakom sin disk. En ung mager tjej sommarklädd i bara svart stod framför honom och ville ha en av hans skotrar för att åka ut på det kalla fjället med.

- Jo precis. Jag har hyrt en Arctic Cat Pantera på er hemsida.

Hon gav honom det tiosiffriga ordernumret direkt ur minnet utan att behöva titta efter i bekräftelsemailet. Han rynkade pannan och letade på sin dator.

- Ja.. det stämmer bra det och betalt har ni redan gjort ser jag. Vad fint!

Han tittade på henne igen.

- Uhm, har ni kört skoter förut?

- Nej, men jag vet hur den fungerar, sa hon bestämt.

Han såg allt annat än nöjd ut men bad henne komma med ut på gårdsparkeringen där flera skotrar stod på rad.

- Nå, här är den, kan ni visa att ni kan hantera den?

Han gav henne nycklarna och en hjälm.

Hon hade memorerat allt om just Panteran från de videor hon sett under resan på planet. Hon såg snabbt till så inställningarna var rätt, satte i nyckeln och tryckte på startknappen, skotern startade. Såg sedan efter så den eldrivna uppvärmningen av körhandtag och säte var påslagen.

- Den 700 kubiks vätskekylda fyrtaktaren låter bra, sa hon kort.

Hon lyfte sätet och justerade så det kändes rätt för en kort person som henne själv och kontrollerade samtidigt att lådan baktill hade remhållare och tillräckligt med utrymme för packningen. Sedan inspekterade hon mattan som drev skotern.

- Det är väl Quiet Track-mattan som sitter på? Hon visste att skotern skulle vara en tyst modell.

- Ja.. jo, sa ägaren.

Hon tog på sig hjälmen och satte sig på skotern, gasade lite med handtaget och såg efter att växeln var i rätt läge och åkte sedan en cirkel runt parkeringsplatsen och stannade snyggt framför ägaren. Skotern tystnade, hon klev av och tog av sig hjälmen.

- Den verkar fungera som den ska, sa hon vant.

Ägaren tittade nyfiket på henne.

- Ja den är i fint skick, ja men då så, då skriver vi under ett papper bara så är den din till på tisdag. Den är fulltankad också.

- Bra, 40 liter räcker för mig.

Drönaren låg i sin låda med batterier och fjärrkontroll. Kikare, dator, extra batteri och lite annat som kunde behövas åkte ner i ryggsäcken ihop med bars och några påsar med frystorkad mat. Ja just det, stormköket med tillbehör också. Hon såg sedan efter en gång till så allt hon kunde behöva för spaningsturen fanns med. Hennes plan var att först och främst ligga och spana på gruvan för att se om det fanns någon aktivitet eller människor där. Skulle hon inte upptäckte någonting konstigt så kanske det gick att ta sig en närmare titt, hon fick se hur allting verkade där och då.

Klockan var nu nio på morgonen och det var tio minusgrader ute. De nya kläderna höll henne varm trots kylan och den stora plexirutan framför henne skyddade mot det värsta vinddraget. Hon sneglade ner på mobilen hon fäst på skoterns styre och kunde se på kartan var hon befann sig med den inbyggda gps:en. Hon följde den streckade och planerade färdvägen genom det soliga men kyliga vinterlandskapet där snön låg tungt överallt hon kunde se. Trots att detta skulle vara en tyst modell så lät maskinen en hel del och skulle antagligen höras en bra bit bort trots allt. Men å andra sidan var det många som körde skoter i skogarna här uppe så det borde inte vara något problem. Planen var att stanna någon kilometer från gruvan i en skogsdunge, där hon enligt kartan kunde parkera utan att bli sedd av omgivningen. Hon kände att hon redan vant sig vid att köra den pigga maskinen. "A piece of cake". Nu närmade hon sig målet, saktade ner farten och letade efter skogsdungen, fick syn på den och styrde dit. Efter att ha parkerat skotern bakom en stor sten tog hon fram sin packning, hängde kikaren runt halsen och började gå. En titt på mobilen visade att det var ungefär en kilometer kvar till gruvan som låg på andra sidan skogsdungen. Där skulle hon komma fram till en liten höjd, en perfekt plats för att bedriva spaning. Hon passade på att se efter på mobilen om någon försökte komma åt hennes dator därhemma, men allt såg bra ut. Ingen Leon som svarat varken på hennes röstmeddelande eller sms heller. Däremot fanns två meddelanden från hennes mamma, bägge ville att hon snälla skulle ringa någon gång. Freja ignorerade dem och raderade båda två. Hennes mamma brydde sig aldrig om henne när hon bodde hemma så då kunde det kvitta nu. Ibland svarade hon på ett meddelande bara för att visa att hon levde, det fick räcka. Mamman som så gärna ville att dottern skulle bli sjuksköterska och sedan hitta en fin man, för det var så världen fungerade, det hade hon förklarat många gånger under uppväxten.

När Freja började lyssna på hårdrock, färga håret nattsvart, klä sig med alla dessa svarta kläder, ha för mycket svart makeup och de där hemska kängorna, då blev hennes mamma förtvivlad. Än mer förtvivlad blev hon när dottern i stället för att vilja bli sjuksköterska bara satt med sin dator hela dagarna och började prata sådant hon inte förstod. En dag konfronterade hon Freja och förbjöd henne att klä sig så där och att hon bara fick sitta vid datorn max en timme om dagen. För hon måste gå ut och umgås mer med folk, som alla andra i hennes ålder. Freja fick ett stort utbrott, skrek och hotade med att begå något allvarligt brott så hon kom in på ungdomsvårds-anstalt och sedan för alltid försvinna ur sin mammas liv. Hon var inte intresserad av läkare, sjuka patienter och idiotiska sociala experiment. Mamman bröt ihop och lät till slut Freja göra som hon ville. Efter det hade deras förhållande aldrig riktigt hämtat sig.

Hon gick försiktigare nu och stannade ibland till för att lyssna. Ingenting hördes utom en skoter på långt avstånd, men inget ljud från gruvans riktning. Några minuter senare var hon framme vid den lilla höjden och tog av sig ryggsäcken. Hon tog fram ett liggunderlag och la sig på det i den hårda snön, satte kikaren mot ögonen och spanade bort mot gruvan. Där fanns ett stort inhägnat område med ett par mindre byggnader, några grävskopor och hjullastare och högar med sten och grus. Hon spanade långsamt av området, men det var tyst och inte en rörelse någonstans. Fordonen hade ett tunt lager snö på sig så Freja slöt sig till att de inte använts de senaste dagarna. Det fanns inga fotspår i snön heller, allting såg onekligen bra ut. Hon fiskade fram en proteinbar ur ryggsäcken och förberedde sig på att ligga där och spana några timmar till.

Timmarna förflöt utan att någonting hände. Det var tråkigt utan hörlurarna och musiken men hörseln behövdes till spaning. Hon fick användning av kikaren när hon såg en vacker fjällvråk som cirklade runt efter ett byte och en liten fjällräv en bit bort som smög in en björkskog. Men inte en rörelse i den inhägnade gruvan. Hon hade noterat några maskiner på området, troligen för borrning och bredvid en av dem stod ett större tält uppställt. Det såg malplacerat ut, kanske var det där nedgången där den underjordiska salen fanns?

Hon bestämde sig för att det var dags att låta drönaren få röra på sig. Efter att ha kopplat in den på mobilen och startat så flög hon bort till gruvområdet och höll sig på en hög höjd så att den inte skulle synas från marken. Det fanns zoom på drönarens kamera så hon fick en bra överblick av allting på det inhägnade området. Inga nya bilar eller spår efter människor syntes någonstans. Snön låg orörd överallt, ingen kan ha varit där de senaste dagarna. Efter en stund flög hon tillbaka drönaren och packade ner alltihop i ryggsäcken. Solen stod som högst på himlen, klockan var snart tolv och hon tänkte försiktigt ta sig ner mot gruvan.

Det brände konstigt i bröstet efter Fars blixt. Han kunde känna sig svag. Han kunde känna rädsla. Han trodde att det var rädsla, för rädsla är att vara svag. Svaga förtjänade inte att leva. Han måste dölja de svaga stunderna, han fick inte avslöjas med att vara svag och rädd. Gryhm är stark, den starkaste och modigaste krigaren som finns. Han bet ihop käkarna hårt. Gryhm ska visa Far vem som är starkast, starkare än vargmannen Fenrir.

Far hade arbetat dag och natt med sina lerhögar, skapat många, många, barn från kropparna av djur och människor som Gryhm samlat in åt honom. Allt var hans förtjänst. Ovädersmolnen ovanför dem låg där stilla både dag och natt, det var natt hela tiden nu, mörker, blixtar och dunder. Gryhm brukade tycka om blixtar och dunder men inte längre. Någonting var fel med honom, han kunde inte förstå, varför denna svaghet?

Han hörde en av de små löjliga tjänarinnorna läsa upp meddelande från den där klumpen i tornet att kråkfåglar spanat på staden med många människokräk. Där ska det finnas människokrigare sa hon. Det var därför Far skapade så många nya barn, människorna ska dö. Människor är svaga, de är inga krigare, det skulle bli lätt.

Far samlade sina ledare idag. Gryhm var med. Far sa att de visste hur många människokrigare som fanns i staden och att de snart skulle anfalla den. Far skulle med och leda anfallet själv sa han. Bra. Då skulle Gryhm kunna visa honom vem som var hans största krigare, vem som borde vara det stora befälet.

Men han måste bli av med sin svaghet, han tålde den inte. Den kom plötsligt och gjorde honom sönder inuti. Hans krigarlust och mod försvann då. Han ville känna glödande hat, inte svaghet. Han skulle gå ner till träningssalen ikväll och slå med sitt svärd och sin spikklubba. Slå så mycket och så hårt att det bara fanns mod och styrka kvar i bröstet och kroppen. Han är den störste, han är Gryhm.

Leon satt med sin kniv och ristade noggrant in runorna i den fina långa avbarkade björkgrenen de hittat, den som nu skulle bli hans stav. Mistih hade hjälpt honom med olika ramsor till den. De som beskyddade och de som förstärkte. En bra trollstav kan göra mycket för en shaman eller magiker. Han tänkte även rista in hela runalfabetet och symbolerna från sina armar, lika bra att få med alltihop.

De hade blivit rädda av det som hänt med elden dagen innan, det blev han själv också. Han hade känt sig så stark, så självklar. Sekel och Mastik hade storögt lyssnat på Mistihs och hans egen berättelse av det som skett.

- Eldmagi, men hur, den finns ju inte längre, sa Mastik. Den försvann när Patrick den Store gick upp i himlen till skeppet Glorien igen. Ingen annan har använt eldmagi efter det enligt Krönikan, ja förutom Coor med eldfågeln Askasur då. Han såg på Leon.

- Ja jag vet inte, den kom in i min kropp och sedan var det bara aska av stenen.

- Du har nog mer av Coor i dig än du tror, sa Sekel fundersamt.

- Hur känner du dig, är du fortfarande trött? undrade Mistih.

- Nej, sa han och drack mer av Sekels goda te. Nej jag känner mig piggare nu. Han märkte hur de studerade honom och kände sig som om han hade fått någon smittsam sjukdom och tittade skamset tillbaka.

- Det var inte meningen.

- Ingen fara, sa Mastik och pustade, ingen fara. Vi måste bara försöka se till så du får kontroll över magin. Du ska nog inte hålla i din Qwand när du övar med runorna?

- Utan den hände ingenting, jag tror inte jag kan något utan den.

- Vi får helt enkelt göra nya försök imorgon och se efter, tyckte Mistih och log mot honom.

- Jag tror på dig, sa Pöllsa plötsligt där han låg på båren, du är en god människa.

- Tack Pöllsa, det behövde jag få höra, sa han och tvingade fram ett leende.

- Nej det är dags att vi försöker få lite sömn, jag håller första vakt, sa Sekel och ställde sig upp.

- Ja.. eh vi saknar ett tält, sa Mastik, men Mistih du får gärna sova hos mig. Ja jag ordnar med en liggplats till såklart, det är stort nog!

- Tack, det gör jag gärna, sa hon och log mot den store shamanen som såg en aning ansträngd ut.

- Snällt av dig pappa, att ställa upp så där.

Leon såg Sekel le och blinka mot sin far innan hon gick bort för att hålla vakt åt dem.

- Ja.. då så, då går jag och ordnar med det.

Leon och Mistih hjälptes åt att få in Pöllsa i sitt tält och han somnade snart.

- Jag ber om ursäkt om jag skrämde dig där förut, jag hade ingen aning.

- Ingen fara, det kom lite plötsligt och oväntat. Vi ska nog få ordning på det. Efter frukost imorgon ordnar vi en stav till dig. Kanske går det bättre med en sådan.

- Tack, sa han tacksamt.

Med den nya staven ville Mistih att han skulle försöka värma upp en sten med hjälp av runor igen. Han hade staven i ena handen och höll den andra utsträckt mot stenen, precis som sist. Mistih tog bestämt ett par steg åt sidan och Leon förstod henne. Nu fokuserade han som sist och började mumla ramsan med runor. Den här gången hände någonting i kroppen. Det var samma sorts känsla som med eldmagin, men mycket mildare och lugnare. Han kände sig starkare när energin flödade fram genom kroppen som en svagt bubblande vind. Det fladdrade inte förbi några minnesbilder den här gången. Han kunde känna hur en osynlig energi kom fram från den framsträckta handen och for vidare mot stenen som började glöda på marken. När ramsan var färdig stillade sig brisen och energin försvann.

- Strålande!

Leon kände sig lättad.

- Tack, tack.

- Hur kändes det?

- Mycket lugnare den här gången. Som en svag vind av energi som virvlade runt i kroppen. Det känns som om något har förändrats inom mig efter förra gången med Qwanden, nu finns magin där i mina celler på något sätt. Den ligger och vilar i bakgrunden och nu med runorna så kom den fram igen, sa han och pekade mot stenen som glödde. Värmen hade redan börjat smälta den frusna marken.

- Ja Qwanden måste ha väckt liv i din magi, jag kunde känna din energi nyss. Kom så går vi till de andra.

Alla var både lättade och glada att höra över hur det hade gått för Leon.

- Du ser, du har det i dig! Mastik dunkade honom i ryggen.

- Vilken bra lärare du har också, blinkade han mot shamankvinnan.

- Ja vi fortsätter med andra övningar senare, sa Mistih leende.

Leon märkte att vargen med den eviga skuggan kommit till dem igen och satt nu och studerade honom. Kände Alfa av hans förändrade energi på något sätt?

De packade ihop och var precis på väg att sitta upp på faxarna när Sekel tystade dem. Alla blev helt stilla och lyssnade. Leon kunde höra något närma sig en bit bort. Genom björkarnas bladlösa grenar syntes ett stort mörkt moln fara fram på himlen och närma sig den förstörda byn. Sekel höll ett finger mot munnen för att visa dem att de skulle fortsätta vara tysta. Han förstod nu att det mörka molnet var fåglar, kanske var det kajor, de brukade alltid samlas i stora flockar i hans egen värld. Flocken cirklade några gånger över det som var kvar av byn och fortsatte sedan ner mot dalgången och bergpasset de kommit ifrån.

- Märkte ni också något konstigt? undrade Sekel.

- Ja, sa Mastik, fåglarna var helt tysta. Jag har aldrig sett en flock fåglar som varit tysta.

- Flocken rörde sig inte naturligt, sa Pöllsa, det såg ut som om någon styrde den.

- Ja precis, sa Sekel. Ännu en märklig händelse. Kom, vi passar på att rida nu ifall de kommer tillbaka senare. Men vi måste alla hålla utkik efter fler fåglar och annat märkligt vi kan möta på vägen.

Pöllsa som nu var frisk nog att kunna rida på sin fax igen fick hjälp att sätta sig på plats. Tack vare det skulle de komma fram snabbare, kanske kunde de hinna ända till Furuvik redan ikväll. Leon greppade sin stav och steg upp på Gullfaxe som varit så snäll mot honom under hela färden. Han gav henne en uppskattande klapp och sneglade på staven i sin hand när de red i väg. Den kändes på något sätt hemma och naturlig att hålla i. Han var stolt över sig själv för att ha förstått hur runorna fungerade och att ha lyckats värma upp stenen. Det här med magi kanske var hans grej ändå.

Hon gick tyst genom den långa belysta korridoren mot Valvet. Det fanns ingen där. Nervöst höll hon fram kortet mot avläsaren, men inget mer hände än att dörrlåset öppnades med ett klick. Hennes eget korts säkerhetsnivå skulle inte ha kunnat öppna låset utan i stället utlöst ett larm, men det här var inte hennes kort. Dörren gled långsamt upp och hon tittade in. Det var tomt, så som det skulle vara den här tiden på dygnet. De flesta låg och sov nu, precis som hennes pojkvän vars kort hon just använt. Hon hade mumlat en liten ramsa över vinet som hon snällt hämtat åt honom på kvällen. Han hade somnat hårt och skulle sova många timmar till. Han var rätt snygg men också rätt korkad.

Väl inne i Valvet gick hon direkt fram till montern hon sett så många gånger förut. Den låg därinne, som alltid. Hon hade varit så nära men samtidigt så långt ifrån den i hela sitt vuxna liv. Men den här gången hade hon kortet som skulle öppna låset åt henne och monterns lock fälldes upp med ett raspande ljud. Där låg de fyra vackra stenarna och gnistrade. Den hade kallat på henne i så många år. Handen skakade då hon närmade sig den gula kristallen och en stöt gick genom kroppen när hon tog upp den. Styrkan i stenen var verkligen enorm, den mångdubblade hennes kraft. Nu var den hennes, bara hennes, nu var de ett. Hon såg närmare på den och förfördes av det levande gula ljuset som kom från dess inre. Sedan kom hon på sig själv, la ner den i sin låsbara innerficka och tog ur en annan ficka fram en annan gul kristall som vid första anblick såg likadan ut. Förutom att denna var av glas, tomt dött glas. Hon visste att någon förr eller senare skulle upptäcka att det var en billig kopia, men då räknade hon med att vara långt borta. Med ett snett leende stängde hon monterns lock efter att ha förvissat sig om att den gula glasbiten låg exakt på samma plats som den vackra kristallen gjort.

Ingen upptäckte henne när hon diskret återvände till sin lägenhet och smög tillbaka pojkvännens kort på rätt plats, för att sedan försiktigt lägga sig ner bredvid honom i sängen. Han snarkade högt och hon slöt sina ögon. Nu, nu var allt i rullning, snart skulle hon få utkräva sin hämnd.

Freja smög sig fram utmed staketet för att komma närmare byggnaden som låg framför henne, plockade fram sin laptop och skannade efter wifi-nätverk. Bingo, någonting i byggnaden var uppkopplat. Hon startade vant sina program för hackning och skred till verket. Fem minuter senare hade hon lyckats och ägde hela gruvans lokala nätverk. De hade inte brytt sig särskilt mycket om säkerhet här inte. Hon lokaliserade snabbt övervakningsservern och såg att flera kameror var påslagna runt området och tittade igenom deras videoströmmar. Ingen kamera var placerad så hon hade synts till när hon närmat sig området. Hon spelade in fem minuter med video från dem allihop och lät sedan de sparade videosnuttarna gå i en oändlig loop på servern. Om någon någonstans skulle se på övervakningskamerornas stream skulle de få se en händelselös inspelad video utan att veta om det. På det viset kunde hon nu röra sig fritt utan att upptäckas. Områdets larmanordning stängdes av och hon hittade sedan tre grindar som fanns utmed inhägnaden och lät med en knapptryckning öppna den som låg närmast. Hon packade ihop och vandrade bort till grinden och gick sedan försiktigt in på området och såg sig noga omkring. Hoppas det nu inte fanns några vakthundar för de skulle hon tyvärr inte kunna hacka.

Varsamt gick hon fram mellan ett par mindre byggnader, bort mot området där tältet skulle finnas. Hon såg sig hela tiden omkring, men allt var helt tyst och stilla förutom snön som krasade under kängorna. Det stod där, bredvid den väldiga maskinen som borrade efter prover, och påminde henne om ett stort partytält fast rejälare. Där fanns en dörr, men med ett kodlås. Såklart ville de inte ha vem som helst där inne, det var säkert på militärens order. Men Freja som redan var inne på nätverket fick snart upp dörren och smög försiktigt in genom öppningen. På dörrkarmen fanns en strömbrytare och hon tände lampan i taket. Mot tältväggen stod några bord med borrprover, mikroskop och annan utrustning. Där fanns också en olåst lucka på marken som hon genast öppnade och såg rakt ner i ett mörkt hål. Det bara måste vara vägen till den underjordiska salen, hon log segervisst. Öppningen såg ut att vara tillräckligt stor för att hon skulle få plats, ibland är det bra att vara smal. Hon fäste klätterrepet med en dubbel knop i ett av tältets pelare och kände så det satt säkert, sedan slängde hon ner det i hålet. Ryggsäcken knöt hon fast med en repstump runt midjan och lät den också försiktigt försvinna ner i den mörka öppningen.

Plötsligt hördes ljudet från en bilmotor på avstånd och den verkade närma sig tältet. Hon gick snabbt igenom allt hon gjort och kunde inte komma på att hon lämnat några spår efter sig? De kunde inte veta att någon var här? I vilket fall så var det nu bråttom och hon klättrade snabbt ner i hålets mörker. Det syntes en öppning lysa svagt där nere och hon halade sig fortare dithåt. Bilen stannade nu till utanför tältet, snart skulle de komma in och upptäcka hennes rep. Just då kom hon igenom öppningen och hängde i taket till salen och fick se den med egna ögon. Den väldiga salen med flera mindre byggnader och i centrum den rosa kristallen som lyste upp alltihop. Hon firade sig ner lite för fort sista biten och landade med en hård duns. Nu hördes fotsteg från flera personer där uppe när tältdörren öppnades. Freja ville egentligen stanna här en bra stund och gå runt bland de små byggnaderna, studera dem, studera den stora kristallen och de märken och ringar som fanns på golvet. Men det gick inte nu. Hon lossade sig från repen och tog snabbt på sig ryggsäcken, steg sedan fram till den väldiga kristallen. Den var bedårande vacker, med det lysande rosa som sakta virvlade omkring inuti den. Hon hade många gånger läst i sina böcker om portaler till andra världar. Hon kunde bara hoppas att detta verkligen var en sådan portal, annars var hon fast här och skulle snart bli upptäckt av de där uppe. Tungt andades hon ut spänningen, steg fram till kristallen och satte handen mot den.

Samtidigt som någon ropade ett "hallå" där uppe i hålets öppning försvann hon spårlöst in i kristallens virvlar och for med hög hastighet fram i en sorts tunnel. Därframme fanns ett ljus, en öppning. Plötsligt var hon igenom öppningen och låg på ett okänt golv.

Två kvinnor i hennes egen ålder, båda klädda i samma sorts mörkgröna dräkt av siden, stirrade ner på henne. De hade långa utsmyckade stavar i händerna. Hon hörde dem tala på ett språk hon aldrig hört förut, men förstod ändå på något underligt sätt precis vad de sa.

- Du ligger still.

- Där är Furuvik.

Sekel pekade åt norr. Leon kunde urskilja toppen av ett torn som stack upp långt där framme. Det här var spännande, han hade ju hittills bara varit i byar och detta skulle vara en riktig stad. Kanske hade de ett annat sätt att leva där?

De hade ridit genom snölandskapet hela dagen utan att stöta på något mer märkligt och solen stod nu ganska lågt på himlen. Pöllsa hade varit pigg och deltagit i deras diskussioner, vilket livade upp dem alla. Mistih red med på Mastiks fax och det märktes att de trivdes i varandras sällskap och hade mest ridit för sig själva och småpratat under färden. Leon själv var stel i kroppen och det värkte i baken så det var skönt att de nu närmade sig resans slutmål. Han höll ett stadigt grepp om sin nya stav och hade passat på att studera de olika runorna under dagen så han kunde dem som ett rinnande vatten. Mistih hade gett honom flera nya ramsor att memorera som han skulle få öva med senare när de fick tillfälle.

- Är det ett torn? undrade Leon.

- Ja, Furuviks vakttorn, de har redan sett oss så vi kommer att bli mottagna när vi kommer fram. Ser du där till höger bakom muren, där ligger Runvars stora hus, det är dit vi ska. Runvar är en känd shaman i hela Wolwar, även kungen själv använder hans tjänster.

- Men kungen finns inte i Furuvik?

- Nej, kungen finns i Kungsgaard, den största staden i Wolwar, den ligger några mil åt nordväst. Men Furuvik är en viktig plats för handel, främst med oss i Fellia men även med folket i Dullavar.

Leon såg nu hur staden var omringad av en hög stenmur och att de var på väg mot den stora öppningen där vakter väntade på dem. När vakterna fick klart för sig vilka de var blev de insläppta och eskorterades bort till Runvars hus. Leon märkte nu att det här var en stad med stora bastanta hus i stället för enkla hyddor, de flesta byggda helt i sten. Längs gatorna pågick livlig handel där det såldes mat, kläder och mycket annat. De red sakta förbi och Leon märkte hur flera invånare stannade till och såg på honom och de andra. De kanske inte var vana vid att så många shamaner kom hit på besök samtidigt? Var han en av dem nu?

En trevlig man tog hand om deras faxar, han verkade ha hand om stallet vid Runvars hus och de leddes sedan in genom den stora dörren vid entrén.

- Mastik, gamle gosse!

En äldre man i fotsid mörk särk kom och kramade glatt om Mastik. Han hade ett långt gråsprängt skägg och håret i en hästsvans på ryggen.

- Min dotter känner du sedan tidigare. Det här är Pöllsa, Mistih och Leon, Mastik introducerade dem var och en. Runvar gav honom en stadig hälsning och Leon märkte att mannen nyfiket studerade honom.

- Trevligt att se er allihop, kom så går vi in och gör det bekvämt för oss, ni kan väl behöva lite vila efter er resa.

- Tyvärr har vi dåliga nyheter om Hogdal, sa Mastik bedrövat när de gick in i ett större rum med flera soffor och bord.

Leon sträckte på sig och masserade sin ömma bakdel innan han satte sig i den ena soffan bredvid Sekel. Rummet var smakfullt inrett och hade rökelse som spred en blommig doft från fönstren.

Även här kunde han se en mobil över deras planetsystem. Någon kom fram och bjöd dem på varm dryck som såg ut att vara te. Det smakade bra och piggade upp efter den långa resan. Mastik gick snabbt igenom vad de hade varit med om och berättade sedan mer i detalj om vargarna och fågelflocken de mött. Mistih fick beskriva hur bestarna med den grova gröna huden anfallit Hogdal. Tårarna rann nedför hennes kinder medan hon berättade om den lille pojken.

- Tyvärr kan jag inte säga att jag är förvånad över det ni berättar, sa Runvar till slut.

- Som jag skrev i brevet till dig, sa han och nickade mot Mastik, så har precis samma sak hänt i Käll. En överlevande lyckades ta sig hit och berättade att de blivit anfallna mitt på dagen, av liknande varelser som de du beskrev Mistih. Han gömde sig i ett buskage en bit bort och blev vittne till hur hela byn jämnades med marken och alla byborna dödades. Efteråt hände något märkligt. De gröna varelserna samlade ihop alla döda människor och djur och la dem på stora vagnar dragna av faxar och tog dem med sig när de lämnade byn.

- Ja det måste de ha gjort i Hogdal också, sa Mistih, alla var borta, bara de blodiga spåren fanns kvar.

De satt alla nedstämda i tystnad en stund.

- Så Leon, jag har förstått att du är en speciell man?

- Ja, sa han något dröjande, jo kanske det.

- Leon har hamnat i den store hjälten Coor Marvastix kropp, utbrast Mastik.

Både Sekel och Mistih såg på shamanen.

- Ja, det har varit en utmaning för honom såklart!

Leon förstod att han var tvungen att dra historien för Runvar. Under tiden han berättade kom flera yngre personer i fotsida gröna särkar in och dukade upp mat åt dem på bordet. Runvar förklarade för honom att de var elever på hans shamanskola dit aspiranter kom från hela Wolwar. Leon gjorde en kort paus och tog för sig av maten och smackade förtjust, han var hungrig nu. När han med mätt mage berättat hela historien och sedan visade Qwanden hade Runvar haft stora ögon och studerat den orangea kristallen noggrant.

- Eldmagi alltså?

- Ja det var inte riktigt meningen, sa Leon.

- Fantastiskt, ingen har använt det sedan Patrick och Coor, ingen vet hur det fungerar, sa Runvar.

- Tyvärr vet inte jag heller, det bara blev så. Han kände sig med ens helt främmande för världen här och rummet var plötsligt litet och trångt, han fick andnöd och andades högt och tungt. Sekel la lugnande händerna på hans axlar.

- Lugn, Leon, lugn, vi är här hos dig.

Efter en stund med långa lugna andetag kände han sig bättre igen.

- Mistih har varit snäll och visat mig lite runmagi och det har fungerat, sa han sedan.

- Utmärkt! Det visar att du har det i dig, sa Runvar, det är ingen slump att Qwanden valt dig.

- Men det är sent nu, vi kanske ska fortsätta imorgon och undersöka de där vargdelarna du har med dig Mastik?

Runvar bad ett par av eleverna som dukade av deras bord att visa sällskapet till sina sovrum. Leon fick rummet bredvid Mistih och de sa alla godnatt innan de stängde om sig. Sängen var riktigt skön och där fanns en bokhylla med böcker som verkade vara läroböcker i shamanism. Leon läste en stund i ett par av dem som handlade om runor, men la dem sedan åt sidan. Han kände hemlängtan. Han saknade sina föräldrar i Barcelona. Han saknade Per och Amina och undrade om de märkt att han försvunnit? Ja och när var det egentligen han hade nästa möte inbokat med Lena på Arbetsförmedlingen? Den mörka klumpen i bröstet visade sig igen och han kände sig som en konstig främling någonstans i ett okänt universum när han till slut lyckades somna.

Det var tomt och tyst nu. Far hade lämnat med alla sina krigarbarn. Långa led med olika sorters barn och djur hade ställt upp sig på den stora ängen utanför Fars stora slott, medan en del cirkulerade runt i luften ovanför. Några av flygdjuren hade kommit hem igen från ett uppdrag och Klumpen hade sagt att de hittat Fars vargar liggandes döda i snön. Råttorna hade dödat dem. Far skapade därefter en hel ny flock med vargar vilket gjort Klumpen på ovanligt bra humör. Han hade inte ens försökt döda henne när hon meddelat det.

Utanför slottet låg det nu många stora nybyggda hus. "Förläggningar, det är de nya soldaternas hem" hade Far sagt. Det fanns också många andra hus där de skapade vapen och stora "krigsmaskiner", det hade hon sett själv när hon varit med Far på inspektion. Det smälta järnet blev stål och hamrades till vapen, rustningar och maskiner.

Nu när alla försvunnit på "krig" var det bara Gnista, de andra tjänarinnorna och arbetarna kvar hemma. Utom den vackraste tjänarinnan som hade fått följa med Far.

De skulle "slakta dem" hade Far sagt. En stad med människor, många lik att göra nya barn av. Många döda djur att skapa nya bestar av.

- Gnista, du ser till att Az-Eko har det han behöver. Han kommer att vara väldigt koncentrerad på bestarna. Förstår du?

- Ja Far.

- Det betyder att du en gång varje dag går upp till honom i tornet.

- Ja Far.

Idag var första dagen på länge som Gnista såg solen. Mörker, dunder och blixtar hade varit deras liv under så lång tid nu. Solens strålar värmde den förvridna kinden skönt och hon glömde sitt liv för ett ögonblick.

- Kommer det fler?

Freja låg stilla.

- Jag vet inte, jag kanske är förföljd.

Båda kvinnorna var klädda i mörkgröna sidenkläder och hade ett asiatiskt utseende med sneda ögon och svart uppsatt hår. Den ena grönklädda kvinnan fick en bekymrad min och steg fram mot panelen bredvid dem. Hon tryckte några gånger på något som såg ut som en datorskärm och ett ljus slocknade på golvet. Det var ett av tre ljus under en planetliknande symbol med en text vars språk hon kände igen från salen med den rosa kristallen. Skillnaden var att nu kunde hon läsa den. "Jorden" stod det. Hon såg sig om och upptäckte en stor rosa kristall som sträckte sig från golvet ända upp till det höga taket. Den var mindre än den i Kirunas gruvsal men säkert tio meter hög. Den hade samma förföriska långsamt virvlande rosa skimmer i sig. Det var alltså en portal till en annan värld jag hittade ändå, hon log nöjt.

- Jag stängde av den så länge, sa kvinnan vid panelen. Vi kan inte ha okända komma hit hur som helst.

- Bra, nu tar vi henne till Mästaren, sa den andra kvinnan och tittade på Freja.

De gick ut ur det kala rummet, en dörr åkte automatiskt åt sidan när de närmade sig den. Den ena grönklädda kvinnan gick med sin stav framför Freja medan den andra gick alldeles bakom henne.

Hon såg sig nyfiket omkring. De gick genom en ljus korridor med fler likadana automatiska dörrar som den första. Väggar och golv var i behagliga vita nyanser med en sorts belysning inbyggd i taket, kan det vara LED-lampor av något slag? Bredvid några av dörrarna utmed korridoren fanns krukor med växter. De såg allihop ut att vara stora välmående monstera med sina karakteristiska gröna blad, märkligt. På ett ställe var det en genomskinlig utbuktning, som en bubbla av glas som visade att det var blå himmel utanför. Hon ville gå fram och titta ut, men förstod att hennes vakter inte skulle uppskatta det. Allting påminde Freja om rymdskepp hon sett i filmer som Star Trek och Star Wars. Att hon kunde förstå och tala deras språk, bara en sådan sak. Undrar om det fanns någon sorts mekanik i portalen som ordnade med det?

De kom in i en större sal där både väggar och tak var som stora genomskinliga fönster vilket gjorde Freja ännu säkrare på att de befann sig i ett rymdskepp. Utanför fönstren syntes samma klarblå himmel, och vita moln svävade sakta förbi ovanför dem. Där borta långt under dem såg hon något som påminde om jorden, områden med skogar och sjöar som sakta förflyttade sig. Solens sken blixtrade till i vattnet, det var en vacker dag.

Framför henne stod nu samma gråhåriga äldre kvinna i blå sidendress som Freja sett på den sista bildrutan från drönaren. Hon höll staven med en blå sten, den lite självlysande kristallen, i sin ena hand och studerade Freja ingående.

- Mästare, den här kvinnan kom in genom den norra porten på Jorden, den som inte använts på flera tusen år. Vi har stängt den så att det inte kommer fler.

- Bra. Intressant. Vem är du jordkvinna och hur kom du genom porten?

- Kan jag få ta av mig de här varma kläderna först bara, jag svettas snart ihjäl?

Den blåklädda kvinnan skrattade högt.

- Visst gör det, vi vill ju inte att du ska plågas i onödan under din vistelse här.

Freja fick av sig ryggsäcken, den tjocka vita parkasen och de andra vinterkläderna hon köpt i Kiruna. Hon märkte att de tre kvinnorna synade henne ordentligt där hon sedan stod i sina vanliga svarta kläder och svarta kängor.

- Intressant klädval, det har vi nog inte sett här förut, sa den blåklädda kvinnan. Är det så människorna i norr ser ut numera?

- Några av oss. Har alla här sidenkläder?

- Ja, de som har förtjänat det. Nå, vem är du och hur kom du in genom en port som inte använts på nära två tusen år?

- Jag är Freja och ja jag kom via den stora rosa kristallen nära Kiruna. Den har precis upptäckts av ett gruvbolag, men jag var nog den förste att smita igenom. Ja förutom drönaren du sköt sönder, sa hon och pekade på staven med den blå kristallen.

- Freja, ah, som den kända gudinnan under vikingarnas tid, jag förstår.

- Hur känner du till gudinnan Freja om portalen inte använts på två tusen år, vikingarna levde tusen år efter det.

Den gråhåriga kvinnan brast ut i skratt igen.

- Bra där, en skärpt jordtjej, det gillar jag. Jo den porten har mycket riktigt varit stängd men det finns två andra portar som är öppna och vi försöker hålla koll på vad ni har för er på Jorden. Jag har förstått att ni har lyckats att flyga med maskiner, även om den du kallar drönare är för liten för människor. Kanske var det någon sorts flygande spion?

- Typ. Ett företag som letade järnmalm hittade salen med den rosa kristallen och skickade in drönaren för att se efter vad som fanns där.

- Mästare, det betyder att fler obehöriga känner till norra porten, sa en av de grönklädda asiatiska kvinnorna med förfäran i rösten.

- Ja det är oroande, men vi låter den fortsatt vara avstängd. Vi får hitta en lösning på det problemet senare, det finns annat som är viktigare nu.

- Vilken värld är det här och har jag hamnat på skeppet Glorien?

Kvinnan rynkade en aning på ögonbrynen.

- Hur känner du till skeppet Glorien?

- Inte så svårt att lista ut, sa hon och pekade mot fönstret, dessutom stod det Glorien under symbolen som såg ut som ett skeppsskrov på portalen. Hoppas ni stänger av hela den portalen för annars kan någon halvsmart person komma på att testa de andra symbolerna som såg ut att gå till både månar och sol.

- Jodå hela portalen är avstängd så den får de inte ut något av.

- Vem är du? Nån skeppskapten?

- Rossiliana, något annat, inte nån kapten.

- Intressant kristall du har på din stav, den skjuter blå strålar. Är du kanske en magiker?

Rossiliana såg leende på Freja.

- Du kanske vill ha något att äta eller ta ett varmt bad och smälta intrycken?

- Du byter samtalsämne, då kanske jag har rätt.

- Kanske det. Följ med mina elever här så visar de dig till ett rum där du får mat och ett varmt bad så pratas vi vid lite senare. Det har hänt mycket här på sista tiden och jag har annat att stå i som är viktigt för allas vår överlevnad.

Freja förstod att det var lika bra att göra som kvinnan bad henne. Hon tog på sig ryggsäcken och följde de två eleverna, som förmodligen också var magiker, till sitt nya rum. Det här var spännande, kanske fanns det något sorts wifi på skeppet som hon kunde hacka.

De satt tillsammans med Runvar och åt frukost i samma trevliga rum som kvällen innan. De grönklädda eleverna hade ordnat med mycket gott som Leon aldrig smakat förut. Baasa, ett sorts kaffe som Runvar förklarade hade stimulerande och uppiggande substans i sig. Det var gjort på nötter i stället för bönor och behövde inte rostas innan det maldes. Per skulle gilla det här stället. Han fick också smaka is-äppelsaft och det var lika gott som Sekel berättat.

När frukosten var avklarad gick Runvar och Mastik ivrigt i väg för att undersöka vargdelarna i den stora lärosalens laboratorium. Sekel och Pöllsa gick ut för att ta en tur runt stadens marknader. Pöllsa som nu var bra nog att gå för egen maskin behövde tillfället att röra på kroppen och komma i form igen. Mistih och Leon tog sina stavar och begav sig till en mindre lärosal för att fortsätta Leons träning i runmagi. Hon förklarade för honom att man inte måste rita runor med kolpennan på något för att använda sin magi på det. Leon undrade över Mastiks små handdukar som blev till tältdukar? De var sydda med magisk tråd och sedan mumlade över av speciella hantverks-shamaner för att få den funktionen, berättade Mistih. Det gick bara att förminska och förstora dem. Inte så bara, tyckte han.

- Har du en färdig ramsa på din stav så kan du läsa den direkt och påverka det du ska i stället för att behöva rita med pennan först, se här vad jag menar.

Hon till hälften slöt sina ögon och höll upp sin stav och mumlade. Leon såg en tallrik på bordet bredvid dem lyfta en decimeter från träskivan och sedan efter någon sekund vingligt falla ner oskadd igen.

- Wow, häftigt!

Mistih såg nöjd ut.

- Ja det är bland det svåraste, att påverka föremål så där, att flytta materia. Tyvärr är det svårt med kontrollen, särskilt om det är stort som en tallrik. Det är lättare att flytta lite luft för att blåsa ut ett ljus, en kul grej att kunna, sa hon och log.

De hjälptes åt att rista in flytta-ramsan på Leons stav, sedan var det hans tur att försöka. Efter att ha riktat handen mot tallriken och mumlat ramsan med koncentration kände han energin komma in i kroppen så där skönt igen. Men i stället för att lyfta tallriken lyftes hela bordet upp i luften en halvmeter och stannade där. Han hörde Mistih flämta till bredvid sig, tappade koncentrationen och bordet kraschade ned med en smäll på golvet så tallrikar och glas flög i alla riktningar och gick i kras.

- Oj, förlåt! Det var inte meningen.

- Nu är det min tur att säga wow, sa Mistih. Jag vet inte om jag sett någon lyfta något så stort förut.

Ett par av de grönklädda eleverna dök upp i dörröppningen och tittade förvånat på röran och undrade vad som hänt.

- Lyfte Coor upp hela bordet? undrade eleverna? De såg storögt på honom. Hans rykte hade visst spritt sig.

Leon visste inte riktigt vad han skulle säga, han kände att han började andas häftigt. Mistih la lugnande handen på hans axel.

- Du var jätteduktig Leon, med lite övning kommer du att ha kontroll över det här.

Plötsligt började hela marken skaka som från en jordbävning, sedan hördes en kraftig smäll utifrån. Långa höga trumpetande signaler tjöt genom luften som sirener. Leon undrade först om han lyckats ställa till det på något sätt igen, då det dök upp en ny elev i dörröppningen.

- Någon attackerar oss, kom ut härifrån!

De sprang allihop efter den nye eleven, ut ur rummet, genom en lång hall och ut på en stor balkong. Marken skakade igen, flera gånger om och kraftigare nu. Det hördes höga sirener från alla håll i staden. Skrik hördes från marknaden under dem. Folk sprang i panik. Han såg en skräckslagen äldre man kasta ifrån sig en påse med frukt, plocka upp sin lille son och hålla honom under sin arm för att fort komma därifrån. Soldater kom springandes i riktning mot den östra stadsmuren och han kunde även se Mastik och Runvar komma ut på balkongen nedanför dem. De såg på varandra.

- Mistih! Vi springer mot östra muren och ser efter vad som händer, ropade Mastik till dem.

Han såg hur de hoppade ner från sin balkong och satte fart. Plötsligt syntes stora brinnande stenar komma flygandes genom luften rakt mot huset bredvid dem. Han kastade sig instinktivt mot Mistih och skyddade henne med sin egen kropp, när stenarna slog in i byggnaden bredvid. Marken skakade till och dånet var öronbedövande när huskroppen rasade ihop. De kom allihop på fötter och sprang in igen.

- Kom Leon, vi kan inte vara kvar här, vi måste ut härifrån, nästa gång kan det vara vår tur!

De sprang tillsammans med eleverna nedför trappan och ut på den stora gården där marknaden nu låg öde och delvis i spillror av det raserade huset. Plötsligt dök Pöllsa och Sekel upp hos dem.

- Där är ni, är alla ok? skrek Sekel.

- Vi är ok, vad händer? sa Leon frågande.

- Kom vi springer bort mot pappa, de är därborta på muren!

Medan de sprang, Leon med sin gamla rangliga kropp, slog flera brinnande stenblock ner med öronbedövande dån omkring dem i staden. Fortsätter det så här kommer snart allting vara jämnat med marken, tänkte han.

Med staven i ena handen klättrade han efter dem uppför trappan som ledde till murgången. Däruppe var det fullt kaos. Order skreks ut av befäl och soldater med pilbågar sköt pil efter pil på eget bevåg. Han såg snart vad de sköt mot. Svärmar med flera tiotusentals stora kråkfåglar, av samma slag de sett på vägen hit, attackerade överallt runt murarna. Andra grupperingar med något som liknade väldiga rovfåglar störtdök mot soldaterna på muren bredvid och slet dem i stycken. Allting såg väldigt koordinerat ut, som om de var styrda av ett enda övergripande medvetande. Leon kände att han inte riktigt förstod vad som pågick, han hade aldrig varit i en sådan här situation förut. Det mest spännande i hans liv hittills hade varit att kunna betala sina räkningar i tid.

- Vi måste göra något åt fåglarna, skrek Mastik och ställde sig med sin stav och mumlade, han stod där med slutna ögon helt stilla mitt i allt liv och rörelse.

Sekel och Pöllsa sköt båda två för fullt med sina bågar när en av flockarna med kråkfåglar plötsligt vände om i luften och dök ner mot dem. Han såg Mistih och Runvar bredvid sig skrika något till varandra och sedan mumla tillsammans mot anfallarna. En kraftig vind kom från sidan och splittrade fågelskocken mitt itu vilket fick dem att tappa sitt medvetna fokus för ett ögonblick och i stället förvirrat flyga omkring. Det gav tillräcklig med tid för bågskyttarna att fälla delar av flocken, vilket gjorde att resten tog till flykten. Plötsligt träffades muren av ännu en stor sten, och Leon föll omkull och råkade stöta in i Mastik, som även han tappade balansen. De såg förvånat på varandra.

- Jag vet inte om jag hann få tillräcklig kontakt med insekterna i skogen där borta, ifall de väljer att komma och hjälpa oss. Det kan vi behöva, sa shamanen.

- Titta, där är de!

Någon stod på muren, pekade och skrek, Leon såg sedan fler peka bortåt.

Han och Mastik var snart på fötter igen och såg vad alla pekade på. Vid horisonten syntes en väldig här närma sig. Den hördes som ett stort dovt mullrande när den sakta rörde sig framåt. Det såg ut att vara tusentals varelser av skiftande slag, vissa på svarta faxar och andra marscherade. Med sig hade de väldiga krigsmaskiner, katapulterna som sköt de brinnande stenarna mot dem. Leon kunde se flockar av olika former av djur springa längs sidorna om den ridande armén och där syntes också en stor flock av de svarthåriga vargarna som attackerat dem vid bergspasset. Andra såg ut som förvridna förväxta varianter av vildsvin, elefanter och stora kattdjur med väldiga tänder. I luften flög stora flockar av fåglar, fladdermöss och annat Leon inte visste vad det var. Himlen ovanför hären mörknade av framrullande ovädersmoln, som om de följde med varelserna framåt. I mitten kunde han se en liten trupp rida lite i förväg.

Plötsligt stannade truppen och samtidigt hela den väldiga hären. Den lilla truppen i mitten delades upp och några gröna varelser red ut mot kanterna som för att ta över befälet, medan resten stod kvar. Han kunde se hur hela hären nu började dela upp sig i tre delar, två mindre som sakta flyttade sig längre åt sidan, medan den stora i mitten stod kvar. Nu sattes fler mindre maskiner upp, maskiner som genast började skjuta. Han såg ett litet moln av mindre stenar snabbt komma rakt mot dem från en av maskinerna och hann ducka i tid. Soldaten bredvid honom fick däremot huvudet krossat av en sten och föll overkligt ner från muren utan ett ljud. Det fungerar som ett hagelgevär tänkte Leon förskräckt. Han kände hur kroppen genast började skaka av chock. Han kröp ihop på murgolvet, höll om sina knän och hörde sig själv snyfta. Plötsligt skakade någon om honom och han tittade förvånat upp. Där fanns Pöllsa framför honom med sina väldiga händer om hans axlar.

- Kom ut ur det där nu Leon! Är du med mig?

- Ja, ja kved han fram och ställde sig upp igen men aktade sig för att sticka upp huvudet för långt.

På den stora planen bakom dem hade soldater samlats med sina faxar, och befälen skrek ut order.

- Vad händer? undrade Leon.

- De ska försöka ta sig ut och attackera, vi måste göra någonting åt de där maskinerna annars blir det snart bara smulor kvar av oss, sa Runvar som dök upp vid hans sida.

- Våra pilar når inte fram till dem. Stadens befälhavare Heflatir ska leda anfallet själv. Han ska ha med sig flera grupper med soldater, bågskyttar och sköldbärare som hjälp. Jag tar med mig en grupp av mina bästa elever. Vi ska försöka smyga oss på dem från både den norra och södra öppningen och attackera deras flanker.

Innan Leon hann svara var Runvar försvunnen nedför trappan för att samla ihop sina elever.

- Har vi inga egna katapulter? frågade han undrande till Mastik.

- Nej, det har de bara i Kungsgaard, inte här. Tänk på att ingen varit i krig på två tusen år. Jag tänker följa med ut, sa han sedan.

- Nej, du kommer att dö! utbrast Mistih som nu kommit fram till dem.

- Det gör vi ändå om vi bara väntar här, vi måste försöka. Men stanna kvar med Leon, vi kommer tillbaka.

- Nej, jag tänker inte gömma mig en gång till, inte en gång till. Hennes röst var plötsligt hård.

Mastik såg hennes bestämda blick och sa inte emot.

- Kom, sa han till dem.

Nere på gården samlades allihop och lyssnade när Heflatir från sin fax delade upp soldaterna i två grupper, en för varje flank. Kapten Nixxi fick befälet över den södra gruppen medan Heflatir själv tog den norra. Runvar och en grupp av hans elever anslöt sig till den norra gruppen. De kvarvarande eleverna och Leons sällskap anslöt sig till Nixxis södra grupp. Mastik tog befälet över shamaneleverna och det syntes att han var bekant med dem. De skulle utgå om bara några minuter, taktiken var att via skogsbrynen runt staden närma sig var sin fiendeflank utan att upptäckas och sedan på signal attackera i skydd av mörkret en stund efter att solen gått ner. Kapten Nixxi var en man i övre medelåldern som förmodligen varit soldat i hela sitt liv. Han såg intelligent ut och verkade skärpt. En trumpet hördes och deras grupp började förflytta sig mot den södra porten, soldaterna var ivriga att få komma i väg. Under tiden träffades byggnader i staden av de stora brinnande stenarna, fågelflockar anföll murarna och överallt hörde Leon skadade människor skrika i stridslarmet.

De hade försiktigt avancerat ut från den södra porten till den närliggande granskogen och var nu ungefär 100 meter från fiendeflanken. De gömde sig i en mindre sänka där alla faxar och soldater samlades. Kapten Nixxi ville skicka ut några man att spana på fienden men Sekel föreslog att hon, Pöllsa och Leon osynligt kunde smyga dit med skuggmagi nu när solen gått ner. Kaptenen tyckte det var en utmärkt idé så där satt de nu och gjorde sig redo att gå ur sina kroppar.

- Var försiktig nu Leon, ramla inte eller gör något så du blir synlig, sa Sekel förmanande.

- Nej, nej jag vet.

Han var nervös, det här var inte något han var van vid, att smyga sig på omänskliga varelser. Han tänkte ta med sig sin stav och kniven satt i bältet om den skulle behövas.

- Ni tar en kort tur först och rapporterar, så får vi se om det räcker, sa Kapten Nixxi.

- Riskera ingenting, vi får inte förvarna dem för då ligger vi illa till här.

- Ja Kapten, sa Sekel, vi är snart tillbaka.

Alla tre satte sig till rätta vid ett träd och några soldater vaktade dem där de satt sårbara och orörliga.

Leon kände skiftet i kroppen och steg ur. När han öppnade ögonen igen blickade han in i sitt eget åldrade och fårade ansikte där ögonen var stängda. Även om det inte var hans riktiga ansikte och att han egentligen var mycket yngre, så hade han börjat vänja sig vid Coors medfarna kropp. Den kändes numera ganska hemma trots sina fysiska begränsningar. Han såg att Sekel och Pöllsas skuggkroppar stod och väntade på honom en bit bort så han gjorde som han lärt sig och susade ljudlöst dit. När han kom fram såg han plötsligt att skuggvargen Alfa också stod där i sin skuggform och såg på honom. Han hade inte sett vargen sedan de kommit fram till Furuvik. Städer var nog ingenting för honom.

"Hej Alfa, roligt att se dig", tänkte han.

"Vi svävar försiktigt fram bakom fienderna så vi får en överblick av vad vi har fått emot oss", sa Sekel.

De for fram över den gnistrande snön, även om solen gått ner var det fortfarande lite ljus kvar. Sekel sträckte ut en arm.

"Stanna".

Framför dem på tjugo meters håll syntes nu baksidan av fiendehären. Stora grönhudade bestar i full rustning, säkert två meter långa. De grova käkarna med kraftiga tänder, den grova uppnäsan, de svarta ögonen och de buskiga ögonbrynen, de var inte mänskliga, men de gick upprätt som om de vore människor. De var inte heller djur, även om de delvis påminde om vildsvin och hundar i utseendet, de var som en blandning, som ett misslyckat vetenskapligt experiment. Leon blev både rädd och fascinerad samtidigt. De hade full rustning, svärd, sköldar och spjut. En del hade bara svärd, de verkade ha uppgiften att hantera de stora katapulterna med sina brinnande stenar och de mindre ballistorna som kastade i väg de otäcka svärmarna. Leon såg två av de kraftiga bestarna tillsammans bära en ny sten från en stor tung kärra dragna av faxar. De såg inte ut som vanliga faxar, de var större och helt svarta med svarta ögon och lång päls, de påminde Leon om vargarna de mött.

Alla varelser de såg hade det gemensamt att de var väldigt stora och samtidigt en förvriden version av någonting djuriskt. De gröna varelserna bar gemensamt den tunga stenen med lätthet och lade den i maskinen, hällde någon mörk olja över den och tände sedan på med en fackla innan de drog i en spak. Maskinen hoppade till så marken gungade och stenen for fräsande i väg mot staden framför dem. Han kunde höra dem skratta hårt när den landade på muren där människor föll livlösa ner, för att sedan på nytt hämta ännu en sten.

Det var fyra större maskiner i den flanken de hade framför sig och många fler av de mindre ballistorna. De overksamma soldaterna stod antingen och pratade med varandra eller beskådade hur stenarna for mot staden och dess murar. En flock enorma svarta vildsvin, flera meter långa, stod orörliga en bit bakom soldaterna. Leon reagerade på att de verkligen stod stilla, som om någon tillfälligt stängt av dem. Bakom hären tände några soldater nu en större eld, antagligen behövde de ljus under natten. Det betydde att de skulle fortsätta skjuta de brinnande stenarna långt in på natten. Det var nog som Runvar hade sagt, maskinerna måste förstöras om det skulle finnas något kvar av staden imorgon.

Han kunde skymta den mindre ridande truppen stå samlade en bit bort, den som han sett gå i täten av den stora hären. Det måste vara härföraren och de närmaste, tänkte Leon. De satt fortfarande på sina svarta faxar och verkade samtala med varandra. Det var svårt att se vilka de var i mörkret och all rök från elden och oljorna. Någon såg ut att vara en människa klädd i mörkröd klädsel med en stor stav och var inte en av ryttarna en vargvarelse? Kan det vara den som Mistih sett i sin dröm?

"Vi åker tillbaka".

Sekel vände sig om och de andra susade efter henne bort mot

sänkan där deras kroppar och gruppen med soldater fanns.

- De har fyra stora och många mindre maskiner i flanken. Det är säkert 500 soldater där, många overksamma, men inga vakter vad vi kunde se, sa Sekel till Kaptenen. Hon ritade i snön hur maskinerna stod och var soldaterna höll till.

- Det är stora gröna groteska varelser fullt utrustade med vapen och rustningar, fortsatte hon.

Efter att kort ha frågat ut dem gick Nixxi sedan i väg för att ge sina soldater order. Leon kunde se att de delade upp sig i fyra mindre grupper. Förmodligen en för varje stor maskin.

- Hur går det Leon? undrade Mastik som nu kommit fram till honom tillsammans med Mistih.

- Jo tack det går bra, tror jag.

- Fint, fint. Jag och Mistih kommer att tillsammans med shamaneleverna ge grupperna support med det vi kan. Jag har fått kontakt med många insekter här i skogen så de kommer att hjälpa oss, de var inte heller så förtjusta i besöket, han skrattade först gott men kom sedan på sig.

- Ja, det är väl snart dags, Se till att komma tillbaka helskinnad Leon.

- Ni också, sa han allvarsamt och gav dem bägge en snabb kram innan de försvann bort mot eleverna.

Leon förenades med Sekel och Pöllsa som beslutat följa med gruppen som skuggkrigare. Han bestämde sig för att följa med som skugga han också och satte sig ned bredvid dem. Han visste inte hur, men var fast besluten att hjälpa till på något sätt, även om han inombords bara skrek efter att få komma hem. Men han verkade vara fast i den här världen just nu och då tänkte han inte bara sitta och titta på när hans nya vänner kunde bli dödade. De gav varandra en uppmuntrande klapp på axeln och gick sedan ur sina kroppar. Nu såg han att även Alfa fanns där i sin skuggform och de fyra for bort mot soldatgrupperna där Kapten Nixxi gett sina order. Alla

172

satt nu spänt och väntade på signalen från staden, signalen som var tecknet på att både de själva och Befälhavare Heflatirs trupp i andra änden av fiendehären skulle gå till attack. Då ljöd plötsligt den långa tjutande sirenen från staden, det var dags. Alla med faxar satt upp i sadeln medan övriga soldater, med dragna vapen, rusade framåt i sina grupper rakt mot fiendens här.

Hon kunde känna den gula kristallens energi stråla ut i kroppen där den låg gömd i innerfickan på hennes ljust gröna sidenklädsel. Den gjorde henne stark och hon skulle behöva all styrka den närmaste tiden, det kanske var mer bråttom än hon planerat. Ryktet gick att någon kommit in genom den norra porten från Jorden, för första gången på två tusen år och helt oplanerat. Hon var tvungen att få veta mer. Ingenting fick störa hennes planer nu, inte när den gula kristallen äntligen var hennes och hon skulle få hämnden hon längtat efter i hela sitt liv.

Hon gick in i den uråldriga men komplicerade datorn framför sig, skrev direkt på skärmen och aktiverade en gömd fil. Med hjälp av den kunde hon se statusen på den största buren. Det magiska låset var aktivt. Allting var som det skulle på ytan, men under ytan hade hon kontrollen att stänga av låset med ett kommando när hon ville. Hon öppnade sedan kartan över skeppet och tryckte på vapenrummet och kommandobryggan, såg efter så hon hade kontroll över de låsen också, bra, allt var som det skulle.

Den svarta förvridna fågeln som agerade brevduva hade haft ett nytt meddelande med sig på morgonen när den dök upp på hennes balkong.

"Tar staden idag, bli klar så ni kan anlända innan vi marscherar vidare mot det stora målet. Du har högst en vecka på dig."

Hon skrev ett "Allt går enligt planen" som svar på en lapp, fäste den vid varelsens ben och skickade i väg den. Pojkvännen jobbade sitt dagliga vaktskift och var inte i vägen för henne och det hon tänkt göra. Snart skulle han dö som alla andra.

Hon strök undan det röda håret från ögonen, plockade motvilligt fram den gula kristallen från fickan och la den i ett dolt fack bakom datorskärmen. Genast försvann den sköna starka energin i kroppen, men hon fick inte bli avslöjad med den på sig. Sedan förberedde hon sig för att gå till Mästarens lektion och se om det fanns någon ny information om den nyanlände jordlingen.

Freja hade just testat duschen. Den använde ånga som omfamnade henne från alla håll, sedan kom det varm torr luft och torkade kroppen efteråt. Väldigt bekvämt, en sådan skulle man ha hemma. Efter att ha sotat ögonen och klätt sig i sina svarta kläder tog hon fram datorn ur ryggsäcken och skannade av rummet efter någon form av wifi. Där fanns signaler som hon nu satt och försökte avkoda när dörren gled upp och en ung man med sydamerikanskt utseende, klädd i mörkbruna bomullskläder, kom in.

- Mästaren vill träffa er.

- Nästa gång kan du knacka.

Hon gick efter mannen genom korridoren, som var lika fint upplyst som förra gången och funderade igen över de välskötta monsteraplantorna vid vissa dörrar. De kom sedan fram till en större sal med genomskinliga väggar. Freja såg ett tiotal kvinnor och män i ljusgröna sidendressar sitta i skräddarställning på golvet och lyssna på kvinnan som kallades Mästaren.

- Du kan gå in och slå dig ner och lyssna, sa mannen och förde handen svepande framför dörren som tyst gled åt sidan. Freja satte sig på golvet bakom de andra som alla vände sig om och såg nyfiket på henne.

- Ah Freja, välkommen, sa Mästaren.

- Tack.

- Du har ju visat intresse för ämnet magi så jag tänkte du skulle få se på när mina elever gör lite övningar.

- Ok, intressant.

- Freja är jordling och har aldrig sett magi förr, hon har nyss kommit hit, sa Rossiliana.

- Xin Lee, kan du komma fram och visa vad du kan göra med metallklotet här.

En asiatisk kvinna gick fram och ställde sig bredvid sin lärare. På golvet låg ett metallklot, ungefär i storlek med en fotboll. Kvinnan gjorde några svepande rörelser i luften med händerna och satte sedan fram dem i riktning mot klotet. Plötsligt kände Freja en energi fylla rummet, som om sockerdricka pirrade runt i kroppen. Energin utgick från den asiatiska kvinnan. Det var ingenting ögonen kunde se utan hon bara kände det. Detta var något hon aldrig varit med om förut. Klotet lyfte från golvet och svävade en meter upp i luften. Hon såg att kvinnan var koncentrerad och förflyttade nu det tyngdlösa klotet genom luften med handrörelser. Klotet svävade mot Freja och stannade sakta in några decimeter från hennes ansikte. Hon kunde se sin egen spegelbild i den silverblanka ytan. På impuls tog hon upp sin hand och satte pekfingret mot klotets yta. En kraftig stöt gick genom hennes kropp, det fräste till och klotet flög med full fart genom rummet och rakt in i väggen på andra sidan med en smäll. Det dunsade sedan ner på golvet och rullade sakta bort mot Mästaren som med ett förvånat uttryck stannade det genom att peka i luften. Alla i rummet stirrade nu på Freja.

- Där ser man, det bor en magiker inom dig jordflicka.

- Vi tar och avslutar lektionen här, sa Rossiliana sedan och klappade i händerna.

Signalen fick alla på fötter och de gick ivrigt pratandes i mun på varandra ut genom rummet. En rödhårig kvinna stirrade ut henne när hon gick förbi. Freja satt kvar. Hon visste inte riktigt hur hon skulle hantera det som hänt. Sockerdrickan var borta nu, den försvann med stöten hon fick av klotet. Nog hade hon både läst om magi i sina böcker och sett den i alla möjliga fantasyserier på TV, men det var en helt annan sak att se sådant utföras i verkligheten och en helt annan sak att känna det i sin egen kropp.

Rossiliana gick fram och satte sig framför henne och såg forskande in i hennes ögon.

- Jag tror det är lika bra jag berättar lite bakgrundshistoria för dig, sa hon sedan.

- Vissa har mörkgröna dräkter, vissa har ljusgröna, vissa av bomull och andra är av siden.

- Ja det stämmer. Mina utvalda magielever har ljusa sidendressar, det visar att de är under utbildning.

- Som en karatedräkt.

- Ja kanske det? Kampsport på jorden eller hur?

- Ja.

- Bra liknelse. Kunde du känna energin, magin, förut?

- Jo, den kändes som sockerdricka i kroppen, jag kunde känna den i rummet.

- Bra. Det är alltid en viss chans att någon från jorden har den magiska förmågan i sig, precis som de från planeten Lumnos här under oss. Vissa föds med den helt enkelt. Men ni har inte någon mångudinna som Epone hos er, hon som ger oss magin. Så hos er jordbor slumrar den förmågan utan att ni ens är medvetna om det.

- Ändå finns det legender om magiker och magi hos oss?

- Ja, precis som du kunde komma hit så har en del av oss varit på jorden genom tidernas gång. Vi har haft med oss vår utvecklade magi dit, det är som att vi är välsignade av Epone en gång för alla.

- Så när jag kommer tillbaka till Jorden kommer jag att kunna magi.

- Ja, men du kommer inte att veta hur du ska använda den. Därför skulle jag vilja att du stannar hos oss och får lära dig handskas med den. Vem vet du kanske blir en av våra utsända på jorden sedan.

- Så det finns en del av er på jorden, som spioner?

- Historien med jorden är lång, vi vet faktiskt inte riktigt kopp-lingen själva. Låt mig förklara.

- Du åkte hit genom en stor rosa kristall. Det är en sorts portal-nätverk, det finns fler kristaller där ute. Bara på jorden finns tre stycken, varav din norra är en av dem. Det finns en i Asien och en i Sydamerika också. De härstammar från en gammal civilisation på Jorden som kallades Atlantis. Den ön sjönk sedan i havet ni kallar Atlanten och de överlevande tog med sig de tre kristallerna och byggde senare upp nya civilisationer. De hamnade hos Mayaindia-nerna i Sydamerika och det som sedan blev det stora kinesiska kej-sarväldet, även hos naturfolken i norra Europa. Din kristall stod först i det som nu kallas England, men flyttades till Sverige för un-gefär två tusen år sedan efter de många krigen. Där har den stått overksam sedan dess. Vi tror det var någon form av naturkatastrof som gjorde att den försvann.

- Den hittades i en sal en bra bit under marken, vid borrning efter järnmalm.

- Ja då hände nog något. Vi tappade kontakten med de magiker som fanns i Europa efter det.

- Men det finns fler stora kristaller. Här nere på Lumnos finns sex stycken, varav tre är i drift idag. Vi har utbyte med människorna där nere, oftast utan att de vet att vi kommer från skeppet Glorien. De har många historier om oss och vi vill inte väcka någon upp-märksamhet. Men vi försöker hjälpa dem när de behöver oss. Nu är en sådan tid då vi snart tyvärr måste agera.

- Men några av dem på Lumnos kan alltså magi till skillnad från oss på jorden.

- Ja det stämmer, tack vare mångudinnan. Men de har inte samma nivå på sina magiska system som de vi lär ut här uppe. Men de är duktiga på sådant som passar deras miljö. De kallar sig shamaner och använder oftast runor eller andra rituella system. Vi går mer direkt på källan Epone och styr magin med tanken, blir ett med energin. Det gör oss också starkare, men det tar många år av träning att bemästra den vägen.

- Ni använder stavar, du har en vacker blå kristall på din.

- Ja stavarna förstärker energierna och kristallen jag har kallas Qwand. Den förstärker min magi många gånger om.

- Det verkar bara vara du som får ha en sådan.

- Den valde mig för lite mer än tusen år sedan, när jag som barn gick i lära hos den store Patrick. Det finns sju stycken Qwander. Två av dem är försvunna, en har jag och de fyra andra finns inlåsta i Valvet tillsammans med andra värdefulla ting.

- Tusen år, det är alltså Qwanden som håller liv i dig.

- Ja, har du blivit ett med din Qwand gör den att man åldras väldigt långsamt, man kan bli flera tusen år gammal.

- Men om de andra är inlåsta blir det bara du som får ha en, bekvämt när man ska vara ledare.

Rossiliana brast ut i skratt.

- Så kan man se det. Men en gång varje år så väljer jag och de andra i Rådet ut en elev som vi anser vara såpass talangfull inom magin och som också visat sig vara en bra och ansvarsfull person, till en ritual. Där plockar vi fram de fyra andra Qwanderna och ser om någon av dem väljer eleven.

- Det har alltså aldrig hänt.

- Det har hänt många gånger. Men en Qwand väljer bara ut dig om den har ett uppdrag åt dig, att du har ett öde. Många gånger är det ett farligt öde och dödliga uppdrag. När bäraren dör låses Qwanden åter in tills den väljer en ny bärare.

- Ni väljer alltså medvetet ut någon lämplig för att inte låta fel person få tag i en Qwand. Då skulle det kunna bli en svartmagiker och det vore såklart inte bra. Man kan säga att ni filtrerar Qwandernas vilja att välja, så det bara blir de bra bärarna kvar.

- Det kan man säga. Qwanderna har ibland fått kontakt med onda egoistiska människor genom historien som orsakat lidande, krig och död.

- Men Qwanderna har alltså ändå valt dem trots deras ondska.

- Ja. Förmodligen har deras öde varit sammanvävt med andras öde på något sätt vi inte kunnat förstå. Vi vet inte riktigt hur Qwanderna fungerar helt enkelt. Fel val är en risk vi inte vill ta som du förstår. Det är förstås en intressant filosofisk fråga som flera av våra historiker forskar i.

- Hur vet man att en Qwand valt någon?

- De brukar ha en förmåga att hamna i bärarens ägo, de har en egen vilja. Men den elev vi valt ut får ta upp dem i handen en i taget. Det blir genast ett direkt och starkt energimässigt band mellan dem om en elev är utvald. En sorts energistöt. Det är något som märks av alla i salen som ser på, ungefär som du märkte energin hos elev Xin Lee förut idag.

- Jag förstår. Så ni har magiska stenar, portaler och ett flygande skepp. Av det jag sett verkar ni mest vara användare av alltihop, inte skaparna.

- Skarpsynt. Det stämmer. Vad vi vet är det Siranderna som är skaparna. Om du minns att jag nämnde Atlantis på er Jord? Enligt de böcker vi har var det Siranderna som skapade den civilisationen för att utbilda jordborna att avancera i sina kunskaper. De skapade systemet med de stora kristallportalerna för att snabbt kunna resa mellan de olika planeterna. Det finns markerat tre portaler till planeten Sirandia på vår kristall, men ingen av dem fungerar. När Atlantis gick under försvann de från Jorden och snart därpå försvann de även från Lumnos. De byggde detta skepp där de tillbringade sin sista tid. Endast en grupp upplärda Jordbor och Lumnosbor lämnades kvar att sköta skeppet och föra vidare deras kunskaper till nya generationer. När de försvann till Sirandia genom portalen måste de stängt den från andra sidan, för ingen har kunnat aktivera den efter det. Vi vet inte vad som gjorde att de tog det beslutet, men sedan dess har vi här ombord fortsatt deras lära. Det här är många tusen år sedan och tyvärr har mycket kunskap gått förlorad sedan dess. Vi vet inte varför vissa saker fungerar som de gör, som portalerna eller kristallerna. Vi vet hur de används men vi vet egentligen inte deras syfte och den bakomliggande tekniken.

- Så går portalen sönder är ni fast här.

- Viss del av elektroniken förstår vi men ja, går fel del sönder så kanske vi inte kan laga den. Nu verkar de ha byggt dem bra, för hittills har inget allvarligt hänt.

- Ni skulle nog behöva en IT-tekniker här, kanske en programmerare också.

- Det skulle vi absolut göra, det finns mycket vi inte kan om skeppet och all teknik. Som du märker är vi mer lagda åt det magiska hållet.

- Jag råkar vara kunnig inom både data och programmering.

- Så, både magiker och tekniker alltså, vi kan nog hitta sätt att hjälpa varandra tror jag, sa Rossiliana med ett leende.

- Jo, jag hjälper gärna till, så länge jag kan komma och gå som jag vill. Jag har ett liv på Jorden också.

- Det är inga problem. Vi har som sagt redan en del stationerade på olika ställen på Jorden, de håller oss uppdaterade om vad som händer där. Vissa bor med hela sin familj där och kommer bara hit någon gång eller två om året och rapporterar.

- Ni är passiva observatörer alltså.

- Ja, vi lägger oss inte i Jordens beslut även om vi har några som har lägre politiska arbeten på er planet och påverkar på det viset. Vi har fullt upp med att ordna vår egen vardag här och att interagera med Lumnos. Ibland plockar vi in barn från Lumnos som blivit övergivna eller som föräldrarna hellre vill ge ett liv här hos oss. En del har magins gåva, andra inte. Det finns plats, utbildning och arbete för alla.

- Det låter utopiskt och bra, så länge det fungerar.

- Det har det gjort i tusentals år. Ibland har det såklart varit tuffa utmaningar. Vi har tyvärr en allvarlig situation på gång där nere nu.

- Ni lägger er alltså i Lumnos utveckling.

- För ungefär 2600 år sedan var Patrick den Store nere på Lumnos på uppdrag av de sista Siranderna. Han skulle ena de olika länderna och lyfta deras kunskap och civilisation till högre nivåer. Lite som med Atlantis. Han lyckades och det blev fred och utveckling. En fred som varade drygt 600 år, inte så illa.

- Nej människan går inte att lita på, några kommer alltid att använda våld för att få makt.

- Så är det. Man kan bara bygga in så bra skyddsmekanismer som möjligt i ett samhälle.

Dörren öppnades plötsligt bakom Freja.

- Mästare, vi har en inkräktare!

Han högg armen av människosoldaten framför sig. Den skrek, men tystnade snabbt när Gryhm krossade skallen på honom med spikklubban. Underbart, han har dödat många svaga människor nu. Han kände sig starkast i världen. Ingen kunde stoppa honom. Gryhm tog några steg fram tillsammans med en annan Grorgal och stannade sedan. De stod nu öga mot öga med fiendernas härförare och några av hans löjliga soldater. Gryhm skrek åt Grorgal bredvid sig att befälhavaren i fjantig hatt var hans.

Fjanthatten var den bästa människa han mött hittills, han var faktiskt en duglig soldat. Men bara människa. Fjanthatten försökte hugga honom med sitt svärd men Gryhm blockerade med spikklubban, då slog människan honom med sin sköld vilket var oväntat. Han fick slaget i bröstet och fick ta ett steg tillbaka. Han fnös och svingade sitt eget svärd för att freda sig, motståndaren backade undan slaget. De stod sedan någon sekund och bara stirrade på varandra. Gryhm gjorde sin vanliga kombination, tog ett steg och svingade sitt svärd som fjanthatten blockerade med sin sköld, samtidigt tog han ännu ett steg framåt och slog med sin spikklubba från andra hållet. Han hörde människan skrika till när den träffades i sidan och for rakt in i ett träd. Rustningen var sönder och blod rann ner på snön. Gryhm visste att han redan vunnit. Någon ny människosoldat kom och ställde sig i vägen när han skulle avsluta fjanthattens liv. Han högg snabbt huvudet av den lilla soldaten och det for rullandes i väg. Befälhavaren som nu stapplande kommit på fötter igen försökte överraska honom med ett klumpigt hugg av svärdet som han enkelt gled åt sidan för. Under tiden hade hans Grorgal överraskande nog dött för en av människosoldaterna och liten tanig man med ett spjut ställde sig bredvid sin härförare. Gryhm pekade på dem bägge med sitt utsirade blodiga svärd.

- Det spelar ingen roll hur många ni är, ni är alla snart döda. Jag ska samla ihop era löjliga kroppar till en stor blodig hög, ju högre desto bättre!

Han skrattade sedan hånfullt åt dem och höjde sitt svärd. Den skadade befälhavaren var tvungen att luta sig mot trädet, blodet rann fortfarande nedför hans rustning och bildade röda fläckar i snön nedanför honom. Den lilla tanige skrek och kastade sitt spjut mot Gryhm. Det träffade honom i vänster axel så han tappade sin spikklubba. Vansinnig av raseri slet han ut spjutet, knäckte det på mitten och slängde sedan hårt delarna mot den tanige som kastade sig åt sidan. Gryhm förflyttade sig snabbt framåt och hann spetsa den eländige i magen med sitt svärd innan han kunde komma undan. Han drog ut svärdet och högg den lille i två små delar. Befälhavaren som lutade sig mot trädet stirrade på honom och flåsade häftigt när Gryhm kom fram.

- Vid Elafagur, vad är du för någonting? skrek han.

- Den bäste, skrek Gryhm och högg huvudet av honom.

Det var en katastrof. Innan de ens kommit fram till fiendehären hade de blivit överrumplade av en skenande hord med väldiga vildsvin som sprang rakt in i deras trupper, soldaterna hade flugit åt alla håll i luften. Leon och de andra i skuggform hade klarat sig eftersom de i förväg hunnit susa upp på kullen ovanför. Där kunde de bara se på när kaoset bröt ut nedanför dem. Kapten Nixxi hade blivit skadad i det första anfallet och haltade blodig bort för att skydda sig bakom en större sten i närheten av Leon. De soldater som red faxar och hunnit längre fram stannade nu upp av tumultet bakom sig och såg inte ut att veta vad de skulle göra. Plötsligt hördes höga skrik när en hel grupp av de gröna bestarna dök upp bredvid dem och anföll faxryttarna.

Sekel ändrade skuggform och blev synlig, hon sprang bort till Nixxi och drog honom mot den lilla kullen där Pöllsa och Leon stått kvar. De ändrade också form och hjälpte Sekel att bära kaptenen den sista biten. Hur var det man gjorde helande runor? Mistih hade gett honom ramsor att lära in och han mindes nu en som kanske kunde stoppa blodflödet. Han tog snabbt fram sin kolpenna och skrev runorna på kaptenens rygg där han blivit träffad. Han mumlade sedan med sin stav och kunde känna hur energin arbetade. När han var klar hade blodflödet nästan stannat. Pöllsa såg på honom och log lite snabbt, tog sedan fram ett bandage och förband

Nixxi som försökte säga något. Leon lutade sig ner mot honom.

- Ni måste hjälpa dem, hjälp dem, kraxade kaptenen svagt.

Leon såg sig omkring, faxryttarna slogs för fullt mot de gröna bestarna medan fotsoldaterna försökte försvara sig mot alla vildsvin. Han kunde se hur svinen attackerade från flera håll samtidigt och allt såg väldigt koordinerat ut, som om någon styrde dem. Han upptäckte en skock av fladdermöss som cirklade en bit ovanför dem, som för att skanna av omgivningen med sin ljudradar. Även de rörde sig regelbundet och robotlikt runt hela stridsområdet.

- Någon styr djuren, skrek Leon.

Både Sekel och Pöllsa stannade till och såg sig omkring.

- Jag tror du har rätt, sa Sekel sedan.

- De har nog haft oss under uppsikt här hela tiden, de visste precis när vi skulle gå till attack, sa Pöllsa och såg upp mot den flygande skocken fladdermöss.

- Vi kommer att förlora, vi måste blåsa till reträtt innan alla dör, sa Sekel, vi måste hitta soldaten med stridsluren.

- Jag och Leon löser det om du Pöllsa klarar att få kaptenen med en häst tillbaka till staden?

- Det ordnar jag, sa den store mannen och lyfte försiktigt upp kaptenen i sin famn och gick i väg.

- Bra, vi kommer efter så fort vi kan.

De ändrade till det osynliga skuggläget och susade sedan ner mot röran av döda och skadade. Där kunde de se hur en stor svärm av tiotusentals insekter plåga vildsvinen som tog till flykten. Mastik stod och mumlade borta vid trädet där hans egen och Sekels kropp fanns, allt medan Mistih höll vakt. Leon åkte fram till dem och gjorde sig synlig igen.

- Där är du, är ni oskadda, undrade Mistih.

- Än så länge, men vi måste slå till reträtt, vi måste tillbaka till staden innan alla dör. Jag och Sekel letar efter soldaten som har stridsluren.

- Vi styr insekterna mot de gröna bestarna så länge, var försiktiga.

- Ta er i säkerhet så fort ni kan, sa han och susade sedan osynligt i väg mot slagfältet.

Han såg att Sekel hittat en soldat som satt chockad vid ett träd med en lur hängandes över bröstet.

- Du måste blåsa reträtt, skrek Sekel åt honom, men han rörde sig inte utan stirrade bara rakt fram.

- Blås du, sa Leon till henne.

- Jag vet inte hur.

Hon gav soldaten en örfil som stirrade nyvaket mot dem.

- Vi kommer att dö, blås reträtt!

Soldaten satte luren mot läpparna, signalen överröstade stridslarmet och skar genom luften. De såg hur förvirrade soldater omkring dem plötsligt förstod vad som måste göras och samlade ihop sig för en reträtt mot staden. Men många av faxryttarna en bit bort slogs fortfarande för sina liv mot de gröna jättarna, de kunde inte fly. Sekel och Leon gick in i osynligt läge och förflyttade sig snabbt dit och kunde se Mastiks stora insektstrupp följa med dem. En av de gröna svingade mot en liggande soldat med sitt väldiga svärd när Alfa från ingenstans anföll som skugga och högg den i halsen, varelsen föll ihop död på den röda snön. De andra bestarna fick nu fullt upp av insekterna och började skrikandes vifta med sina vapen i luften. Faxryttarna såg sin chans och gick till attack och flera jättar föll döda till marken. Sekel var nu i synligt läge och stred mot en grön best samtidigt som hon skrek åt de andra att göra reträtt. De verkade förstå läget och vände sina faxar och red bort mot staden.

Sekel kämpade fortfarande mot den gröna jätten tillsammans med vargen Alfa medan Leon desperat försökte komma på hur han kunde hjälpa till. Då såg han en grupp komma ridandes mot dem, det var truppen med vargmannen och härens befälhavare i sin mörkröda klädsel. Han såg att de hade ett tjugotal stora människoliknande monster med sig.

- Sekel, se upp!

Han skrek rakt ut och glömde att han då blev synlig igen. Sekel som tillsammans med Alfa kämpat ner den gröne såg faran och bägge gick in i osynligt läge och susade i väg. Leon som fortfarande trodde att han var osynlig, bara stirrade mot vargmannen och befälhavaren som nu kommit fram till platsen. Han frös förfärat till när han såg befälhavarens ansikte. Det var mannen med de röda ögonen som han sett i sin dröm. Både han och den väldige vargmannen steg av sina svarta faxar och stirrade på honom. Vargmannen drog sina två svärd och närmade sig. Leon insåg plötsligt att han måste vara synlig igen och skräcken gjorde att han varken förmådde att röra sig eller fokusera för att bli osynlig igen.

- Fenrir, vänta!

Vargmannen stannade till och den rödögde gick sakta fram mot Leon och såg förvånat på honom, ryckte till en aning och höjde staven med den lysande röda Qwanden som nu pekade rakt mot Leons bröstkorg.

- Coor, är det du?

Leon försökte säga något men kom inte ur sitt tillstånd.

"Leon, du måste göra dig osynlig" hör han Sekel säga i sitt huvud.

- Coor... det var längesedan! Mannen med det svarta håret och svarta skägget skrattade hårt.

- Ska du inte hälsa på din gamle vän? väste han.

- Du, dig har jag sett förut, fick Leon fram till slut.

- Det har du verkligen, Coor. Du såg till att jag hamnade i det där förbannade fängelset för två tusen år sedan, fräste han. Ett öde värre än döden. Men här är jag nu.

- Två tusen år sedan? Leon höjde på ögonbrynen.

De röda ögonen studerade honom, såg på hans runstav och tog ett steg fram.

- Har du tappat minnet Coor? Står du här med en usel runstav, du, den störste magikern av oss alla? Var har du din eldfågel, var är din riktiga magi?

Leon visste inte vad han skulle säga, den rödögde mannen verkade veta mer om Coor än han själv gjorde. Han hörde Sekel säga i sitt huvud "Leon, akta dig, bli osynlig nu", "Ja snart, jag vill bara veta lite mer" svarade han.

- Jag har sett dig, men jag vet inte vem du är, sa han.

De röda ögonen granskade honom noga.

- Du ser ut som Coor, men du är inte Coor, eller hur?

Leon förstod att det nu var dags att försvinna och försökte bli osynlig, men det fungerade inte. Mannen skrattade rått.

- Tror du den där löjliga skuggmagin fungerar på mig?

Staven med den röda Qwanden lyste upp och Leon fick panik och mumlade snabbt en ramsa. Den rödögde flög förvånat upp i luften en bit för att sedan ramla ner på marken. Leon såg sin chans och blev genast osynlig. Han susade så snabbt han kunde bort därifrån. Men han kom inte långt innan han träffades av en blixt i ryggen, föll ihop och blev åter synlig. Blixten spred sig i hela kroppen och hjärtat hoppade över ett slag. Han kved av smärtan på den hårda snön och såg mannen åter höja sin stav mot honom. En sådan där blixt till och jag är död. Han gick snabbt in i osynlig skuggform igen och slet samtidigt upp ena ärmen på tunikan och satte alla fingrar mot sin arm och hoppades på att träffa någon av de magiska tatueringarna. Han såg den dödliga blixten rusa mot honom, när allt plötsligt försvann och han virvlade fram i en tunnel. Det sista han hörde var Sekels "vi kommer att hitta dig".

En av de svarta fåglarna hade kommit tillbaka med en textlapp. Det var Fars text till Klumpen. De konstiga fåglarna kom en gång varje dag och varje gång måste hon gå upp för den långa långsamma trappan till det höga tornet.

Idag verkade Klumpen vara på bra humör när hon steg in genom den stora lätta dörren.

"Kom in lilla råtta, har du ett meddelande med dig idag?"

Stanken låg tung i rummet och Gnista haltade sakta in.

- En textlapp kom nyss med svartfågeln, sa hon och sträckte fram lappen. Två av Klumpens ögon läste snabbt meddelandet.

"Far har tagit staden, alla människoråttor är döda, bra."

Ögonen såg som i fjärran en kort stund.

"Jag ser med flygråttorna att dunder och blixtar slår ner i Fars nya högar i staden. Tusentals med nya krigarbarn blir det."

Hon hörde Klumpen skratta till hårt i sitt huvud. Som varje gång det hände så värkte det och hon tappade lite av synen tills skrattet slutade.

"Skriv på en ny lapp åt mig."

Gnista hade en tom textlapp med sig och en penna med den svarta spetsen som hon tog fram.

"Skriv som jag visar dig i ditt huvud, förstår du råtta?"

- Ja, jag förstår.

Klumpen kallade dem "bokstäver", konstiga tecken som han visade i Gnistas huvud, hon skrev dem på textlappen. I den storlek som Klumpen vill. Första gången hade hon skrivit för stora "bokstäver" så textlappen tog slut innan Klumpen var klar. Hon hade svimmat av smärta i huvudet av hans raseriutbrott den gången. Hon gjorde rätt nu.

"En skock med fladdermusråttor vakar nu över den stora staden natt och dag. Människorna där har tagit fram sina krigsmaskiner så de vet att Far vunnit striden och är på väg. Är Far snart klar med talråttan så jag slipper hålla på med lappar. Far behöver snabbare veta vad som händer när det blir strid igen. Förra gången kunde det gått illa."

Klumpen slutade visa "bokstäver" i hennes huvud, då var han klar. Hon blev alltid så trött av att skriva på textlappen, det var svårt. Hon ville sitta och vila men visade inte för Klumpen hur trött hon var utan stod helt stilla.

"Fick du med allt nu usla råtta?"

- Ja allt är med.

Hon visade lappen för Klumpens inspekterande ögon.

"Oläsligt som vanligt, hur svårt ska det vara? Gå och skicka i väg meddelandet till Far, fegråtta!"

- Ja, genast.

Hon såg att Klumpen inte brydde sig om henne längre utan alla fem ögonen såg i fjärran vad Fars djur gjorde. Far hade dödat alla människor i sitt "krig" och nu skapade han nya krigarbarn. Gnista förstod inte vad allt sådant var bra för, varför kunde inte Far komma hem och vara snäll med alla sina barn. Hon gick haltande steg för steg nedför trappan och längtade efter att få gå ut genom dörren till solen. Hon tyckte om värmen, solen var snäll mot Gnista. Hon ville bara sitta i ljuset en stund och vila sitt huvud och den onda kroppen.

- En inkräktare? Hur då?

- Han dök upp från ingenstans i stridsrummet när vi övade, plötsligt låg han bara där på mattan, sa den ljust grönklädde unge mannen med asiatiskt ursprung.

- Vem är det?

- Vi vet inte, han verkar lite förvirrad, kanske är han skadad. Xinthia tyckte jag skulle hämta dig.

- Det är nog lika bra vi går och ser efter vem det är då.

Rossiliana gick med den unge mannen och Freja i släptåg ut genom den långa korridoren och ner till en sal med genomskinliga väggar på vänster sida. Freja kunde se att mörka moln samlade sig på himlen ovanför skeppet. Undrar hur det är att färdas mitt i ett oväder med åska och blixtar? Men har det färdats fram på himlavalvet i flera tusen år så var det nog byggt för att klara av det mesta.

De gick in genom öppningen där dörren redan glidit åt sidan. Inne i salen stod samma elever som Freja sett tidigare på den intressanta magilektionen. Förmodligen var det här de samlades och övade på sin magi med varandra, men nu stod alla tätt i en ring mitt i salen och verkade upptagna av att titta ner på något. Hon kunde se den rödhårige vända sig om och se på dem när de kom in.

- Mästare vi har en inkräktare, i skuggform dessutom. Han sitter här, sa den rödhårige skarpt.

- Bra Xinthia, låt mig se.

De andra flyttade sig nu åt sidan och lät sin Mästare komma fram. Freja kunde på golvet se en äldre mager man i en blodig och smutsig tunika som förmodligen varit vit från början. Mannen hade axellångt grått hår och ett grått skägg och såg skärrad ut där han satt. Hon kunde se lite snö som nu mest smält till vatten runt honom. Mannen såg ut att sitta som i en skugga fast det inte fanns någon där, märkligt.

- Coor Marvastix, är det du Coor? utbrast Mästaren när hon såg honom och skyndade sig ner på knä framför mannen.

- Vid den store Modern, är du skadad?

- Coor? Ja jo, det är jag ju också.. var är jag?

- Du är på Glorien, du är säker här. Är du ok?

- Glorien? Aha, det var alltså den jag kom åt. Han såg sig nyfiket omkring och fick sedan syn på Freja. Hon såg hur hela hans ansikte förändrades som av chock, hur ögonen spärrades upp och munnen långsamt öppnades.

- Freja? Är det verkligen du Freja, är du här?

Hon blev först helt stum. Hur kunde någon veta vem hon var på det här stället, särskilt en gammal förvirrad gubbe hon aldrig någonsin träffat?

- Ja, det är jag.

Hon såg hur skuggmannen stirrade på henne, sedan snabbt se sig omkring som för att vara säker på var han befann sig, för att åter se på henne och nu med ett stort leende.

- Det är jag, det är Leon!

Hon visste inte riktigt hur hon skulle tolka det hon just hörde. Den där gamle mannen kunde såklart inte vara Leon, nog för att hon inte sett honom på fem år men så mycket hade han nog inte hunnit med att åldras. Ändå visste gamlingen vem hon var?

- Det tror jag inte att du är.

- Känner du honom, sa Rossiliana förvånat, känner du Coor?

- Nej, jag vet inte vem Coor är.

- Men Freja, det är jag Leon, vi gick på programmeringskurs ihop för fem år sedan!

Hon rynkade pannan. Hur kunde den där Coor veta sådant som bara Leon visste. Hon tog ett steg fram mot mannen och såg honom i ögonen.

- Det är jag, sa han plötsligt på svenska. Jag hamnade i den här världen och vet inte hur jag ska komma hem igen.

Hon studerade ögonen noga. Hon hade sett in i Leons ögon många gånger då när hon var kär i honom, hon visste hur hans varma, lite förvirrade men charmiga ögon såg ut. Nog för att ögonfärgen inte var densamma men det varma, förvirrade och charmiga fanns där. Plötsligt insåg hon att det måste vara Leon hon hade framför sig, men hur var det möjligt?

- Jag ser dig, sa hon kort och andades långsamt ut.

- Det här får vi reda ut, men inte här, bröt Rossiliana in.

Hon instruerade två av de manliga eleverna att plocka upp Coor från golvet och hjälpa honom in i ett rum.

- Låt honom att komma till en dusch och ge honom något rent att ha på sig. Be vår helare att undersöka honom noggrant. Tänk på att det är den store Coor Marvastix ni sköter om, sa hon skarpt till dem.

Freja såg dem hjälpa Leon i väg, han vände sig snabbt om och log mot henne. Den här världen var märklig.

- Var det verkligen Coor, den Coor vi alla läst om? frågade den rödhårige.

- Ja jag känner igen honom även om han ser äldre ut. Det är två tusen år sedan vi sågs så det är kanske inte konstigt. Han har återvänt, precis i en tid då vi behöver honom igen, utbrast Rossiliana glatt.

Den rödhårige stod tyst.

- Freja, det här är Xinthia, min främste elev, sa Rossiliana och vände sig mot kvinnan.

- Hej.

Den rödhårige bugade sig lätt men Freja gillade inte hennes forskande blick.

- Hej, välkommen och må Epone vara med dig.

- Xinthia, kan du gå till kontrollrummet och se efter vad vi vet om läget nere på Lumnos, så kommer du till mig sedan? Ni andra kan fortsätta med er träning så kallar jag alla till ett möte senare när vi vet mer.

Den rödhårige bugade sig åter lätt och försvann snabbt ut ur rummet medan de andra eleverna, parvis och pratandes med varandra, spred ut sig i salen.

- Freja, du och jag går till bort till mitt rum så får du förklara hur du känner Coor och vem den där Leon är som han pratar om, sa Mästaren till henne.

Leon vred på kranen lite till. Ånga, en finurlig dusch de har, sparar säkert en del vatten på det viset. Det är förmodligen väldigt klokt när man befinner sig på ett rymdskepp som aldrig någonsin landar på marken. Han kände sig piggare. Det här behövdes verkligen, tänkte han och steg ur duschen för att stå öga mot öga med en man med sydamerikanskt utseende och lila sidendräkt. Mannen bugade sig lätt.

- Goddag herr Coor, mitt namn är Xavier och Mästaren har bett mig att se så ni är oskadd. Jag är skeppets helare.

- Xavier, det låter som ett namn från Jorden?

- Åh, min mor är från Mexiko. De träffades när min far var där på uppdrag.

- Fantastiskt! Det finns alltså en väg till Jorden härifrån?

- Ja vi har en portal, med den kan man färdas till och från Jorden, sa han och log. Ja i alla fall de som har tillåtelse och ett uppdrag där.

- Har du själv testat den?

- Nej tyvärr, det är inte min uppgift här. Jag är säker på att Mästaren kan berätta mer om hur det fungerar, låt mig nu undersöka er, har ni ont någonstans? Ni är i skuggform?

- Ja det är en lång historia sa han bedrövat, jag har ingen aning om hur jag ska komma tillbaka till min kropp heller, om den nu lever. Han kom plötsligt ihåg blixten han sett fara mot honom innan han försvann.

- Jag har ont i ryggen, jag fick en blixt där nyss, sa han och grimaserade.

Leon lade sig på britsen mitt i rummet och lät helaren göra sitt jobb. Mannen sa en ramsa och förde sedan sina händer en bit ovanför hans kropp och verkade skanna av honom från topp till tå.

- En skada i ryggen ja, om ni vänder er om får jag titta?

Leon vände sig om på mage och kände hur mannens energi fyllde rummet när han mumlade och smärtan i ryggen försvann nästan helt. Han kände försiktigt på stället där blixten träffat, det kändes bra nu.

- Så där, då var vi klara, jag konstaterar er frisk och vid god hälsa för er ålder. Det var nog första gången jag behandlat någon i skuggform, intressant.

- Ja det där gjorde du bra, tack så mycket!

Helaren bugade lätt och gick ut genom en dörr som verkade vara automatisk. Leon ställde sig framför den och viftade med handen, dörren gled då åt sidan för att kort därefter stängas igen. Det påminde om dörrarna i affärer, kul! Sedan kom han på att han stod där naken och såg en hopvikt tunika ligga på en pall inne i rummet. Den passade honom bra, vit, ren och fin. Mycket trevligare än den han haft på sig när han kom hit. Han gick och lade sig på britsen igen. Det hade hänt mycket på kort tid, mycket att smälta. Han undrade hur det gått för Sekel och de andra, kom de undan den där magikern och hans hemska här? Klarade sig staden och invånarna?

Han kom sedan att tänka på Freja, vad gjorde hon här? Hade hon också hittat en Qwand, eller kom hon hit via en av de där portalerna helaren nämnt? Hon var förändrad, Freja. Han såg henne framför sig igen. Helt svartklädd, svarta kängor, långt vackert svart hår. Ögonen, hon hade svartsotade ögon med en sorts piercing av guld i ena ögonbrynet. Ja visst hade hon haft en liten guldring i ena näsvingen också? Han tänkte sedan tillbaka på hennes ögon, de blå fina ögonen. Klara och intelligenta precis som förr, men ändå annorlunda. Mer mogna, mer djup och större medvetenhet. Han kom på sig själv med att se henne som en ung vacker kvinna och rodnade en aning. Sist han sett henne hade hon varit en liten bråkig tonåring, han hade aldrig sett henne på detta vis. Tänk vad några år kan göra. Han avbröts i sina tankar av att dörren gick upp. En kvinna med ljusgrön sidendress och rött hår steg in och såg forskande på honom.

- Ursäkta herr Coor, men Mästaren undrar om ni vill komma med för en bit mat och samtal?

Han kände sig tvungen att spela med i det här med Coor så länge, undrar egentligen vad han hade för historia med den där kvinnan de kallar Mästaren?

- Javisst, led vägen.

När de gick i den långa ljusa korridoren såg han ett klotformat sorts fönster och var tvungen att gå dit och titta. Han kunde se marken där nere, de susade sakta fram över en sjö. Det måste vara Lumnos, undrar var de var någonstans? Han såg sig omkring, men kunde inte känna igen något landmärke. Det var nog inte Wolwar för det fanns ingen snö. Han kom att tänka på sina vänner igen och knep ihop munnen.

- Kommer ni? undrade kvinnan.

De satt under tystnad vid bordet medan de brunklädda männen dukade fram maten. De fick vända igen med Frejas tallrik, det var kött på den och hon vägrade äta något sådant. De hade ursäktat sig och kommit med en vegetarisk gryta i stället. Den påminde Leon om Sekels goda gryta och han bad om en likadan till sig själv och fick genast ett gillande ögonkast från Freja. Förutom Freja och Leon så satt även den blåklädde Mästaren där tillsammans med den rödhårige kvinnan. Mästaren hade introducerat dem för varandra, hon hette visst Rossiliana själv och den rödhåriga var hennes elev

Xinthia Delorini. Han märkte att alla tre såg på honom när han prövande åt av maten. Då fick han syn på staven som stod lutad mot bordet bredvid Mästaren, med en blå lysande Qwand på toppen. Han mindes plötsligt vad han läst i Krönikan.

- Slaget vid Bast, skuggdemonen Testeros, var det du?

- Ja Coor min vän, eller ska jag kalla dig Leon?

- Det är komplicerat, men ja kalla mig Leon.

- Hur gick det till att du hamnade i min vän Coors kropp, dessutom i skuggform och var är han?

- Jag har ingen aning om var han är, jag fick den här kroppen när jag kom hit från Jorden, sa han en aning uppgivet. Jag tror det är Qwanden som ligger bakom alltihop. Han plockade fram den orangea kristallen som legat gömd bakom tunikan vid hans bröst. Han märkte hur alla tre såg storögt på den.

- Coors Qwand, utbrast Mästaren.

Han märkte hur den rödhåriga Xinthia verkade tappade andan och rygga tillbaka. Freja däremot lutade sig framåt och studerade den.

- Är det där en av de två försvunna? undrade hon.

- Ja, sa Rossiliana, ja det är Coors Qwand, den försvann samtidigt som honom, ingen har sett vare sig den eller honom på två tusen år.

- Det finns tecken i den, ja och fågeln Askasur för den delen, sa Leon

Han såg hur Xinthia knep ihop munnen.

- Askasur? sa hon stelt.

- Ja, det var han som gjorde att jag hamnade på Lumnos.

- Coor förde in Askasur i sin Qwand, en sorts magi ingen annan lyckats med. Både Qwanden och Askasur måste ha valt dig som bärare, sa Rossiliana och bugade sig lätt för honom.

- Ja jag hittade den, men har sista tiden undrat vem som hittade vem egentligen?

- Det är så det fungerar när den väljer dig. Det gläder mig verkligen att den är återfunnen, jag hoppas den har valt en bra person, sa hon och synade honom.

- Leon är bra, sa Freja kort.

- Du har alltså ingen aning om var Coor är?

- Nej tyvärr. Qwanden fanns i skogen bredvid där jag bor, kanske han tappat den där?

- En Qwand och dess bärare tappar inte varandra hur som helst. Tyvärr dog han nog på er Jord, sa hon och såg ledsen ut. Han kom aldrig tillbaka till oss som han skulle.

- Du kände Coor? frågade han.

- Ja, det var när jag var ung magielev här. Han och Patrick var de största magikerna och alla elevers idoler på den tiden. Han gjorde alltid som han ville, Patrick var många gånger arg på honom men Coor fick ofta rätt. Om Patrick var den stora visa ledaren var Coor ensamvargen, de kompletterade varandra.

- Patrick den Store, jag läste om honom i Krönikan.

- Ja, Patrick som blev mördad här på skeppet för två år sedan, vår kloka ledare brutalt mördad. Leon såg hur hon fick tårar i ögonen.

- Var det han som hade den andra försvunna Qwanden kanske, sa Freja.

- Ja Patricks röda Qwand försvann, mördaren tog den.

Leon hoppade till.

- Röd? Mörkt röd?

- Ja, har du sett den?

- Magikern med den stora hären, han med de röda ögonen hade den på sin stav, sa han långsamt.

Rossiliana reste sig plötsligt upp, slog handen i bordet i vredesmod så både tallrikar och Xinthia hoppade till.

- Smil! Den förbannade Zatalocki!

- Han attackerade Furuvik med sin här av bestar och monster, han skickade en blixt i ryggen på mig så jag var tvungen att använda min tatuering för att komma hit. Han hade dödat mig annars.

- Furuvik också? Vi visste att någon anfallit flera mindre byar i Wolwar. Rapporterna sa att det var varelser gjorda av magi, så vi anade att det kunde vara Zatalocki som låg bakom det hela.

- Zatalocki... var det inte honom Coor besegrade i ett stort slag för längesedan?

- Ja det stämmer, Coor besegrade Zatalocki och hans drake Pest. De har sedan dess suttit här i vårt fängelse på nedersta våningen av skeppet, ja tills dess att han flydde då för två år sedan.

- Hur har han överlevt så lång tid i ett fängelse? undrade Leon.

- Våra fängelser är magiska och skapades av Siranderna, de existerar utanför tiden kan man säga. Vi har flera fångar som suttit här i många tusen år, de åldras inte.

- Ett konstigt val, tyckte Freja. Det vore väl mer praktiskt om farliga fångar dog av ålder.

- Det var så Siranderna gjorde och även om vi inte känner till deras orsak så följer vi det som de lärde ut till oss. Kanske ville de att fångarna skulle utvecklas med tiden och förstå att de gjort fel och ångra sig, jag vet tyvärr inte.

- Zatalocki var visst inte typen som ångrade sig.

- Nej, verkligen inte. Vi vet inte hur det gick till eller vad Patrick gjorde i hans cell när han blev mördad. Men han måste ha tagit Patricks Qwand från honom. Sedan försvann han, på något sätt tog han sig ner till Lumnos.

- Qwanden valde Zatalocki.

Leon såg hur Rossiliana blängde med ilskna ögon på Freja.

- Ja, det måste den ha gjort, sa hon sedan kort och ilskan var nu utbytt mot sorg.

- Antagligen hjälpte någon honom, både att bli fri och förmodligen också att fly via den rosa kristallen ner till Lumnos, sa Freja.

- Jag har väldigt svårt att tro det, ingen här har någon anledning att hjälpa en sådan som Zatalocki. Vi har en fredlig och positiv tillvaro här och lever för att utvecklas och hjälpa folket på Lumnos, jag kan gå i god för alla här på skeppet, sa hon och såg på dem.

- Han har alltså skapat de där varelserna? undrade Leon.

- Det har han nog gjort. Smil har alltid varit en stark magiker. En gång i tiden gick han i lära här hos Patrick själv och var en uppskattad elev. Men någonting måste ha gått snett för plötsligt var han försvunnen från skeppet och några år senare startade han det stora kriget tillsammans med den där diktatorn från Primaria.

- Sinnis Kabaria, sa den rödhårige.

- Just det, så hette hon. De blev oslagbara ihop och hade kanske lagt hela kontinenten under sig om inte Coor kommit emellan. Allt det där skedde när jag var en liten unge men jag minns vilken aktivitet det var här på Glorien. Många var emot att vi skulle lägga oss i händelserna alls, men Patrick gav Coor sin välsignelse när den stora Modern bett honom om hjälp.

- Han hjälpte på sitt sätt, men kanske inte på det sätt Modern tänkt? sa Leon och tittade på sin Qwand med den lilla eldfågeln inuti.

- Nej som sagt, han gick alltid sina egna vägar, även om det var förbjuden mark. Men det gav resultat, ondskan förlorade.

Xinthia reste sig plötsligt upp.

- Ursäkta Mästare och besökare, jag känner att jag är lite illamående, jag hoppas jag kan få tillåtelse att dra mig tillbaka?

- Men Xinthia, är allt väl? Självklart, gå och vila du och bli bra igen.

- Det är säkert ingenting, det går nog över med lite vila, sa hon och bugade sig för dem alla och gick ut genom den självöppnande dörren.

- Drick lite mer Bescca, det påminner om ert jordvin har jag förstått, sa Rossiliana när dörren stängt sig.

- Tack jag håller mig till vatten, tyckte Freja.

- Jag visste inte att man kunde äta och dricka när man var en skugga, sa Leon och tog mer gryta.

- Normalt behöver man inte det. Normalt åker man inte genom en portal heller. Jag har faktiskt aldrig hört talas om någon som gjort det i skuggform så vi vet nog inte vad som kan ha hänt med dig, eller kommer att hända?

- Undrar om min.. Coors kropp lever. Jag kanske dör nu om den dör?

- Vi får hoppas att dina vänner tog den med sig och håller den vid liv.

- Ja jag hoppas det. Men något har ändå hänt, jag kan inte ändra form och bli osynlig, jag har försökt men det går inte. Sedan känns allting mer fysiskt än det brukar göra som skugga, som att vara i kroppen men ändå inte. Kanske har jag på något sätt tappat kontakten med min kropp när jag teleporterades hit, genom en portal som du kallar det.

- Ja, hur var det du kom hit egentligen?

- Jag har tatueringar på mina armar och en av dem är en symbol för ert skepp, det var den jag råkade tryckta på.

- Fascinerande, jag har aldrig hört talas om tatueringar som fungerar som portaler, kan jag få se?

Leon drog upp ärmarna och visade dem.

- Åh, Systrarna och Modern, skeppet, något sexkantigt och ja vad är det där, ett "A"?

- Arch! sa Freja upphetsat.

- Arch? Vad är det för något? undrade Leon.

- Det är den version av Linux jag använder. Ett operativsystem för datorer? förtydligade hon när hon såg deras frågande blickar.

- Ja, men det stämmer nog! Det kommer en massa kod, som programmeringsspråk när jag trycker på den.

- Om det är ok så trycker jag nu? sa Freja beslutsamt och ställde sig upp.

- Ja gör det, du förstår det nog bättre än mig.

- Kan jag också få se? undrade Rossiliana.

- Håll mig i handen, jag tror man får hänga med på det som händer då.

Mästaren höll Leon i handen medan Freja tryckte på "A". Plötsligt blev rummet fullt av datakod som växte fram rad efter rad. De såg på koden en stund i tystnad.

- Verkligen fascinerande, något sådant har jag aldrig sett förut. Undrar om det finns något liknande i våra skeppsdatorer?

- Jag tror det här är från ert skepp, sa Freja. Det är likt C-kod och det ser ut att kunna vara en variant av nätverkstrafik vi ser. Jag undrar om man kan interagera med koden?

Hon ställde sig för att försöka styra med bägge sina händer men allting försvann när hon tog bort fingret från Leons arm.

- Det där var ju osmidigt.

- Men om du håller i mig när jag trycker så kanske du är fri att testa vad du nu vill göra?

- Bra Leon, så gör vi.

Leon tryckte på "A" medan de andra höll i honom. Datakoden kom genast tillbaka och nu försvann den inte när Freja släppte taget om honom. Hon började gestikulera och styra koden med händerna. Det ser ut som om hon hoppar mellan olika sorters kodstycken med viljans kraft, tänkte Leon.

- Aha, där. Undrar om jag kan skriva egen kod här...

Plötsligt släcktes ljuset i salen och bara månarna Epone och Ariane lyste upp salen från de väldiga takfönstren, medan Freja stod och kastade långa skuggor mot väggarna när hon arbetade med sina gester. Ljuset tändes igen.

- Såja, nu förstår jag hur det här fungerar.

- Var det du som släckte ljuset? undrade Mästaren.

- Ja. Jag hittade programmet som styr ljuset i rummet.

- Fantastiskt! Du måste vara begåvad, det här är lika mycket magi för mig som något annat vi håller på med.

- Det är ganska enkelt egentligen. Om jag bara kunde ha den där tatueringen själv. Jag som har funderat på att tagga mig med just en logga av Arch på armen.

- Ja, om jag kunde skulle du gärna få den. Jag kan ändå inte göra något vettigt med den, sa Leon.

- Det kanske jag kan ordna, sa Rossiliana glatt.

Båda två såg frågande på henne.

- Det är ganska enkelt egentligen, sa hon och blinkade mot Freja. Vill ni?

Båda svarade ja.

- Ställ er här bredvid varandra och ta sedan och håll varandra i handen.

Leon stelnade till och kände genast hur pulsen steg. Varför gjorde den det?

- Ja, javisst, sa han sedan och låtsades som ingenting.

Freja sa något som liknade ett "ja" och så höll de händer med varandra. Det gick som en kort stöt genom Leons kropp. Han vågade inte se på Freja, men hon kramade hans hand och det kändes trevligt.

Sedan började Rossiliana mumla och Leon märkte hur hela salen fylldes av stark energi. Han ryckte till, hans "A" var ena ögonblicket på armen och nu i nästa ögonblick hade det farit över och fastnat på Frejas arm i stället. Tatueringen var borta, nu hade han fem kvar.

- Snyggt, utbrast Freja som släppte Leons hand och genast tryckte på sin nya tatuering. Hennes ögon gick genast över till att se i tomma luften, hon gestikulerade med händerna och grymtade då och då förnöjt.

- Det ser ut att ha fungerat bra, sa Rossiliana och log.

- Ja, sa han och funderade på om han saknade sin tatuering? Nåja det där är inget jag behärskar ändå, den gör större nytta hos Freja, tänkte han sedan, hon om någon kan det där med datakod. Han såg Freja trycka på armen och genast var hon närvarande igen.

- Det verkar fungera att trycka av och på med tatueringen för mig. Tur det, vem orkar koda med en hand. Jag ska gå igenom mera av skeppets kod senare.

- Absolut, försök att inte störta oss till marken bara är du snäll.

- Jag tyckte mig se en störning i koden som for förbi förut, jag ska leta efter den.

- Gör det. Vi ska avrunda för nu. Jag behöver informera Rådet om vad som hänt och hur vi ska tackla situationen med Zatalocki. Om tre dagar kommer vi att befinna oss över Wolwar, då måste vi veta hur vi ska agera.

Leon och Freja gick tillsammans genom den ljusa korridoren.

- Hur kom du hit egentligen? undrade han.

- Jag kom över information om en provborrning efter järnmalm uppe i Kiruna, där de hittat en sal med en stor rosa kristall. Jag tog mig dit och hoppade in i den.

- Va? Hoppade in i den?

- Ja, jag misstänkte att det var en portal till en annan värld, sa hon snabbt.

- Det kan alltså komma fler hit?

- Nej, de stängde av den portalen här på skeppet, när jag kom hit. Vill du se den?

- Det vill jag gärna göra.

Freja tog täten och ledde dem till rummet med den stora rosa kristallen där de två asiatiska kvinnorna med mörkgrön dräkt fortfarande stod vakt, men de var välkomna att titta. Leon tyckte den var förföriskt vacker med det lysande rosa som sakta virvlade runt inuti den.

- Man justerar på skärmen vart man vill åka, slår på eller stänger av portaler, så som de gjorde med den i Kiruna. Du ser symbolerna och ljuset på marken i ringarna, de talar om vilken destination man har. Det finns en del portaler som du ser. Tre till jorden, sex till Lumnos och tre till Sirandia.

- Sirandia?

- Ja Siranderna, det är dom som skapat alltihop, portaler, skepp och din Qwand.

- Siranderna ja, aliens alltså.

- Japp. Men ingen har sett dem på tusentals år och deras portaler är stängda.

Leon kände plötsligt sin gamla panik komma, mörkret greppade tag om honom. Han ställde sig med händerna i knät och andades i stötar. Freja lade handen på hans axel.

- Andas normalt, långsamt.

- Det blir lite mycket ibland bara, sa han och stillade sig så gott det gick.

- Det är helt ok Leon, du är säker här.

Han kände sig bättre och ställde sig upp igen. Han såg in i hennes ögon och det syntes att hon brydde sig om honom. Det kändes lite märkligt i magen.

- Tack, det är bra nu. Den här kroppen tål inte så mycket, skämtade han.

- Panikångest är inget man ska skoja om, det hade jag också ett tag. Det kan göra att man skadar sig själv.

Hon drog upp sin svarta T-shirt på ena sidan och blottade höften. Leon såg ett område med ärr av många små skärsår.

- Har du, är det där... ?

- Det var det enda sättet jag visste att bli av med ångesten då när jag var mindre. Men den har försvunnit sedan dess.

Han såg ledset på henne och insåg att det finns så många i världen som brottas med sitt inre och går igenom stora lidanden utan att man vet någonting om det.

- Hur blev du av med den?

- Jag började med datorer och att programmera. Nu är den borta.

- När du säger det så känner jag aldrig av den när jag fotograferar eller redigerar mina bilder, sa han fundersamt.

- Man behöver göra det man mår bra av, konstaterade hon.

- Att attackeras av galna magiker och gå omkring som en skugga i en gammal kropp som inte är ens egen kanske inte är idealiskt då?

- Även om din kropp är främmande är det dina ögon, jag ser dig.

- Tack, jag ser dig också, sa han och log.

- Jag behöver gå till mig och fortsätta titta igenom koden på skeppet innan det är dags att sova, något var fel där, sa hon och skruvade lite på sig.

När han kom in i sitt eget rum la han sig ner på britsen med händerna bakom huvudet. Det var synd att det inte fanns något fönster i taket så man kan ligga och titta på stjärnorna. Han tänkte på Freja, han märkte att han trivdes i hennes sällskap. Det hade han alltid gjort, men hon var annorlunda mot förr. Mer mogen, mer självsäker, vacker. Han drog en djup suck och tänkte på sina vänner nere i Wolwar, undrar om de lever, om Coors kropp lever. Han somnade och drömde om hur han och Per gick och fotograferade en vacker solnedgång när han plötsligt vaknade till av att skeppet lutade så kraftigt att han höll på att ramla av britsen.

Hon skakade av ilska inombords och gick med raska steg mot sitt rum. Den idioten, hon kallar sig Mästare men kom inte ens ihåg hennes namn. De där två nyanlända var dessutom riktigt dåliga nyheter. Det fanns ingen tid att förlora nu, hon måste göra det redan i natt. Om tre dagar skulle de fara över Furuvik och vem vet vad det skulle betyda. Nej, det fanns ingen tid att förlora. Tyvärr hade hon ingen svart brevduva, hon behövde verkligen skicka i väg en sådan genast. Desto större anledning att agera med en gång.

Den automatiska dörren låstes bakom henne och hon gick genast fram till det dolda facket bakom skärmen och öppnade lådan. Där låg den och väntade på henne, så vacker. Hon tog kristallen i sin hand och kände hur kraften genast rusade till, expanderade i rummet. Den gjorde henne lugn igen, hon la ner Qwanden i innerfickan och satte sig vid skärmen. Gick via sina program in i den gamla Sirandiska skeppsmotorns styrprogram. De tekniker som arbetade med att övervaka den visste hur motorns funktioner fungerade, men de kunde inte koden till den som hon gjorde.

Ingen visste om det, men hon hade studerat dataprogram och skeppets kod sedan hon var liten. Allt efter att hennes mamma hade invigt henne i släktens stora hemlighet när hon fyllde fem år. Mamman lärde sedan upp sin dotter inom historia, magi och hur datorerna fungerade. Hennes mor hade förstått vikten av den kunskapen så dottern sedan kunde föra vidare allt till sitt barn, om hon nu inte var den som bröt cirkeln, bröt förbannelsen. Xinthia tänkte vara den som bröt cirkeln, vara den som hämnades sin släkt.

Hon tog fram en liten genomskinlig styrplatta, knappade på den och la den sedan mot datorskärmen. De nya programmen överfördes snabbt till plattan. Datorn fick sedan instruktioner att radera sig själv och släckas ner. Nu var hon redo, nu var det bara att vänta tills alla sov. Hon använde tiden till att plocka fram dräkten som hon sytt på i hemlighet och la den i en liten väska, lätt att ta med sig. Sedan fäste hon Qwanden i en smidig rem, den skulle få vara runt hennes hals nu, för hon skulle inte ta av sig den igen, någonsin.

Det var dags. Hon fäste den gamla Primariska dolken, dekorerad med det utsirade familjemärket, i sitt hölster under vänstra armen. Där skulle den vara dold men samtidigt lätt att ta fram om det behövdes. Hon beslöt att vara barfota, det var tystast så. Med självklarhet öppnade hon sedan dörren och steg ut i korridoren. Där var tomt och tyst. Smidigt gick hon genom korridoren bort till hissen och tryckte på skärmen för att komma till nedersta våningen. Skärmen begärde tillståndskod. Hon la sin platta mot den och fick ok att fortsätta. Xinthia kände i magen hur spänningen steg och samtidigt hur hissen åkte nedåt.

Det fanns alltid två vakter på nedersta våningen, de satt i övervakningsrummet där alla skärmar fanns. Hon bytte om i hissen och tog på sig sin specialsydda dräkt. Den var mörkt röd, av siden och satt perfekt. Det fina var att hon sytt den med magisk tråd, olika trådar med olika egenskaper. En av egenskaperna var att med en gest av handen kunna göra sig osynlig, vilket hon nu gjorde innan hon försiktigt öppnade hissdörren. Det satt kameror utanför, hela våningen var fylld med kameror som vakterna kunde övervaka på sina skärmar. Men så länge hon rörde sig försiktigt skulle hon vara osynlig. Sakta smög Xinthia fram genom korridoren mot dörren till vänster, mumlade tyst en ramsa och hörde dörrens lås klicka till.

Det var inte en av de vanliga automatiska dörrarna, detta var en tjock gammaldags dörr i pansarplåt. Hon stod still och lyssnade, det hördes svagt av prat därinne, men i vanlig lugn samtalston. Om hon öppnade dörren långsamt och försiktigt borde hon fortfarande förbli osynlig. Hon visste att osynligheten försvann vid hastiga rörelser, men visste ännu inte var gränsen gick, detta var nytt för henne. Dörren gled långsamt upp och hon såg ryggen på de två vakterna där de satt och överblickade alla skärmar som täckte hela väggen framför dem. På en av skärmarna kunde man se fången i den största cellen, bra.

Plötsligt vände sig en av vakterna om och stirrade rakt mot henne, det var hennes pojkvän. Xinthia insåg att hon var avslöjad, på något sätt syntes hon igen.

- Du?

Hon tog ett snabbt steg framåt och drog samtidigt sin dolk. I en enda svepande rörelse skar hon halsen av honom och kroppen segnade sakta ner mot golvet. Hon sände en tacksam tanke till sin bortgångne mor som envetet lärt henne hantera både närstridskonst och dolk. Den andra vakten reste sig upp och sträckte ut sin hand mot en stor larmknapp. Xinthia svepte i luften med sin andra hand, hennes kraft var stark nu med den gula Qwanden runt halsen. Vakten flög in i väggen med ett brak. Hon var snabbt framme och högg honom flera gånger i halsen, han dog direkt.

Hon stod stilla i rummet och lyssnade på tystnaden, gjorde sedan rent dolken på vaktens gröna sidendräkt som blodet nu börjat färga röd. Efter en blick på skärmarna tog Xinthia fram sin platta, aktiverade ett av programmen och höll den mot kontrollpanelen. Våningens dörrar skulle nu öppna sig automatiskt för henne. Med ett finger tryckte hon på plattan och sände kommandot till dörrarna i vapenrummet och kommandobryggan några våningar upp att låsa sig för alla, oavsett behörighet. De kommer snart att dö och kan inte göra någonting åt det, hon log.

Nu behövde hon inte bry sig om att smyga fram osynlig längre och gick med bestämda steg bort till den största cellen på skeppet. Dörrarna gled undan för henne, där framme var den. Hon tog fram plattan som aktiverades och höll den mot cellens dörrlås, den gav ifrån sig ett klick och öppnades. Väl inne måste hon få bort den magiska tidsbarriären som omringade hela rummet. Den väldiga svarta draken stod där inne och väntade på henne. Han frustade till, han ville ut. Barriären var förstås en utmaning. Hon höll i Qwanden för att samla sig, känna sin nya starka magiska kraft. Hon mumlade den inövade ramsan, men det magiska låset gav inte vika. Xinthia fnös till, samlade alla sina nya krafter och drev sedan in en energikil i barriären. Den splittrades i bitar och försvann helt.

Hon och draken Pest såg på varandra.

- Nu är du fri, nu ska vi ta oss härifrån och åka till Smil Zatalocki. "Det har jag väntat på i två tusen år."

- Vänta lite till bara så ska jag avsluta det här.

Hon tog fram plattan och körde sin skadliga kod över nätverket, den nådde maskinrummet och styrprogrammet till skeppsmotorn. Motorn som hade gått dag och natt i tusentals år stannade helt plötsligt. Hela skeppet krängde och började långsamt falla på sidan. Xinthia klättrade upp på drakens rygg.

- Nu, sa hon.

Pest rev i väggen med sina starka klor och den gav vika. Väggdelar slets bort av vinden utanför och for i väg. Hålet var stort nog. Xinthia tittade rakt in i kameran som hängde i cellens tak.

- Nu, nu får vi vår hämnd era mördare, nu ska jag ta över världen. Leve Kabaria!

Sedan var de utanför skeppet och Pest slog ihop sina vingar och flög för första gången på två tusen år.

Freja lyckades koppla ihop sin egen dator med skeppets genom att justera koden och nätverket. Nu fanns hela hennes musikbibliotek lagrat i skeppets väldiga server. "Follow Me Down" med The Pretty Reckless dånade i hyttens högtalare medan hon sorterade i skeppets programkod, hon log alltid i början av den låten.

För henne var hela hytten fylld av datakod efter att ha tryckt på sin arm. Det var som att ha rummet som en enda stor tredimensionell skärm, väldigt smidigt. Hon hade ägnat en stund åt att förstå hur skeppets struktur var uppbyggt, vad skeppets status var. Det var snillrikt programmerat, riktigt snygg kod, de där Siranderna visste vad de gjorde. Men plötsligt såg hon den där avvikelsen skymta förbi igen. Med några handgester spolades den tillbaka och blev synlig. Den snutten kod var inte alls lika snyggt skriven. Dessutom tillhörde den knappast originalkoden i skeppet, det var nämligen ett spionprogram. En trojan som övervakade en av burarna i våningen med det tidlösa fängelset. Det var knappt ens ett dugligt program, men det fungerade.

Hon gav sig själv behörighet att koppla upp sig mot fängelsevåningen och studerade snabbt kodraderna. Det fanns övervakningskameror med ljud och några knapptryck senare var hytten full av mindre skärmar med livevideo. Allt såg normalt ut. Vänta nu. Hon stelnade till när hon såg skärmen positionerad utanför vakternas rum. Dörren var öppen och det var tyst, inget prat, ingenting rörde sig utom en mörk röd fläck som växte på golvet och sakta rann ut genom dörröppningen. Något var fel. Freja spanade av korridoren och där var tomt. Hon svepte med händerna och alla fängelsecellers video kom upp i rummet. Hon såg genast avvikelsen. Inne i den största cellen stod en rödhårig kvinna med en mörkröd vacker sidendräkt framför någon magisk barriär och innanför den fanns en enorm svart drake. Xinthia Delorini och draken Pest. Hon insåg vad som var på väg att hända, varför Xinthia blivit illamående och gått ifrån dem och vem som skrivit den hemsnickrade koden.

Hon svepte fort framför sig, letade efter rätt kodrader. På videoskärmen såg hon hur Xinthia sprängde bort barriären och närmade sig draken. Dörrarna till vapenförrådet och kommandobryggan var spärrade. Freja arbetade snabbt, hon knäckte de ganska enkla programmen och fick upp låsen igen. Hon såg kvinnan knappa på en platta och ny kod rann fram i rummet samtidigt som draken slet bort väggen i cellen, där den stjärnprydda himlen sken vackert i bakgrunden. Hon läste den nya koden med en bekymrad min, den gick till maskinrummet. Det var en plats hon inte hunnit med att studera ännu och koden verkade göra något med styrmotorn. Mer hann hon inte se förrän hela skeppet fick slagsida och hon föll in i väggen bredvid henne. På skärmen såg hon Xinthia på drakens rygg vända sig mot kameran och säga något.

- Nu, nu får vi vår hämnd era mördare, nu ska jag ta över världen. Leve Kabaria! Sedan flög både kvinnan och draken ut genom hålet i väggen och försvann.

Skeppet krängde till igen och började falla neråt, hon kunde känna den jobbiga ilningen i magen. Med några svep hittade hon styrmotorn. Den skadliga koden måste knäckas fort. På en annan skärm aktiverade hon autopiloten att landa skeppet på närmast lämpliga plats på marken under dem. Hon hade ingen aning om hur långt upp i luften de var men det ilade fortfarande starkt i magen och paniken började visa sitt gamla ansikte.

Det var samma känsla hon fått när familjen varit i Göteborg och besökt Liseberg. Freja hade aldrig varit så överväldigad i hela sitt korta liv som då. Hon fick åka olika attraktioner och mindes fortfarande berg och dalbanan som igår. Som när vagnen som hon och mamma satt i åkte ner för rälsen i full fart, rakt mot marken långt där nere och Freja var övertygad om att de skulle dö. Huvudet hade snurrat, hon hade skrikit och det ilade för första gången till i hennes mage.

Hon skakade på huvudet. Det finns ingen tid för sådana minnen nu, skärp dig. Händerna började svepa kod igen. Där var den, den dåliga men dugligt hopsnickrade koden. Plötsligt gick ett larm på skeppet och en mekanisk röst hördes i rummet.

- Förbered för nödlandning, protokoll 14b.

Rösten upprepade sig flera gånger och skeppet krängde till igen och hamnade i spinn. Hon kände paniken och bet sig hårt i handen. Smärtan kom och hon blev stilla inombords.

Där, nu var koden knäckt, nu kom hon åt maskinrummet. Några svep senare och styrmotorn började sakta varva upp. Skeppet kom nu långsamt ur sitt spinn men ilandet fortsatte.

- Nödlandning inom 10 sekunder, spänn fast er... 5, 4...

Freja kastade sig mot sin brits och höll fast i handtaget på väggen innanför. Det blev en kraftig smäll när de landade och hela skeppet studsade, ryckte till och skakade okontrollerat. Hon kastades upp och ner i britsen, men höll fast i handtaget för allt vad hon var värd. Det skakade mindre nu, hon kände hur skeppet var på glid på den ojämna marken. Plötsligt tog det tvärstopp, hon ramlade hårt ner på britsen och allt blev stilla. Det knakade och gnällde från skeppet. Skulle det hålla ihop? Kanske var det inte ens i ett stycke längre?

Hon stängde av sitt Arch med ett tryck på armen, klev ur britsen och kände hur kroppen ömmade lite överallt av den omilda behandlingen, men den verkade ok. Hon gick fram och öppnade den automatiska dörren med en svepning. Där ute var allt ett enda stort kaos.

Lamporna i taket fungerade men skeppet hade brutits sönder, en lång öppen spricka gick längs korridoren och hon såg stjärnhimlen blinka utanför. Lever Leon? undrade hon oroligt och började springa.

Det hade nu gått tre dagar sedan staden föll. Tre dagar sedan Gryhm kom med befälhavarens huvud till Far. Han hade varit nöjd.

- Bra Gryhm, bra gjort, du är pålitlig igen.

De hade satt upp huvudet med fjanthatten på en lång stång och visat alla soldater, det syntes ända bort till staden. Han hade sett hur vargmannen kastat ett ont öga mot honom, nu när han fått se vem som var den bäste krigaren. Gryhm fick åter en plats i Fars lilla elittrupp. De hade sedan huggit huvudena av alla döda människosoldater och skickat dem med maskinerna mot staden. Han kunde höra skrik därborta, de var som alltid svaga och rädda. Det skulle bara bli skönt för dem att dö.

De hade väntat tolv timmar och sedan stormat den trasiga människostaden. Alla fiender hade enkelt slagits ihjäl och samlats ihop på det stora torget. Far började genast skapa nya soldatbarn ur lerhögar när blixtar och dunder förmörkade himlen. Hela staden jämnades med marken och brann. De skulle veta vad det betydde att möta Fars bästa krigare.

Det kom en liten svartfågel med meddelande till Far, från klumpen med alla ögon, att fåglarna sett en grupp fega människor som flytt och var på väg mot den största människostaden. Far tyckte inte det spelade någon roll.

- Vi ska snart marschera mot Kungsgaard, snart är Wolwar vårt och det är bara början.

Gryhm höll tyst med. De kunde försöka fly, men skulle ändå snart dö. Han kände sig stark igen, svagheten var borta. Han mådde bra av att ha fått döda människorna. Han mådde bra av att Far förstod att det var han som var den bästa krigaren och inte vargmannen.

På eftermiddagen den andra dagen av blixtar och dunder kom en väldig varelse flygandes ner till dem som Far kallade "Pest" med en kvinnomänniska på ryggen. Far verkade glad att se den svaga kvinnomänniskan och stora Pesten. Han förstod inte varför Far lät henne leva. Kvinnor var svaga och dög bara att vara tjänarinnor och en människa ska alltid dö. Men Far lät henne leva och verkade nöjd. Ibland förstod han inte hur Far tänkte. Hon hade tittat med hård blick mot Gryhm, han hade tittat hårt tillbaka.

Nu den tredje dagen var Far klar med sina lerhögar och deras här med soldatbarn och djurvarelser var många gånger större än innan. Gryhm såg att kvinnan hade skaffat sig en stor stav likt Fars och att hon hade en gul sten runt halsen som lyste. Kanske kunde människan skicka blixtar med sin stav, kanske var det därför Far ville ha henne levande, för att kunna döda de andra människorna. Gryhm skulle må bättre om han fick hugga huvudet av henne, men förstod att Far inte skulle tillåta det.

De stora hornen blåste signalen och alla började äntligen marschera mot den största fjantiga människostaden, Gryhm njöt.

Sekel vände sig om och såg så alla hängde med. Det fanns flera skadade i gruppen som red på faxarna de hade med sig, medan de friska fick gå. I en vagn dragen av två faxar låg de som var svagast, de som varken klarade att gå eller rida. Hon stannade och lät vagnen komma upp jämsides med sig. Kapten Nixxi låg där och log när han fick syn på henne. Bredvid honom låg den bleka livlösa kroppen som var Leons. De hade burit med sig honom till staden när de gjort reträtt. Hon kunde bara hoppas att han kommit undan och befann sig någonstans där han var säker

Sekel hade sett honom trycka på någon av sina tatueringar och försvunnit precis som den rödögde magikern skickat ännu en blixt mot honom. I sin osynliga form hade hon sett hur magikern blivit vansinnig när Leon försvann och skrikande dödat en av sina soldater med sin stav. Bredvid honom hade en väldig vargman stått. Hon hade noga studerat honom, han verkade vara en brutal blandning av jättemänniska och varg. Hon märkte att vargmannen letat efter henne med blicken. Då hade hon och Alfa susat ner till trädet där deras kroppar fanns, både pappa och Mistih hjälpte henne sedan att bära bort Leons livlösa kropp innan bestarna skulle hitta dem alla.

När de kom tillbaka till staden fick de veta att Befälhavaren, Runvar och hela deras trupp massakrerats, inte en enda soldat hade kommit tillbaka. Hon förstod då att slaget var förlorat. Strax efteråt bombarderades staden med blodiga soldathuvuden som slog ner och spred skräck hos de invånare som fortfarande fanns kvar. Alla förberedde sig genast för att fly ut genom den norra porten. Hon hade föreslagit för Nixxi, som nu var högsta befäl, att de skulle samla ihop alla soldater de kunde och följa med dem. Det var bättre att komma i säkerhet i Kungsgaard innan hela fiendehären attackerade det som var kvar av staden och dödade dem alla. Nixxi höll med och hade gett order.

- Där är den där fågelflocken igen, utbrast Pöllsa som nu gick bredvid henne. Han pekade mot himlen.

- Det är säkert magikerns spioner, precis som fladdermössen, de vet var vi är.

- Det går för långsamt för oss, de skadade skulle behöva komma fram genast. Vi kan bli anfallna, då behöver de vara i säkerhet.

- Du har rätt. Det är bättre att låta de skadade på faxarna rida i förväg mot staden.

Hon talade med Nixxi om det och sedan red alla som kunde i väg, de skulle nog nå Kungsgaard inom ett dygn. De som var kvar fick nu försöka öka tempot ytterligare. Tidvis gick de i djup snö, men solen sken och vinden var lätt. Flera timmar senare när solen var på väg ner kom de fram till en frusen sjö och beslöt att slå läger i skydd av skogsdungen under natten. Alla var trötta och behövde få både mat och vila. Sekel hade ordnat flera portioner av sin gryta åt alla och gått bort med en tallrik till kaptenen. Han hade tackat henne så mycket och frågat om hon ville äta tillsammans med honom, det ville hon.

- Det här var det godaste jag ätit på länge!

- Tack, det är mormors recept. Bra mat när man är ute så här.

Han såg på henne, tittade sedan mot Leons livlösa kropp bredvid sig.

- Kommer han tillbaka?

- Vi kommer att hitta honom, sa hon bestämt. Hans kropp lever, då lever han, var han än är.

- Det var modigt av honom att stå upp mot den där magikern.

- Han tror det inte själv, men han har stort mod inom sig.

- Tack för att du räddade mitt liv.

- Tacka inte mig, det var Pöllsa som bar dig hela vägen till staden.

- Åh, ja jag har redan tackat honom så mycket för det, men vill väldigt gärna göra detsamma med dig sa han och log stort mot henne.

Hon förstod inte riktigt vart han ville komma, men log tillbaka och tog en sked till.

Skuggvargen Alfa dök upp bredvid dem och såg på henne, hon rufsade honom i pälsen och han såg nöjd ut.

- Jag kan ta din tallrik om du är klar, jag ska sätta mig och bli skugga och fara bakåt mot staden för att se om vi är förföljda.

- Lova mig att du är försiktig, sa Nixxi och såg henne bekymrat i ögonen.

- Absolut, sa hon och gick i väg med tallrikarna till Pöllsa som njöt av maten tillsammans med hennes pappa och Mistih.

- Så, kaptenen mår bättre? undrade Mistih med ett leende.

- Jo han verkar bättre nu. Jag tänker gå i skugga och se så vi inte är förföljda.

- Bra idé, tyckte Mastik, vi håller koll på dig medan du är borta.

Hon satte sig vid det stora trädet med utsikt över den vitblanka frusna sjön och gick ur sin kropp. Hon märkte att Alfa gjorde likadant, han ville följa med henne. Moder Elafagur hade precis gått ner vid horisonten, vilket gjorde att hon kunde susa fram fritt över landskapet. De hade gått i två dagar och det var förmodligen två kvar innan de var framme i Kungsgaard, om de gick på i bra fart. Hon kunde se skocken med svarta fåglar färdas på himlen bredvid systrarna Epone och Ariane som nu lyste över landskapet, men skocken kunde inte se henne längre. Hon susade fram så fort hon kunde och efter två timmar hade hon och Alfa kommit nära den nu helt förstörda staden Furuvik. Det glödde och brann ur de ruiner som var kvar av byggnaderna och den mörka himlen åskade högt och blixtar slog regelbundet ner någonstans mitt i staden.

Hon susade nu långsamt genom den norra porten och några vakter som såg åt fel håll. Hon fick vara försiktig, den rödögde hade kunnat se Leon när han var osynlig skugga och det gick inte att veta om det fanns fler som kunde göra samma sak. Hon for sakta runt ett hörn och kom fram till det stora torget som för bara några dagar sedan varit en livfull handelsplats med skrattande barn och handlande vuxna. Den var nu fylld av små lerhögar och mängder av döda kroppar. Snön var färgad blodröd och luften luktade död och förruttnelse. Hon kunde se den rödögde magikern stå och vifta med sin stav och skrika mitt i all åska. Blixtar slog ner i flera av lerhögarna som låg i mängder över hela torget. Bredvid honom stod en rödklädd rödhårig kvinna hon inte sett förut. Även hon hade en stor stav men stod stilla bredvid, som för att studera.

Nu rörde sig lerhögarna som träffats av blixtarna och ur dem kom det fram nya gröna bestar som ställde sig upp tjutandes på skakiga ben. De föstes snart i väg av soldater för att få rustningar och vapen en bit bort. Sekel hade svårt att tro det hon såg. Magikern var så stark att han kunde skapa liv, om än förvridet sådant. Hon hade varken hört eller läst om något sådant. Snart hade alla högar träffats av blixtar och hundratals nya gröna bestar blivit till. Genast gick magikern och kvinnan för att skapa nya lerhögar i dess ställe. Hon kunde se hur de tog upp och la både kroppsdelar av människor och djur i dem allihop, samtidigt som magikern såg ut att förklara för kvinnan vad han gjorde. Var det så de fick sin bestialiska form och utseende? Var det därför alla döda människor försvunnit från byarna Hogdal och Käll? De användes av den onde mannen för att göra nya bestar till hans stora här? Kalla kårar ilade nedför hennes rygg när hon insåg vidden av allihop. Hon måste genast tillbaka till lägret, de måste till Kungsgaard så fort det bara gick för att varna dem. Kunde någon stoppa något sådant här?

Hon såg att skuggvargen satt bredvid henne och studerade det som skedde framför deras ögon. Hon tecknade att hon skulle ge sig av och han ställde sig upp och följde efter. Precis när de susat genom den norra porten blev marken mörk av en väldig skugga och något hördes ovanför henne. Hon stannade till av skräck för det hon fick se. En stor svart drake svävade fram med sina väldiga vingar i riktning mot torget. Drakar hade hon bara sett tecknade på bild och läst om i Krönikan, men de var alla utdöda sedan länge, ingen hade synts till på tusentals år. Hon visste mycket väl vilken den sista draken som skådats hade varit och den hade varit svart, precis som denna. Plötsligt insåg hon vem den rödögde mannen kunde vara. Kan det vara möjligt, kan han verkligen fortfarande leva? Hon susade sedan fram så snabbt hon kunde norrut mot lägret, nu var det bråttom.

Leon öppnade ögonen. Han var övertygad om att hans sista stund var kommen när han märkte hur skeppet krängande störtade genom luften och klamrade sig nyvaket fast vid sin brits. Båda armarna kändes som om de skulle gå av vid den kraftiga kollisionen mot marken och den skakiga färden när de gled fram. Nu var allt stilla. Han tog sig för pannan och såg blod på fingrarna. Han måste ha slagit sig i landningen. Hyttens dörr gled plötsligt undan och Freja sprang fram till honom.

- Leon, är du ok?

- Ja jag tror det, sa han och gnydde lite när han försökte sätta sig upp på britsen. Den gamla kroppen värkte överallt.

Freja hittade snabbt en handduk och vatten och baddade hans panna. Det kalla vattnet kändes skönt. Han såg på henne att hon var bekymrad för honom, hennes vackra ögon. Han kom på sig, jag är minst 70 år nu, skärp dig.

- Tack, vad hände egentligen? Har vi kraschat?

- Ja, den rödhåriga bitchen. Kom, jag förklarar sedan, vi letar efter Rossiliana. Jag vet inte om hon fortfarande lever än.

Han kom upp på fötterna och följde efter henne ut genom dörren som åter gled upp. Han såg sprickan i taket och de små blinkande stjärnorna där ute. De fick ta sig fram försiktigt då delar av taket fallit ner överallt på golvet. När de närmade sig den stora salen, som var Mästarens, såg de henne stå utanför dörren och ge några grönklädda elever instruktioner.

- Där är ni, bra!

- Är du ok? undrade Leon.

- Ja ingen fara med mig, jag låg i min stora säng hela tiden. Vi måste leta efter skadade och behövande.

- Xinthia Delorini och draken Pest, sa Freja.

Mästaren drog häftigt efter andan.

- Var det hon? Är han fri?

- Hon åkte i väg på hans rygg när vi började falla, de är borta.

- Men varför, varför?

Rossiliana tog sig för ansiktet med båda händerna och skakade på huvudet.

- Hon var min mest lovande elev, min högra hand, hon som skulle bli den näste att bli vald av Rådet för att få känna på Qwanderna.

- Hon heter Kabaria, det är hämnd hon är ute efter. Hon ville döda oss alla och är säkert på väg till Smil Zatalocki med draken nu.

Mästaren fick en grå nyans i ansiktet, det såg ut som om blodet bara försvann.

- Nu förstår jag. Kabaria, naturligtvis.

- Xinthias mormors mormor kom till skeppet som ung havande kvinna för ungefär 100 år sedan. En av våra utsända i Primaria fick besök sent en natt av kvinnan som var helt uppriven. Hon berättade att hon arbetade för Diktatorn Agathix Kabaria. Hon hade kommit med en tallrik kvällsmat åt den erkänt elaka Diktatorn, snavat på mattan och lyckats hälla alltihop i knät på Agathix. Hon blev både utskälld och slagen på plats trots att hon var gravid. För sitt barns skull måste hon fly, hon var rädd att barnet skull dö om hon blev kvar. Agathix var känd för att ha dödat flera av sina tjänare när något inte passade henne. Vår man på plats agerade direkt och de färdades till den hemliga grottan där portalkristallen finns i Primaria. På så vis kom Xinthias gravida mormors mor hit och togs emot av oss. Kvinnan måste alltså ha varit en av Agathix många döttrar, planen har varit att i hemlighet placera henne här på skeppet. Xinthia är den första av dem som fått den magiska gåvan. I 100 år har de väntat och väntat på rätt tillfälle.

Rossiliana tog ett djupt andetag.

- Men varför? undrade Leon.

- Hämnd. Agathix precis som Xinthia är släkt i rakt nedstigande led till Diktator Sinnis Kabaria som dog i den sista avgörande striden vid Blodsdalen, där Coor var med. Det är allmänt känt att Coor var utsänd av oss på skeppet Glorien för att stoppa henne och Zatalocki. Släkten Kabaria har inte glömt hennes död och de visste vilka de skulle skylla på. Sinnis hyllas fortfarande i Primaria som en stor hjälte. Duktiga och hänsynslösa strateger har de alltid varit men en sådan snillrik plan, vilket tålamod. Det var nära att de lyckades också. Var det du som fick skeppet att nödlanda Freja?

- Ja, jag hittade den felaktiga koden, men för sent för att förhindra att styrmotorn stängdes av för en stund. Jag såg henne när hon gjorde sönder den magiska barriären och befriade Pest.

- Nog för att hon är en av de mest talangfulla unga magiker jag tränat men stark nog att bryta sönder barriären i fängelsecellerna borde hon inte vara? Jag undrar…

En man med asiatiskt utseende kom fram till dem och bugade lätt.

- Ursäkta Mästare, Skeppsmotorn verkar fungera även om vi inte lyckas få i gång styrenheten. Skeppet i övrigt är i ganska dåligt skick, det krävs omfattande reparationer för att få henne att kunna flyga igen.

- Tack. Du kan be din besättning att samla ihop och packa allt vi kan behöva för avfärd. Lever skeppsläkare Xavier?

- Ja, han och hans team samlar ihop skadade här utanför.

- Utmärkt, återgå.

När mannen gått klev Rossiliana i väg nedför korridoren.

- Kom.

De gick fram till en väldig dörr som påminde Leon om ett kassavalv. Mästaren fingrade på en skärm på sidan och dörren gled sakta upp. Den var tjock.

- Detta är Valvet, här förvarar vi det mest värdefulla vi har. Jag måste bara se efter så Qwanderna klarat sig, kom vi letar.

Inuti valvet var allt i en enda röra, montrar och allsköns ting hade hamnat lite överallt. Leon blev stående framför en avlång väggmonter där ett tiotal stavar hängde innanför glaset. Han fastnade speciellt för en mörk stav snirkligt dekorerad i guld och lite orange, den var vacker.

- Du har hittat en av Coors gamla stavar, sa Rossiliana bakom honom. Hon kom fram och knappade på skärmen och monterns lock gick upp med ett knäpp. Hon tog ut den vackra staven och gav honom den med ett leende.

- Här, den är ju ändå din kan man säga.

- Tack! Jag tror jag tappade bort min runstav i allt kaos, den här kanske är bättre?

- Coor har själv gjort den och han la säkert in väldigt kraftfull magi, du får nog nytta av den framöver.

Han tog försiktigt emot staven och kände genast en vibration av magi inom sig. Den kändes naturlig i handen, nästan som om den väntat på honom.

Plötsligt var det som om hela världen skakade till, han kände en kraftig energistöt spridas genom rummet som även fick hans Qwand på bröstet att hoppa till. Han såg på sin nya stav, men det var inte därifrån energistöten kom.

Medan de gick i korridoren betraktade hon Leon framför sig. Freja hade märkt att han ibland såg på henne. Hon hade också märkt att de gamla känslorna hon haft för honom, från tiden när de gick kursen ihop, kommit smygandes tillbaka. Det var lite märkligt ändå. Det var visserligen Leon därinne, men han befann sig i en okänd gammal mans kropp och den intresserade henne inte ett dugg. Nog för att hon gillar äldre killar men det finns ju trots allt gränser. Dessutom befann han sig i en märklig skuggform, en sorts magi som hon förstått att de där nere på Lumnos använde sig av. Hon var helt inne i sina tankar när Rossiliana öppnade dörren till Valvet och de steg in i röran.

Hon hörde Mästaren nämna något om Qwanderna och letade runt i rummet. Det låg krossade montrar och märkliga ting överallt. Hon petade runt lite på golvet och lyfte på en stor sorts tallrik vars motiv påminde henne om vikingar, män med svärd och horn på huvudet. På golvet där den legat blänkte något till. Hon lutade sig ner och såg något gult i flera delar, det liknade delar av en Qwand men såg ut att vara av glas. Bredvid glasbitarna låg tre stycken riktiga Qwander. En grön, en violett och en svart som alla lyste levande inuti. Hon skulle just ropa på Rossiliana men hejdade sig. Någonting gjorde att hon drogs till den svarta kristallen där nere, som om den vore en magnet. Djupt inombords vaknade en stark längtan och sjöng tyst men lockande på henne som en havsnymf. Efter ett ögonblicks tvekan bestämde hon sig och tog hastigt upp den.

Plötsligt kände hon hur det gick en stark energistöt genom hela kroppen och spred sig som en explosion ut i rummet. Det flimrade förbi bilder från Qwandens förra bärare i hennes inre, en efter en ser hon dem, kvinnor och män, onda som goda, bära den svarta stenen med sig, ögonblick som snabbt byter av varandra. Sedan var synen borta och Valvet kom sakta tillbaka framför hennes ögon. Hon kände sig med ens yr och satte sig hastigt ner på golvet, fortfarande med den svarta kristallen hårt knuten i handen.

- Du stora Moder, vad har du gjort flicka!

Hon såg Mästaren stå och stirra på henne med en orolig blick och en panikslagen Leon hålla henne hårt om axeln. Hon slöt ögonen och kände energin pulsera genom kroppen. Det påminde henne om den där energin hon känt i övningssalen när hon rörde vid det svävande klotet. Magin, men nu så mycket kraftfullare. Den var så skön och betryggande i sin pulserande rytm, hon kunde känna hur den strålade ut från henne och blev till ett stort levande fält i rummet, ett energifält som hörde ihop med henne på något sätt.

- Den valde mig, sa hon lugnt.

Gnista kom ut genom tornets dörr och stannade till ett ögonblick för att andas och räta på den sneda höften. Klumpen hade fått "Fars sista meddelande". Far hade skapat en "talråtta" så att han och Klumpen nu kunde prata direkt med varandra och "slipper bokstavera med dig, din fegråtta".

Gnista förstod att Far inte ville att hon gick till Klumpen med textlappar längre. Klumpen hade återigen försökt döda henne. Nu genom att först skrika i hennes huvud så hon såg vitt och sedan kasta ett spjut han hade haft gömt med en av sina långa tentakler. Det for rakt mot henne, träffade och skar upp hennes axel, studsade sedan vidare och fastnade i väggen bakom honom. Klumpen hade bara skrattat när hon skrek av smärtan och sedan sett i fjärran. Hon hade svårt att använda armen, den var sönder och hängde lamt, men hon hade kämpat sig ner för alla steg i den långa trappan.

Nu smekte solen hennes kind igen. Det hade varit sol ända sedan Far försvann i väg med alla soldatbarn och krigardjur. Gnista tyckte mycket om solen. Hon kunde känna någonting förändras inom henne där hon stod, något nytt väcktes inom henne.

Far behövde henne inte längre och Klumpen ville hon aldrig se igen. Hon bestämde sig för att packa ihop så mycket mat hon orkade bära med sig. Gnista hade aldrig varit utanför murarna till Fars stora slott. Långsamt gick hon haltandes med matsäcken till stallet. Där fanns en svart liten fin ponny. Hon gav den morötter och den verkade glad. Gnista hade sett hur de i stallet satte på grimma och sadel på alla sina hästar. Efter en lång stund lyckades hon få det att fungera och band fast packningen i sadeln. Hon ledde sedan den lilla ponnyn mot den hemliga gången. Fars kvarvarande vaktsoldater fick inte stoppa henne nu, så de gick mot den glömda gamla kloaken som gick under muren på baksidan. Både hon och ponnyn fick plats och de kom ut på andra sidan.

Hon kunde nu se levande träd och höra sjungande fåglar för första gången och glädjetårar rann när hon och ponnyn red genom skogen.

För säkerhets skull hade de hade fått Freja undersökt av Xavier utanför skeppet, men allt var som det skulle med henne. De hade snabbt förstått att Freja hållit i en av Qwanderna och blivit vald som dess bärare. Såklart blev det den svarta, den passar henne, tänkte Leon. Rossiliana hade tagit hand om de resterande kristallerna som legat på golvet bredvid Freja och reagerat starkt på att den gula var av glas.

- Xinthia. Hon måste ha lyckats komma åt den gula, på något sätt har hon blivit utvald. Jag borde ha förstått det, hon ville så ofta komma in i valvet och se på dem. Jag som trodde hon såg fram emot att bli Rådets utvalde, för att få chansen att hålla i dem. Så fel jag hade. Hon måste ha känt bandet med den gula Qwanden hela tiden, hon ville inte ta några risker. Xinthia hade sin egen agenda, Kabarias agenda. Det var nära hennes plan helt gått i lås, men de flesta av oss överlevde, nu måste vi se framåt.

De hade inspekterat skeppets skador och kunnat konstatera att maskinrummet fungerade bra förutom själva styrmotorn. Salen med den stora rosa kristallen såg också ut att vara någorlunda intakt, förutom att själva portalen hade slocknat och var ur funktion.

Mästaren såg ut att fundera och gick sedan till montern med stavarna och plockade ut en som var svart och gav den till Freja.

- Den tillhörde Alfildhir Njorddottir, det var hon som senast bar den svarta Qwanden, då för 600 år sedan. Hon var en riktig krigare, vikingablod som hon hade. Från Jorden och era nordiska länder kom hon via den kinesiska portalen. Hon måste ha färdats lång väg, även för en viking. Magin var stark i henne och hon gav sitt liv för Cragia och den stora staden Babylos med alla dess invånare när de attackerades av skuggdemonen Betelzax. Demonen, som alla demoner, var en ond varelse och historien säger att en shaman i en av de mindre byarna lyckats frammana honom i sin iver att bevisa för vetenskapsmännen att magin var en kraft de kunde använda sig av. Tyvärr förstod han för sent vad som höll på att hända och var den förste att dö när Betelzax öppnade en reva i dimensionstiden och släppte fram sina förvridna här av onda bestar till den här världen. Demonen och hans följe dödade alla i den lilla byn och attackerade sedan flera andra byar i dess väg rakt mot Cragias huvudstad Babylos. Den då sittande Presidenten Hammus den tredje vädjade till oss på Glorien om hjälp via sin hemliga portal.

Vårt Råd, där Alfildhir ingick, hade ett möte och Patrick beslutade att vi skulle hjälpa Cragia. Skuggdemoner är väldigt kraftfulla varelser som folket på Lumnos skulle ha haft svårt att värja sig emot på egen hand, utan vår hjälp skulle det antagligen blivit en stor katastrof. Alfildhir och fem av våra bästa elever fick uppdraget att ta vår portal dit.

Den korta versionen är att ett stort slag stod vid Babylos där både Alfildhir och eleverna till slut fick offra sina liv för att besegra Betelzax och hans armé och fördriva dem tillbaka till sin egen dimension. Hon la ett oerhört kraftfullt magiskt lås på dimensionsrevan med sig själv som väktare därinne på andra sidan. Hon blev fast i tidsrymden för att se till att Betelzax aldrig skulle kunna återvända till Lumnos. Revan har sedan dess varit stängd och hon finns antagligen fortfarande kvar därinne som dess väktare. Hon gav sin Qwand, stav och dräkt till Hammus innan hon la sitt lås och försvann in i revan. Han var helt förtvivlad när han överlämnade dem till oss efteråt. Alfildhir hedras som en stor hjälte i Cragia, hon är bokstavligen deras väktare mot ondskan.

- Fantastiskt, vilken självuppoffring. Hon finns alltså fortfarande fast där i tidsrymden och vaktar revan för att skydda dem? sa Leon.

- Ja.

Han såg att Rossilianas ögon var ledsna.

- Men det stod ingenting om det i kapitlet om Qwander i Krönikan, där nämns bara Patrick och du själv? Inte ens Coor står med.

- Cragia är ett land stängt för omvärlden och ett hemlighetsfullt folk, väldigt få berättelser därifrån når resten av Lumnos. Vad gäller Coor bar han precis som du alltid sin Qwand gömd innanför sin särk på bröstet så det blev nog aldrig allmänt känt.

- Jag kan inte lova att jag kan leva upp till Alfildhirs minne men jag ska försöka göra mitt bästa att förstå min magi, vad den nu är, sa Freja som suttit tyst en stund.

- Jag ska leta fram Alfildhirs svarta dräkt åt dig, men du får först förtjäna den, sa Mästaren. Jag vill att du från idag samlas med de andra eleverna och tränar hårt, jag kommer själv att leda övningarna för dig. Leon, jag skulle vilja att du också var med där. Du har en Qwand och som bärare har du ett ansvar att utveckla och förstå magin du har inom dig.

Leon svalde. Det enda han lyckats med hittills var att lyfta upp Zatalocki några decimeter upp i luften, antagligen inte så imponerande för någon med en Qwand.

- Du har Coors krafter inom dig, du har bara inte förstått det ännu, sa Mästaren, som om hon kunde läsa hans tankar.

- Men först ska vi hjälpa till med att lasta av det vi kan behöva från skeppet, vi kommer snart att få besök.

- Besök? Ja var är vi egentligen? Leon såg sig omkring men såg bara grönt gräs, träd och en liten sjö i närheten.

En bit bort hördes rop och oväsen, något närmade sig skeppet. Flera märkliga avlånga maskiner som svävade någon halvmeter ovanför marken närmade sig snabbt och stannade framför dem.

Maskinerna väsnades och hade långa rör där ånga regelbundet väste fram. De stannade till med ett skakigt rosslande och dörrar öppnades. Ur steg först av alla en man med en sorts turban och vacker vit utsirad särk.

- Rossiliana min vän!
- Hammus, vad roligt att se dig! Du kommer i egen person?
- Givetvis, det var med förfäran vi såg hur det väldiga skeppet Glorien störtade inte långt från vår huvudstad! Vi har med oss helare och maskinmästare för att hjälpa er.
- Hammus, ytterst vänligt av er, vi behöver all hjälp vi kan få. Särskilt av era duktiga mekaniker och maskinmästare, skeppet har tyvärr fått omfattande skador.
- För er gör vi allt vi kan, ni räddade oss när det behövdes.

Hammus skrek ut order till de andra turbanprydda männen som nu kommit ut ur maskinerna. De försvann allihop åt olika håll med sina väskor och stora verktyg.

- Freja, Leon, detta är President Hammus den sextonde av Cragia.

Leon såg hur Presidenten ryckte till när han fick syn på Freja där hon stod, helt klädd i svart med den svarta Qwanden runt halsen och den svarta sirliga staven i sin hand. Han förstod hur Hammus tankar gick. Presidenten såg fram och tillbaka mellan Rossiliana och Freja utan att först få fram ett ord.

- Ja, Freja här har blivit vald av den svarta Qwanden och ja det är Alfildhirs gamla Qwand. Det hela är nytt för oss också, tillade hon.

Han fann sig och bugade för Freja två gånger.

- Fröken Freja.

Han såg nu också Leon, såg lite förbryllat på kroppen i skugga och bugade sig lätt även för honom.

- Vi bör åka med de skadade och de saker ni vill förvara hos oss och se till så ni får vård och mat, sa han sedan. Våra mekaniker och maskinmästare kan börja arbeta med skeppet direkt.

- Tack Hammus, en utmärkt idé.

Ångmaskinerna var rymliga inuti, både skadade och de värdefulla föremålen från Valvet fick plats när de gav sig av. Maskinernas ånga väsnades visserligen en del men färden var bekväm och de kom snabbt framåt. Leon som satt vid ett fönster såg att de närmade sig en stor stad där framme, en stad helt i vitt. Långa spetsiga vita torn sträckte sig en bra bit upp i luften innanför den höga vita mur som såg ut att omgärda hela staden. Han kunde också se vad som påminde om skorstenar där vit rök sakta pyrde ut. Muren hade med jämna mellanrum stora bemannade maskiner på sig som pustade fram ånga ur långa rör. En stor utsmyckad port öppnades åt dem när de närmade sig. Väl där inne åkte de fram på en stor vit gata mot något som liknade ett palats högre upp på en kulle. Han såg många människor stå och följa dem med blicken, att det eviga skeppet Glorien nyss störtat hade nog inte undgått någon här.

Leon förstod av pratet att de nu stannat vid presidentpalatset, de avlånga maskinerna stängdes av och de fick gå in genom en stor port med öppna dörrar och flera vakter utanför. Mer personal kom på Hammus order och hjälpte till att bära både skadade, packning och sakerna från Valvet. Rossiliana vinkade till sig Freja och Leon och de följde med när allting bars till en ångdriven hiss. Den frustade, stånkade och väste men de kom upp ett par våningar och allting lastades in i en stor sal med bastanta dörrar. Mästaren beslöt att två av de grönklädda vakterna från Glorien skulle stå på vakt utanför rummet dygnet runt. En av Hammus närmsta män ledde dem sedan till varsitt eget rum. Leons hade en stor bekväm säng och utsikt över staden.

På golvet låg ljusa fina mattor som påminde om persiska mattor, men gjorda med mönster enbart i olika vita nyanser. Han tittade ut genom fönstret och såg att hela staden var likadan. Allting gick i en vit nyans av olika slag. Plötsligt såg han något som liknade ett gammalt flygplan frustande åka förbi på himlen. Även det såg ut att vara driven av en ångmaskin, en teknik som inte förvånade honom längre. Det hade vingar som snabbt slog upp och ner som hos en fågel, det rörde sig inte så fort men det gick ändå stadigt framåt. På något sätt hade de mekaniskt lyckats kompensera för vingarnas rörelse, så att själva flygplanskroppen var stabil när planet färdades fram. Det här liknade verkligen ingenting annat han hittills sett i den här världen, det märktes att det här landet fokuserade på vetenskap och forskning.

Han bestämde sig för att titta till Freja så att hon mådde bra efter allt som hänt. Hon fanns ofta i hans tankar och hennes rum låg bredvid hans. Dörren öppnades snart och hon släppte in honom, de satte sig på soffan mot den vita väggen.

- Känns det ok? undrade han.

- Jo ingen fara, allting har kommit lite plötsligt bara, sa hon och såg ner på den svarta Qwanden som lyste inifrån.

- Känner du någon magi sedan du tog i den?

- Det är som ett stort osynligt fält omkring mig hela tiden, det känns laddat, som av elektricitet. Jag kan känna om någon kommer in i det som du gjorde nyss, jag kände dig redan utanför dörren.

- Jag förstår inte varför min Qwand valde mig, jag kan ju ingenting?

- Du kan det där med skuggmagi, det syns ju och runor har du talat om.

- Ja, jo, men det är samma sorts magi som shamanerna på Lumnos kan. Jag har ingen särskild förmåga, inga fält omkring mig. Han kände plötsligt mörkret komma fram inom sig.

- Jag har ingen aning om jag kan något annat än att känna det här fältet, men jag tänker testa mig fram, sa hon.

- Allt vore ju enklare om de här Qwanderna kom med en instruktionsmanual.

- Det var ju så att de valde sin bärare efter en uppgift eller ett öde. Det visar sig nog när det är dags.

- Du har rätt. Undrar om min... Coors kropp lever? Om jag för alltid ska gå omkring så här som ett grått spöke.

- Du ser faktiskt ut som en pensionerad sångare i ett metalband, utbrast Freja och gapskrattade.

Det var ju faktiskt ganska kul så Leon skrattade han också, han behövde det. De slutade och tittade leendes på varandra. Leon såg in i hennes klarblå ögon och försvann i dem för ett ögonblick, kom sedan på sig och reste sig hastigt upp.

- Det är nog bäst att göra sig i ordning, vi skulle väl snart äta kvällsmat där nere i den stora salen, sa han och skruvade på sig.

- Efter en sådan här dag hoppas jag det blir något gott.

Det visade sig att Cragias nationalrätt var en riktigt god ugnsbakad stor squashliknande frukt fylld med allt möjligt gott. Leon hade redan ätit två och var proppmätt, han märkte att Freja också åt med god aptit.

Han hade inte tagit med sig sin stav ner och när Rossiliana upptäckte det sa hon skarpt till honom att genast hämta den. En magiker gick aldrig någonstans utan sin stav, den var personlig och dessutom värdefull. Lika mycket hans som Gloriens egentligen.

Leon, Rossiliana och Freja satt bredvid varandra längs det långa bordet där även de sex magielever som överlevt och några av Cragias ministrar fanns. Hammus hade välkomnat dem alla och tjänare hade kommit in och dukat upp läckerheter.

Presidenten som satt mitt emot dem förklarade att det var ett stort ögonblick att få ha hela tre stycken Qwandbärare vid samma bord, det hade aldrig tidigare hänt i deras historia. Särskilt välkomnades Freja med Alfildhirs svarta Qwand runt halsen. Att just hon blivit utvald att bära den var något de tog på stort allvar. En av ministrarna undrade om det betydde att hennes beskydd kommer att behövas igen, var något på väg att hända? Rossiliana kände sig då tvungen att förklara läget uppe i Wolwar med Smil Zatalocki och draken Pest. Leon märkte att hon undvek att nämna Xinthias namn. Hammus och ministrarna kom därefter in på vad det kan betyda för Cragia och hela kontinenten? Var de i fara? Presidenten förklarade att de utvecklat ett starkt militärt försvar med sina ångmaskiner. De skulle aldrig igen bli invaderade som den där gången, förklarade Hammus den sextonde allvarsamt, mycket möda och forskning hade gjorts genom åren för att säkerställa det.

- Ni har flygmaskiner? sa Leon utan att tänka sig för.

- Ja herr Leon det stämmer, men det är en hemlighet jag hoppas ni inte talar om utanför Cragia. Det är något vi fick att fungera för bara ett par år sedan och utvecklingen går försiktigt framåt.

- Den som äger luften vinner kriget, sa Freja.

Krigsministern smackade förtjust.

- Precis det jag har sagt, ni är klok Beskyddare!

- Jag vill bara göra klart att jag inte är någon beskyddare, jag vet ännu inte varför jag är bärare av den här Qwanden.

- Vi förstår, men i våra ögon kommer alltid bäraren av den svarta Qwanden att vara vår Beskyddare, sa Hammus och log.

- Finns det möjligen några magiker eller shamaner hos er? bröt Leon in.

- Vi har en liten grupp som har tillstånd att utforska magins värld. Vi hoppas ju att kunna kartlägga och utveckla även den delen av livets gåtor till att försvara våra gränser.

- Skulle det vara möjligt att träffa dem?

- Det skulle vara hedersamt om ni ville träffa herr Diddihed och hans magiker, kanske kan ni lära dem något nytt, jag ser till så ni får se dem imorgon.

Besten svingade sitt svärd mot henne men hon gled lätt undan, smidig hade hon alltid varit sedan hon blev hårt tränad av sin mor i barndomen. Den gröna jätten frustade och tog ett steg framåt och märkte inte stenen som tyst lyfte från marken en bit bort. Hon kunde känna sin energitråd till den, lirka med den i sinnet och med en lätt viftning av staven for den kraftfullt genom luften och träffade den store gröne i bakhuvudet så hjälmen föll av. Jätten vacklade till och såg utan att tänka sig för bakåt. Hon var framme med två snabba steg och högg honom med den dragna dolken tre gånger i halsen. Lika snabbt var hon därifrån när han med ett gurglande skrik svepte omkring sig med svärdet. Jätten såg förvånat på henne, såg sedan mot sin Far och föll död till marken med en svart fläck på snön under sig.

Hon hörde Smil applådera.

- Bravo, den prövningen klarade du galant, sa han mjukt. Vi kanske behöver ta tre stycken nästa gång. Han skrattade till plötsligt och rått.

- Jag kunde känna hur magin greppade stenen, en precision jag inte haft tidigare.

- Det bästa sättet att lära sig magin är att använda den, helst med döden som insats.

- Staven hjälper till, den förstärker och förfinar magin.

- Ja, staven är viktig. Så viktig att jag satte min Qwand på den, det förstärker magin ytterligare, sa han och såg på sin röda kristall.

- Min ska finnas här, sa hon och kände på den gula stenen som hon bundit hårt runt sin hals, den satt där som fastvuxen i hennes halsgrop. Där ska den alltid finnas, så nära hennes hud den bara kan, då kändes både Qwanden och magin som starkast när den pulserade genom kroppen. Där syntes den också tydligt för de omkring henne. Den symboliserade kraft och makt, den lyste av hennes växande auktoritet. Hon ville att omgivningen skulle se och böja sig för henne, Xinthia Kabaria, den rättmätige Diktatorn av Primaria. Kanske till och med mer än så. Men hon måste vara listig, Smil var en stark bundsförvant men också en farlig sådan.

- Tack för hjälpen med att skapa staven igår. Det var ny magi för mig.

- Du befriade både mig och Pest från Gloriens fängelsehåla, det har du förtjänat. Det där hade nog inte ens Rossiliana den gamla häxan kunnat lära dig.

- Nej, jag tror den magin gått förlorad bland magikerna på Glorien. Där används inte de få speciella stavar vi har i Valvet, jag hade nog aldrig fått någon av henne. Med den blir det en kraftfullare magi och det märks när jag använder den.

- Ja den och Qwanden ihop gör dig mäktig. Men du har fortfarande mycket kvar att lära och upptäcka om kraften i kristallen, hur den är menad för dig. Du är bara barnet ännu. Han skrattade hårt igen.

Hon fick svälja hans hån. Men det lade sig på hög därinne.

- Jag har i alla fall upptäckt att Qwanden ger mig kraft att behärska tyngdlagen, att förflytta objekt som stenar. Hon mindes hur hon hade kastat vakten på skeppet i väggen, men var tyst om det.

- Bra. Vi har övat tillräckligt för idag, kom, vi behöver skapa nya soldater nu när du dödar dem, sa han och vände sig om för att gå. Hon gick med honom mot det upplysta torget.

- Hur har du skaffat dig en magi att kunna skapa liv?

- Åh, det tvingade jag ur skuggdemonen Bazbaraz. Jag lockade fram honom med en reva i tidsrymden.

- Du lät honom väl inte komma lös?

- Nej nej, så fort jag tvingat honom att lära mig magin för att skapa nytt liv kastade jag in honom igen och stängde revan.

- Jag har aldrig hört talas om att någon kunnat tvinga en skuggdemon förut?

- Ingen är en lika kraftfull magiker som mig.

- Jag vet att Rossiliana dödat en skuggdemon, sa hon behagligt.

- Att döda någon är en sak, att ha den i ditt grepp och tvinga den att släppa ifrån sig sina hemligheter är en helt annan, sa han hårt mot henne.

Det var tyst ett ögonblick.

- Om du vill kan jag lära dig hur man dödar en skuggdemon? sa han långsamt och prövande. Kom till mitt rum inatt så ska jag lära dig magin, fortsatte han och gav henne en lång blick.

- Du har väl en tjänarinna som nattsällskap, sa hon kort.

- Bah, henne knäckte jag nacken på igår.

- Då är det nog bäst du sätter i gång och skapar en ny.

Freja hade sovit tungt hela natten i den nya sängen. Efter en god frukost med trevligt sällskap hade Rossiliana förklarat sitt och Rådets beslut. De skulle ta hjälp av President Hammus och Cragias skickliga mekaniker för att reparera skeppet. De elektriska delarna skulle de förmodligen klara själva, de hade egen personal för sådant. Det största arbetet var skrovet som spruckit ordentligt på flera ställen och där kunde de få bra hjälp. Rådet ville också gärna ha Frejas hjälp med skeppsdatorn och om hon kunde ta sig en titt på Portalen också?

Eleverna, där Freja och Leon nu ingick, samlades för den dagliga lektionen med Mästaren. Hon betraktade Leon när han fick i uppgift att lyfta ett av metallkloten med sin magi. Han ville använda runor men Rossiliana förklarade tydligt att det inte var deras väg. Runor fungerade visserligen, men var ett klumpigt och oprecist redskap. Dessutom skulle hans magi bli kraftfullare med tiden genom att behärska magin enbart med tankens kraft. Han lyckades efter ett par försök lyfta klotet, så till den grad att det flög upp och blev sittande i ett hål i taket. Alla i rummet hade fnissat. Stackars Leon såg olycklig ut, hon kände starkt med honom, men visade ingenting.

När det var hennes tur fokuserade hon och energinätet sträckte ut sig i rummet. Genom det kunde hon känna var deltagarna fanns någonstans. Första försöket att lyfta klotet lyckades och det kom upp en meter från golvet. Det kändes lite klumpigt men det svävade där i luften. När hon rörde sin hand flöt det försiktigt i väg genom salen. Hon blundade och testade att försöka styra det enbart med sitt energinät, då var det som att se allting genom en annan sorts ögon, en annan synförmåga. Med ett svep av staven åkte det fram genom det finmaskiga energinätet. Klotet kom mot henne och stannade en decimeter från nästippen och med en ansträngning fick hon det till slut att landa mjukt på golvet. Hon andades ut anspänningen och öppnade ögonen. Rossiliana var glad och berömde henne för att hon lärde sig snabbt. Leon och de andra eleverna nickade bekräftande och när han log varmt mot henne gav hon honom ett försiktigt litet leende.

Efter lektionen fick hon och Leon tillåtelse för sitt möte med Diddihed och hans grupp av magiker. De blev hämtade av en svävande ångmaskin, som en sorts taxi. En man körde dem till ett av de höga vita tornen i staden där de var väntade och blev insläppta, för att sedan ta en ångmaskinshiss som gick högst upp i tornet.

- Var hälsade mina vänner!

En liten vitklädd man i vit avlång turban och långt smalt vitt skägg tog emot dem och förklarade att det var han som var Diddihed. De följde efter honom in till en stor rund sal där väggarna var genomskinliga så man hade en fin utsikt över hela Babylos. Efter att ha beundrat utsikten ett ögonblick fick de sedan hälsa på de tre andra magikerna som arbetade tillsammans med Diddihed. De blev bjudna på ett sorts kaffe, baasa, som Leon glatt tog emot. Själv ville hon hellre ha te och fick välja på flera sorter gjorda av lokala blommor. Den varma drycken smakade riktigt gott och piggade upp.

- Vår uppgift är egentligen att se om vi kan komplettera Cragias vetenskap och ångmekanik genom att studera magin från vårt perspektiv som forskare.

- Jag har hört talas om er av Ansasis, väktaren på Epones magiska bibliotek, sa Leon.

Diddihed hoppade till och klappade sina händer.

- Åh, så ni har också varit där herr Leon! Ansasis är en väldigt generös väktare, vi har fått vara där flertalet gånger för att studera olika sorters magi.

- Så ni studerar magin utifrån ett vetenskapligt perspektiv? undrade hon.

- Ja precis fröken Freja, Beskyddare! Vi försöker genom experiment bryta ner magin till matematik och formler, som vi sedan tänker att kunna använda på exempelvis ett fordon. Ni kanske har sett att våra ångmaskiner svävar i luften? Vi lyckades efter många år bygga in den matematiska formeln för magin att lyfta någonting, i en maskin. Maskinen kan nu utföra magin kan man säga.

- Imponerande.

Matematik och formler var Frejas specialitet, hon bad om att få titta på några av dem och fick flera tjocka böcker att studera.

- Du menar alltså att man inte behöver mumla någon formel eller runor för att maskinen ska lyfta från marken? hörde hon Leon fråga.

- Ja precis herr Leon, maskinen är ångdriven och får sin energi av det, ett tryck på en knapp och energin lyfter maskinen.

- Ni lärde er alltså magin och förde in den via formler till maskinen?

- Det kan man säga, nu är tyvärr vår magiska förmåga ingenting jämfört med eran men vi lyckades att lyfta något lätt och det räckte för att vi skulle kunna studera fenomenet och till slut komma på formeln.

Freja satt under tiden med de tjocka böckerna och skummade igenom den vetenskapliga texten. Där var formeln. Hon läste den och funderade. Plötsligt fick hon en djup insikt. Formler, matematik, programmeringskod och magi hörde alltså ihop. De talade samma språk. Hennes språk. Hon förstod nu. Hon reste sig upp.

- Kan ni flytta på er.

Leon och Diddihed med sina män flyttade sig genast ur vägen.

Hon blundade, lät den magiska energin stråla genom kroppen igen och energinätet fyllde hela våningen. På ingivelse tryckte hon på armen, på sitt "A" och rader med datakod fyllde luften i rummet. Hon betraktade den, analyserade. Här fanns inget wifi, cragianerna har inte upptäckt elektriciteten ännu. Koden hon såg måste alltså vara magin, hennes eget magiska nätverk. Med en fingervisning lyfte hon med en ansträngning den lilla stolen på andra sidan rummet från marken, genast kom nya rader med kod fram. Ja där fanns den, formeln för att lyfta något. Hennes formel var mer förfinad än cragianernas, mer exakt. Men hon måste få se formeln bakom all kod, ursprunget, måste förstå den bakomliggande matematiken för alltings ursprung.

Hon föste undan lager efter lager med kod och till slut fanns bara kärnan kvar, svävandes där ensam i luften, själva urkoden. Den ursprungliga koden till all magi. När hon väl såg den förenades den plötsligt med henne, for in i henne och en stark stöt gick genom kroppen och hela hennes jag. En energiexplosion vällde fram över hela våningen och hon kunde i sitt energinät märka hur de andra flämtade till och tog ett steg tillbaka.

Koden, magins grundformel gick nu som en ren vit stark stråle från himlen och ner genom hennes huvud och ut i hela kroppen, ända ut i fingertopparna. Hennes nätverk blev med ens tydligare, mer förfinat. Det var som att byta från en gammal tjock-TV till en ny platt-TV med 4K. Hon kunde se varenda detalj i rummet samtidigt, hon kunde se Leons uppspärrade ögon och känna hur hans hjärta slog. Hon sträckte ut sina händer och hennes kropp svävade upp någon meter från marken och stannade där. Det var inte ens svårt. Hon förstod hur magin fungerade nu, all magi. Med tanken kunde hon genom grundkoden skapa ny magi. Hon kunde programmera energin att följa hennes vilja. Med en handsvepning skapades en kulblixt en bit bort i rummet, den svävade fräsande där i luften. Hon kände att dess vilda inre energi ville fara i väg och slå ner i någonting, vad som helst. Med viljan fick hon den att ilsket stå still i flera sekunder innan den fick tillåtelse att komma loss och slå ner i bordet som delades i två delar med en smäll. Hon stängde av sitt "A" med ett tryck på armen, det behövdes inte längre. Sakta gled hon ner till golvet igen, öppnade ögonen och kopplade ifrån magistrålen. Framför henne stod fem män i skägg och stirrade tyst på henne med stora ögon och öppna munnar.

- Fröken Freja, fröken Beskyddare, tack! För alla i Cragia tackar jag er!

Hon hade gett dem den förfinade formeln för att kunna lyfta något. När forskarna väl hämtat sig från hennes uppvisning hade de varit väldigt uppspelta över vad de fått beskåda. Aldrig hade de sett något liknande. Både Diddihed och hans män bugade för dem när de gick in i hissen. Att bevittna en sådan uppvisning och sedan dessutom få den nya förfinade formeln blev för mycket för Diddihed, tårarna strömmade tacksamt nedför kinderna på honom.

När de kom tillbaka till palatset sökte de genast upp Rossiliana och fick förklara för henne vad som hänt borta i tornet. Freja fick sedan visa Mästaren sin nya kraftfulla magi. Hon blev förbluffad. Leon var stolt över Freja, han kände hur han fick känslor för henne fast han försökte låta bli. Mästaren förklarade att hon egentligen inte kunde lära Freja något mer efter det extraordinära som hänt och hämtade Alfildhirs svarta sidendräkt med sina utsökta sydda, sirliga symboler och gav henne den, hon var värdig. Rossiliana ville sedan utnämna Freja till sin högra hand, hennes bästa och mest framstående elev. Han såg att Freja blev berörd, hon tackade ja.

- Det betyder inte att du är färdig ännu, jag vill tvärtom att du tränar och förfinar dina krafter ännu mer nu. Med din starka magi kommer också ett stort ansvar. Du och jag har en extra lektion tillsammans varje dag, förstår du?

- Jag förstår, sa Freja.

Han var både glad och lite ledsen samtidigt. Stolt och glad för Freja såklart. Men han kände att han själv med den kanske mäktigaste Qwanden av dem alla, Coors egen Qwand, inte lyckades prestera något speciellt alls. Ja skuggmagin fungerade bra och några ramsor med runor kunde han men varför hade Askasur valt ut honom egentligen, han var ju ingen speciell?

Sedan såg han Freja komma ut från rummet där hon klätt om.

Hon var så vacker med allt i svart. Den nya fina sidendräkten, den svarta Qwanden och staven, hennes långa svarta hår och så de fina sotade blå ögonen som såg på honom. Han märkte sitt eget stora leende och fick hejda sig.

- Den passar dig perfekt, allt i svart.

- Ja det är verkligen jag, sa hon och log försiktigt mot honom.

- Så där ser en riktig magiker ut, sa Rossiliana och klappade i händerna.

Det knackade till på dörren och en av de grönklädda vakterna kom in.

- Ursäkta Mästare! Kung Patrick Patricksson av Wolwar med sällskap har kommit in genom Cragias portal.

De följde genast med vakten till ett mindre rum. Därinne stod Hammus med besökarna, han såg genast att en av dem var Sekel.

Sekel och de andra fick omedelbart träffa Kung Patrick Patricksson i hans stora slott när de äntligen var framme i Kungsgaard. Där var deras ankomst redan förvarnad av de skadade män och kvinnor som kommit fram med faxarna dagen innan. General Filial Bastix stod vid den stora porten, tog emot och bad dem komma med genast. Kungen själv hade beordrat ett omedelbart möte, de skulle få egna rum, mat och ett bad efteråt. Kung Patrick satt på en upphöjd tron och var en ståtlig medelålders man med en stor blond snirklig mustasch och de vackraste sidenkläder Sekel sett.

- Jag har fått veta att Furuvik fallit. Att Befälhavare Heflatir och shamanmästare Runvar fallit, sa Kung Patrick.

- Ja ers nåd, tyvärr och det är nog värre än så.

Hon såg konungen höja ena ögonbrynet.

- Verkligen? Tala.

- Jag var i min skuggform tillbaka till Furuvik för två dagar sedan och fick se två magiker med varsin Qwand och... en stor svart drake.

Nu höjde han på bägge ögonbrynen i förvåning.

- Drake? Är fröken Sekel helt säker på det?

- Helt säker, den flög över mig.

- Ingen har sett en drake på flera tusen år, vad är det som händer?

- Magikerna, sa hon långsamt. Den ena av dem var mäktig nog

att skapa nytt liv ur lerhögar med djur och människodelar. En smal man med röda ögon klädd i mörkröd tunika och en stor stav med en röd Qwand. Hans magi skapade ett stort oväder där blixtar slog ner i högarna och ur dem kröp nya gröna bestar fram. Samma gröna odjur vi slogs mot. Hundratals nya på en enda gång.

Kung Patrick stirrade på henne men såg inte ut att kunna säga något.

- Ni kan säkert Krönikan bättre än mig ers nåd, men den enda drake jag läst om som var svart hette Pest och var tillsammans med den starke och onde magikern Smil Zatalocki. Kan dessa på något sätt vara tillbaka?

- Det är omöjligt, utbrast General Bastix bestört. Det var ju två tusen år sedan de blev besegrade av våra styrkor.

- Det finns tyvärr trots allt en möjlighet att fröken har rätt, sa Patrick som först harklat sig och sedan återfått sin röst. Jag har fått försäkrat för mig att det inte skulle kunna hända, men så måste det vara.

- Men vad, ers majestät?

- Du vet att jag ibland reser med vår hemliga portal, sa han till generalen och såg sedan skarpt på Sekel och de andra.

- Detta är hemligt och får inte komma ut, förstått?

De jakade allihop.

- Jag har tillgång till en portal och kan genom den besöka skeppet Glorien.

Sekel drog efter andan och hörde de andra göra likadant. Detta var något hon aldrig kunnat föreställa sig. Det gick alltså att besöka de odödliga gudarnas skepp.

- Det står till så att både Pest och den där Zatalocki har hållits fångna i Gloriens fängelsevåning under två tusen år men med det du berättar så måste de på något sätt kunnat fly. Något måste ha hänt med Glorien.

Ingen sa något utan alla försökte bearbeta allt nytt de hört. För Sekel lät alltihop fantastiskt men tyvärr också logiskt, någonting måste ha hänt på skeppet.

- Ska ers nåd besöka skeppet nu? frågade hon.

- Det ska jag absolut göra! Jag måste få svar på vad som sker i vårt rike. Om de lyckats släppa lös dessa olyckor får de minsann hjälpa till att försvara och besegra dem!

Kung Patrick slog näven hårt och bestämt i tronen och reste sig hastigt upp.

- Fröken Sekel, ni har mest information av oss alla om de här olyckorna. Ni följer med mig och tar portalen till Glorien.

- Ja ers majestät.

- Bastix, ordna så de andra får mat, vila och ett bad under tiden.

- Ja ers majestät.

- Samla sedan alla officerare och gå igenom vårt försvar med den nya informationen. Vi har nog bara ett par dagar på oss innan de är här. Ja, och se till att Kapten Nixxi är med också, han har stridit mot eländet.

- Ja ers majestät.

- Det här är verkligen en stor olycka, sa han och gick ut ur rummet följt av de andra.

- Ja ers majestät, sa Bastix och alla utom Sekel fick följa med generalen åt andra hållet.

Sekel och Patrick småpratade lite om var hon kom ifrån och om vad mer hon hade sett, medan de tillsammans med ett par vakter gick ner flera våningar i slottet och till slut kom till den nedersta. Där fanns en stor järndörr med två vakter framför. De släppte genast fram Patrick och Sekel och såg åt ett annat håll när Kungen öppnade den stora dörren med en nyckel han fiskade fram från bröstfickan. De gick in och trots att det inte fanns några facklor var rummet ljust. Det stod en väldig rosa kristall mitt på golvet som lyste inifrån. Runt kristallen såg Sekel cirklar och tecken. Hon studerade fascinerat kristallen, det rosa virvlade sakta runt i den på ett förföriskt vis.

- Det var konstigt? utbrast Patrick.

Han pekade på golvet där en symbol fanns som påminde henne om Leons tatuering, det såg ut som ett skepp. Under symbolen fanns en liten kristall.

- Den lyser inte? Den har alltid lyst innan?

- Ers majestät har nog rätt, något har hänt med Glorien.

- Vilken olycka. En stor olycka.

- Ja ers majestät. Det finns fem andra symboler?

- Jag tror de går till andra portaler, men jag har aldrig rört dem innan så vi vet inte.

Sekel studerade symbolerna.

- Det där kan vara de andra ländernas märke sa hon långsamt medan hon funderade. Visst ser det där ut som Primarias flagga ers nåd?

- Tusan! Jag tror du har rätt. Det där kan vara Fellias gröngula, sa han och pekade och det där ser ut som Cragias vita flagga.

- Cragia, de lärde. Det sägs att de har maskiner och mycket kunskap. De ska även ha krigsmaskiner för att kunna försvara sig mot Primaria. Kanske ers majestät skulle försöka besöka dem?

- Javisst, vi kan behöva allas hjälp just nu, de vet nog vad som hänt Glorien. Jag bestämmer att vi testar den, kan du trycka på deras symbol.

Sekel tryckte på den lilla kristallen under Cragias flaggsymbol och den började genast lysa.

- Utmärkt fröken Sekel. Följ mig och låt oss stiga in i kristallen.

Hon såg förvånat när Kungen steg fram till den rosa kristallen, satte sin hand på den och försvann. Sekel gjorde snabbt detsamma och fann sig plötsligt virvlande genom en tunnel och ramlade sedan ut ur en öppning och ner på ett stengolv. Bredvid och inte på Kung Patrick som tur var.

Hon upptäckte att de hamnat mitt i en stor sal, där fanns också samma sorts stora rosa kristall och cirklar på golvet. Det måste ha väsnats när de kom fram för en dörr, av vitmålat stål, öppnades och flera beväpnade vakter kom in. Deras vapen var en sorts armborst med ett magasin av sex pilar, det verkade drivas av ånga då det pös till ur vapnen då och då. De såg alla väldigt förvånade ut.

- Goddag mina herrar, jag är Kung Patrick Patricksson av Wolwar och det här är min assistent fröken Sekel.

Då Patrick både såg ut som och lät som en Kung tog de ner armborsten och gjorde i stället honnör.

- Ursäkta Kung Patrick, ni kommer lite oväntat, välkommen till Babylos.

- Ja det stämmer, jag improviserade. Vi var på väg till Glorien i ett mycket brådskande ärende men något måste ha hänt skeppet, så jag beslöt att göra ett försök hos er.

- Vi besöker genast President Hammus den sextonde, kom med oss.

De åkte en fascinerande ånghiss i flera våningar och fick vänta en kort stund i ett mindre men fint möblerat rum. Den ena vakten kom strax tillbaka med Hammus som idag tagit på sig sin finaste vita turban. De två regenterna utbytte artighetsfraser med varandra och skulle just komma in på ärendet när dörren öppnades och tre andra personer kom in. Sekel och Leon såg varandra samtidigt.

- Leon, du lever!

De sprang fram och gav varandra en varm kram, båda lika glada att ses igen.

- Ja jag är lite gråare än vanligt, men här är jag.

- Vi har din kropp i säkert förvar i ers majestät Patricks slott, ingen fara med den.

Medan alla hälsade på varandra studerade hon de två kvinnorna Leon kommit in med. Den ena var äldre och gråhårig, klädd i vacker blå sidendräkt och en stav med en blå lysande Qwand. Hon förstod att detta måste vara den legendariska magikern Rossiliana. Den

261

andra kvinnan var ung, yngre än henne själv. Helt klädd i svart sidendräkt, svart stav och en svart Qwand runt halsen. Hon hade egendomligt svartmålade ögon och små guldsmycken i ansiktet, men intelligenta blå ögon. Sekel förstod att hon också måste vara en magiker, men ingen hon kunde känna igen från Krönikan. Leon måste ha träffat tatueringen av Glorien på sin arm när han försvann. Hon kunde känna att den unga kvinnan studerade henne ingående. De fick hälsat på varandra även om kvinnan inte tog emot Sekels utsträckta hand. Hon hette Freja. Medan regenterna och Rossiliana var upptagna av sitt kunde de tre äntligen prata med varandra.

- Freja, trevligt att träffas. Leon, jag antar att du hamnade på Glorien med tanke på ditt sällskap?

- Ja det blev så. Sekel, hur är det med de andra? Hur gick det med Furuvik?

Hon berättade kort vad som hade hänt och också hur hon sett Smil, den rödhårige kvinnan och draken Pest.

- Kvinnan du såg heter Xinthia Kabaria, ja släkt med den Kabaria. Hon befriade dem bägge två och försvann för några dagar sedan från Glorien samtidigt som hon saboterade skeppet så illa att vi fick nödlanda strax utanför Babylos, sa Freja.

- Så ni är alltså den Sekel som Leon träffade nere på Lumnos.

Sekel kände att Freja var kort och reserverad mot henne. Hon noterade också hur hon tagit ett steg närmare Leon, som för att markera ett revir. Hon har alltså känslor för honom, intressant då de verkligen var i olika åldrar.

- Ja det stämmer och du är Freja, hur känner du Leon?

- Åh, Freja kommer från min värld, från Jorden, sa Leon genast. Vi känner varandra sedan tidigare. Hon hittade en av portalerna på Jorden som går till Glorien, hon hade precis kommit dit innan mig. Han log brett.

- Då förstår jag, du har träffat Leon, den riktige Leon kan man säga, spännande. Hur fick du tag i en Qwand så snabbt?

- Den valde mig.

Hon såg på Leon att han inte riktigt förstod deras samtal.

- Tyvärr försvann din stav i striden Leon, men jag ser att du fått en ny?

- Ja visst är den fin? Det är Coors gamla stav, jag har inte riktigt hunnit förstå magin i den ännu, eller ingen speciell magi alls egentligen, sa han och tittade ner i marken.

- Du hörde vad Mästaren sa, du har det i dig, magin ska bara hitta fram som den gjorde för mig, sa Freja. Hon märkte att kvinnans röst för första gången visade några känslor, nu när hon tröstade Leon. Det här kommer nog att bli intressant. Sekel var inte intresserad av Leon på det viset men kände starkt för honom, som om han tillhörde hennes familj. Hon tänkte inte låta Freja komma emellan deras vänskap.

- Leon räddade mitt liv mot Zatalockis förvridna vargar, sa hon, han är som en bror för mig.

Hon såg i kvinnans ögon att hon förstod och såg ut att slappna av en aning.

- Leon kan mer än han tror, det kommer att visa sig.

- Jag är så glad att ni fått träffa varandra! utbrast Leon.

Regenterna verkade klara med sin överläggning, hon såg att de skakade hand med varandra.

- Då är vi överens, sa President Hammus och bugade sig inför de andra två. Vi bidrar med tjugo av våra kanonmaskiner och eftersom varje maskin håller tjugo man blir det 400 man. De kommer att vara beväpnade med våra nya maskin-armborst. Det kanske inte låter så mycket, men jag kan försäkra er att den gruppen kommer att vara mycket slagkraftig.

- Min vän, jag tackar Cragia för ert starka stöd i denna svåra tid, sa Kung Patrick.

- Jag ska samla ihop mina elever, de som finns kvar efter kraschen, så följer vi med genom portalen till Kungsgaard. Ni två följer också med, sa Rossiliana och pekade på Leon och Freja. Gloriens besättning är inga krigare men vi kommer med våra bästa magiker. Zatalocki måste stoppas med alla medel.

- Mästare Rossiliana, Gloriens stöd kommer inte att glömmas, vi är tacksamma.

På pricken en timme senare samlades alla igen och åkte ånghissen ner till portalrummet. Nu hade Rossiliana med sig sina sex elever, alla med gröna vackra sidendräkter och stavar i händerna. President Hammus hade redan gett order åt Kapten Bazbez och hans trupp med kanonmaskiner att de skulle rulla mot Kungsgaard. De skulle följa den västra kusten och passera genom Fellia för att komma fram till Wolwar och huvudstaden om två dagar. Maskinerna är snabba trots sin storlek försäkrade Hammus.

Sekel var lite orolig för hur folket i Fellia skulle uppfatta den militära truppen i deras land, men Presidenten skulle skicka med några lärda som ursprungligen varit Fellianer för att förklara deras uppdrag. När de hjälper Wolwar hjälper de också Fellia. Sekel höll med honom, faller Wolwar kommer Fellia snart också att falla, där fanns ingen regent eller armé att försvara landet med. Fellias styrka var handel och varor, inte organiserade soldater.

Alla var redo. Portalen var inställd på Wolwar och Hammus önskade dem lycka till. Kung Patrick och Rossiliana gick allra först genom portalen, sedan de sex eleverna, därefter Sekel och till sist Leon och Freja.

När Sekel kommit igenom tunneln och rest sig upp stod de alla och väntade på Leon och Freja, men sekunderna gick och de kom aldrig.

Leon såg de andra försvinna genom portalen framför honom och skulle själv ta steget fram nu när det var hans tur, men snubblade plötsligt till och föll ihop framför den rosa kristallen, ytterst pinsamt. Freja var snabbt framme.

- Hur gick det?

Vad de inte insåg var att Leons ärm gått upp och blottade hans arm, samma arm som Freja nu tog tag i för att hjälpa honom. De såg bägge två att hon med sin tumme tryckte på en av hans tatueringar, den sexkantiga som ingen egentligen visste vad den betydde och instinktivt försökte hon släppa taget, men då var det redan för sent. De virvlade nu båda två längs en energitunnel och där framme syntes den ljusa öppningen. Hoppas nu bara inte att eldfågeln Askasur dyker upp igen? Sedan kände han hur han låg på ett golv med Freja ovanpå sig.

Han kunde genast se att de befann sig på golvet i hans vardagsrum hemma i Eskilstuna.

- Leon, du är dig själv igen.

Han såg på Freja vars ansikte befann sig precis framför sitt eget. Så här nära varandra hade de aldrig varit förut. Han kände hur det hettade till. En snabb blick på händerna, det var hans egna, hans riktiga händer, han var 25 år igen. Sedan såg han in i Frejas vackra ögon och kände hur känslorna öppnade sig i bröstet. De såg så på varandra ett ögonblick innan hon plötsligt böjde sig ner och kysste honom på munnen. Det kom överraskande men han fann sig snabbt, la handen varsamt bakom hennes nacke och kysste henne försiktigt tillbaka. Hon smakade gott och de försvann in i läpparnas passion. När hans tunga fick kontakt med hennes avbröt hon plötsligt och steg upp från golvet.

- Den här gången får du visa att du förtjänar det.

Hon sträckte fram sin hand för att hjälpa honom upp.

- Ja det ska jag, sa han bestämt, lite osäker på vad hon menade.

Utan förvarning ringde det på ytterdörren, först en gång och sedan en gång till.

Leon gick snabbt ut i hallen och såg all post ligga på mattan innanför dörren, svepte undan högen med foten och öppnade.

- Där är du ju!

- Per, vad roligt att se dig igen. Han menade det han sa, tog ett steg fram och gav Per en överraskande hård kram och släppte sedan in honom.

- Har du varit bortrest? Barcelona kanske?

- Ja bortrest, en lång historia, kom in.

Per som stegade in i vardagsrummet fick nu syn på Freja där hon satt i soffan.

- Åh, du har besök, jag kanske stör? Hej, Per heter jag.

Han gick fram för att hälsa på henne, hon tog inte emot hans hand.

- Hej, Freja.

- Nej, du stör inte, sa Leon, det har hänt mycket bara.

Per log och rasslade med påsen han hade i handen.

- Då passar det perfekt med kaffe eller hur!

Han var redan inne i köket och slog på kaffekokaren.

- Te tack, sa Freja.

- Naturligtvis, ropade Per från köket.

En stund senare satt de i den för trånga soffan med sina rykande varma koppar och varsin kanelbulle i handen. Leon såg framför sig hur den dyra ullmattan skulle bli full med pärlsocker, men både kaffet och bullen smakade verkligen bra. Plötsligt plingar mobilen till flera gånger. Han hade glömt att han ens hade en sådan och tog upp den för att se efter. Flera meddelande från Amina Zazza, ringt har hon gjort också, många gånger. Han fick med ens dåligt samvete, deras inplanerade träffar för vapenträning. Han ursäktade sig för Per och Freja och gick ut i köket medan han ringde upp henne.

- Var har du varit? svarade hon argt.

- Förlåt Amina, det har hänt något.

- Är du skadad? hon lät orolig.

- Nej nej, det är något annat.

Han kände att han var skyldig henne en riktig förklaring och bad henne komma, det skulle hon genast göra och en kvart senare var hon där. Leon fick sätta sig på golvet så de andra skulle få plats i Ektorp-soffan. Amina fick kaffe men tackade nej till bullen.

- Det här blir lite långt, var ska jag börja, sa han långsamt och såg på Freja efter hjälp.

De berättade tillsammans alltihop och fyllde i varandra där det behövdes. Både Per och Amina såg ut som stora frågetecken och var skeptiska. Inte så underligt. Leon kavlade upp ärmarna och där fanns tatueringarna kvar, de fem han nu hade. Freja visade sitt "A" och var förtjust över att det hängt med till deras egen värld. För att göra berättelsen mer övertygande fick alla hålla i varandras händer när Freja tryckte på sin tatuering och hela rummet blev genast full av kod, rad efter rad kom fram. Hon viftade runt i den och förklarade vad de såg, Leons wifi, grannen Gunillas wifi. De fick sedan visa sina Qwander, de lyste av liv även här. Leon märkte på de andra att de nu trodde på deras otroliga berättelse.

- Helt fantastiskt Leon! utbrast Amina.

- Det var alltså kvinnan jag målat, Sekel?

- Javisst Per.

- Det märkliga är att jag målat en ny tavla sedan dess, med en magiker som har röda ögon.

Han visade dem några dåliga foton på sin mobil och jodå visst var det Smil Zatalocki som Per målat.

- Men hur ska ni komma tillbaka, undrade Amina, för inte tänker ni väl lämna era vänner i sticket?

Först nu vaknade den insikten hos honom, att han inte visste hur de skulle ta sig tillbaka?

- Javisst det måste vi, eller hur Freja?

- Såklart. Men det är ingen idé att vi försöker med portalen i Kiruna för den har nog militären hård bevakning på nu. Dessutom är den stängd från Glorien.

- Ja, jag kom ju till Lumnos med hjälp av min Qwand, med hjälp av Askasur?

- Nu gör ni ingenting förrän jag fått åka hem och hämta mitt svärd.

- Ditt svärd?

- Ja, jag ska givetvis följa med er, ingenting att diskutera, sa hon och gick snabbt ut genom dörren innan Leon hunnit protestera.

- Mig blir ni inte heller av med, sa Per. Jag har ju trots allt fått till mig bilder som jag målat från den världen, jag har någon sorts kontakt med den. Men jag ska hämta mina pennor och färger först för de ska med, jag är snart tillbaka! Även Per hann snabbt i väg innan Leon fick sagt något. Freja satt tyst.

- Ska vi vänta på dem? undrade han.

- Ja, de är väl dina vänner?

- Ja, jo men något kan ju hända?

- De är vuxna nog att bestämma själva Leon.

Han insåg att protester inte lönade sig och gick till soffan för att få krama Frejas hand men hon hade tryckt på sin tatuering igen och såg i fjärran.

- Bra, ingen har rört min dator eller mina molndiskar, men jag fick visst böter för att jag lämnade skotern i skogen och rummet utan nyckel.

En stund senare när de hade fått hålla varandra i handen, så kom både Per och Amina tillbaka. Amina klädd i sin Aikidodräkt och med ett riktigt svärd.

- Det är ett äkta samurajsvärd från 1600-talet, försäkrade hon och höll hårt i det.

- Jag är klar, sa Per med sin ryggsäck fylld av block, pennor och färger.

De satte sig i en ring på vardagsrumsgolvet, höll varandras händer medan Leon såg in i sin Qwand. Han fokuserade på den lilla eldfågeln därinne och såg hur lågorna sakta virvlade runt den. Han tyckte att han fick ögonkontakt och plötsligt var de där. Allihop virvlade de fram i en tunnel med ett ljus längre fram, men så hände något. Leon var med ens ensam, de andra var borta och i stället stod den stora eldfågeln framför honom igen.

" Den här gången får du inte försvinna", hörde han i sitt huvud.

- Var är de andra?

"De kommer fram dit de ska, men först måste du renas av elden."

Han såg Askasur luta sig framåt och spruta fram en eldstorm som var på väg mot honom. Den här gången hade han ingen magisk dryck att fly med.

- Ska jag dö? hans röst var panikartad.

"Nej du ska födas. Det skulle skett redan förra gången och nu finns ingen tid att förlora, ditt öde måste bli uppfyllt."

Vettskrämd svävade han stilla i luften och lät elden sluka honom. Han kände hur den hettade till, sedan var hela kroppen uppslukad av lågorna, men ändå överlevde han. Det gjorde inte ont, elden kändes snarare som en varm smekning mot huden. En kraftig stöt gick genom hans huvud och fortplantade sig ut i kroppen, pulserandet av flammor. Askasurs eld försvann, men inom honom hade i stället något tänts, nu brann han inifrån av en egen eld. Flammorna slog sedan ut från honom åt alla håll, pulserande och levande, som om hela hans väsen exploderade i ljus. Kraften var så stark, så där stark som den gången han hade bränt upp stenen på marken.

"Bra."

Elden var plötsligt bara borta. Han virvlade fram mot tunnelns öppning igen och landade snart hårt på ett golv med en vacker ljus matta av rishalm.

Freja landade mjukt på ryggen. Hon såg att den svarta staven åter fanns i höger hand och att hon nu var klädd i den vackra svarta sidendräkten igen, vilket bildade en slående kontrast till den vita pudriga snön hon hamnat på. De andra var borta, Leon var borta. De måste ha kommit ifrån varandra i tunneln. Hon kände oron och hoppades han var ok och oskadd.

Hon reste sig och borstade av snön från sin dräkt, såg sig omkring och hade ingen aning om var hon befann sig. En stor snötäckt granskog med långa vackra träd låg på hennes högra sida men i övrigt var det ganska plan vit mark åt alla håll. Vid horisonten såg hon snöklädda berg, kanske jag hamnat norrut i landet Wolwar som Leon berättade om? Någonting lät en bit bort och ljudet kom närmare. Hon ställde sig upp, testade att energifältet fanns där och kunde känna det en bra bit omkring sig. Lätet var nu högre, det verkade komma åt hennes håll. Hon slog på sin magi och lättade från marken ett tiotal meter. Nu såg hon. Det var Cragias tjugo kanonmaskiner som kom ångandes rakt mot henne. När de väl kommit fram stannade maskinerna till och en taklucka öppnades i den främsta.

- Beskyddare?

Freja förstod att hon fick leva med den benämningen.

- Ja, det är jag, Freja.

- Vilken trevlig överraskning! Kapten Bazbez och den 18:e kanondivisionen. Jag trodde ni skulle följa de andra direkt till Kungsgaard?

- Hej kapten. Ja det var tanken men det blev avbrutet. Jag hamnade här, var är vi?

- Vi är en bit in på Wolwars territorium i väst. Ungefär en dag ifrån målet.

- Utmärkt, ni har inte stött på något problem?

- Bara några nyfikna i Fellia men de blev glada att se oss. Vi har Fellianer med oss som förklarade uppdraget för dem.

- Fint, då fortsätter vi till Kungsgaard kapten.

- Ja Beskyddare!

Kaptenen slog igen luckan och truppen maskiner frustade i gång och rullade framåt.

Freja beslöt att fortsätta hänga i luften, hon märkte att höjden inte var något problem eftersom hon tog med sig sitt energifält, det strålade ut från henne och det var det som höll henne uppe. Det var heller inga problem att styra fart och riktning med bara tanken. Hon flög faktiskt, rätt fantastiskt.

En bit bort vid en frusen sjö dök en stor grupp svarta fåglar upp och flög mot henne. De såg väldigt synkroniserade ut i sitt sätt att flyga. Freja hade snappat upp berättelserna om Zatalockis fjärrstyrda djur och svävade sakta mot dem för att se. Flocken tystnade och stannade till när hon närmade sig, hon stannade själv. De hängde där i luften som två boxare när gonggongen precis ringt, studerade varandra, väntade in den andres drag. Hon kunde höra ångmaskinerna under sig och hur de också stannade till, de hade också sett den stora fågelflocken. Den svarta massan kastade sig plötsligt framåt med ett öronbedövande väsen, rakt mot henne. Hon hade förutsett det draget och formeln var redan färdig. En osynlig vägg restes i hennes energifält som fåglarna flög rakt in i. De flesta bröt nacken i den hårda kollisionen, resten blev medvetslösa, allihop föll döda eller mot sin död ner på den hårda frusna sjön. Den svarta massan låg sedan tyst och orörlig på isens blanka yta och hon svävade ner. En fågel rörde svagt på sig. Hon tog upp den i sin hand. Det var en förvriden skapelse som mest påminde henne om en sorts förvrängd kaja fast större. Hon såg de blanka svarta ögonen studera henne innan livet där inne slocknade och kroppen slappnade av. Soldaterna bakom henne hurrade innan maskinerna fick fart igen och fortsatte framåt över snön.

Bläckfisken i den lilla buren talade, Smils nya talklump som gjorde att han kunde kommunicera med sin stora bläckfisk i Belhafur. Hon visste numera att Zatalocki hade sitt huvudkvarter där i det övergivna stora gamla slottet i östra Wolwar och att hans klump styrde över djuren. Xinthia hade på sitt mjuka listiga sätt fått honom att avslöja många saker de här dagarna. Hon visste till och med hur man skapade liv nu, han hade inte kunnat låta bli att visa henne. Zatalockis stora ego kommer att bli hans död en dag, en dag när hon är redo att ta över. En ny grön Grorgal fick hon skapa helt på egen hand och det hade gått bra, dunder och blixtar hade bildats på himlen när hon mumlat den hemliga ramsan. Hennes egen förvridna gröna best som hon döpt till Rassel, efter den döda pojkvännen som hon skurit halsen av på Glorien. Hon kunde inte låta bli att le när hon ropade på Rassel och den fula besten genast lydde och följde henne vart hon än gick.

- En svartklädd kvinnoråtta dödade dem allihop. Hon flög i luften och de dog, mina fåglar, sa den lilla bläckfisken.

Xinthia förstod direkt vem han talade om.

- Svartklädd? Men de borde vara döda allihop. Jag saboterade ju skeppet, jag såg det virvla ner mot marken när vi flög i väg jag och Pest? De borde dött i kraschen?

Hon förstod inte hur det kunde ha gått fel? Fungerade inte hennes dataprogram som det skulle?

- Det måste vara jordflickan Freja, hon var klädd i svart och visade upp stor magisk kraft. Men att flyga? Omöjligt, inte ens om Rossiliana haft lektioner med henne dygnet runt de senaste dagarna så skulle hon ändå aldrig kunna flyga.

- Hon flög säger jag, hör du dåligt kvinnomänniska! Hon dödade hela flocken fåglar, mina fåglar. Hon ska dö. Råttan måste dö Far!

- Såg du om hon hade en Qwand på sig Az-Eko?

- Ja, en svart lysande kristall och en svart stav.

- Förbannat!

Hon såg Smil hoppa till och stampa hårt i marken, det syntes att det var med stor ansträngning han lät bli att döda den talande lilla bläckfisken.

- Då överlevde de på något sätt kraschen. Jag kan inte förstå hur. Det är Alfildhir Njorddottirs Qwand som flickan använder, sa Xinthia, den måste ha valt henne på något sätt?

Hon kände hur det virvlade till i huvudet. Hur hade allt detta gått till, hur hade den där jordungen fått Alfildhirs Qwand, hur kunde hon flyga? Döda en hel flock fåglar?

- Det finns mer Far. Fåglarna såg tjugo stora ångmaskiner som följde efter råttan. Ångmaskiner med långa rör.

Nu blev Smil stilla och tyst ett ögonblick.

- Az-Eko, du sänder dit hela truppen med de stora vildsvinen. Maskinerna måste stoppas. De måste komma från Cragia, Rossiliana har fått med sig Cragia mot oss.

Hon hörde på Zatalockis röst att han var pressad och upprörd. Hon förstod varför. Det kan mycket väl stämma att det var krigsmaskiner från Cragia, för det var över Cragia hon hade saboterat Gloriens motor. De måste alltså lyckats landa där och övertygat dem att sända sina maskiner mot oss. En stor missräkning, för ingen visste riktigt hur långt Cragia kommit i sin maskinutveckling, hur farliga de kunde vara. Men det vore dumt att underskatta dem.

- Sänd mer än så. Cragia är den mest utvecklade nationen när det gäller vetenskap och maskiner, vi vet inte hur farliga de kan vara, sa hon.

Smil såg fundersamt på henne.

- Vargflocken också Az-Eko, sänd flocken också. Krossa maskinerna och döda dem alla. De förbannade Cragianerna ska pulvriseras, hör du!

- Ja Far, det ser jag till, råttorna ska dö.

Ett tiotal män i rustningar höll sina spjut och svärd riktade mot honom. De hade asiatiskt utseende och såg ut som gamla samurajer där de stod och stirrade förvånat på honom där han låg på golvet.

- Vilka är ni, hur kom ni hit?

En kvinna i 50-årsåldern klädd i den vackraste sidendräkt Leon någonsin sett kom emot honom mellan två av männen. Han såg sig snabbt omkring. Bredvid honom på golvet fanns Per och Amina. Men inte Freja. Var hade hon tagit vägen?

Han låg på en ljus rismatta inuti en stor mörk träbyggnad i en sal med ena väggen öppen mot naturen utanför, vilket skapade ett vackert ljus i rummet. Allt såg asiatiskt ut, en blandning av kinesisk och japansk kultur. Det blev en aning märkligt att få ihop det hela. Männens svärd påminde om samurajsvärd medan dräkterna var traditionellt kinesiska i färggrant siden. De var röda med stora fält i svart skinn och en metallbrynja i guld. Kvinnan bar en stor sidendräkt med ärmar som räckte ner till golvet och med ett långt släp efter sig som två tjänare bar upp ett par meter bakom. Dräkten skimrade i guldgult siden med vackra röda blomstermotiv broderade över hela tyget och en lång svart utsirad sjal hängde omkring henne. På huvudet hade hon en gul huvudbonad med pärlor, ädelstenar och långa slingor i guld som hängde ner tillsammans med hennes svarta hår. Leon förstod att de hamnat någonstans långt bort ifrån var han varit förut. Kanske det var bäst att se om de kunde Krönikan här?

- Jag är Coor Marvastix och det här är mina vänner.

När han tog fram sin Qwand för att visa dem, noterade han att han i stället för sin vanliga vita särk nu hade en lång blank orange sidendräkt på sig. Den passade bra till Qwanden och Coors vackra stav han nu upptäckte åter fanns i hans andra hand. Männen omkring honom flämtade till och backade ett steg när de fick se kristallen.

- Coor? Samme Coor som befriade oss från Zatalocki och Diktatorn Sinnis? frågade kvinnan som nu höjt på ena ögonbrynet.

- Ja, sa han kort.

När han nu börjat spela rollen som Coor kunde han lika gärna fortsätta. Amina och Per stirrade på honom, de hade förstås aldrig sett honom i Coors kropp. Fortfarande i skuggform dessutom.

- Verkligen? Coor försvann enligt böckerna för flera tusen år sedan. Skulle han vara tillbaka nu från ingenstans, dessutom i skuggform som är vanligast i Wolwar och Fellia?

- Det är en lång historia, jag har kommit ifrån min kropp någonstans i Wolwar.

- Utmärkt, en lång historia lyssnar jag gärna på. Jag är Kejsarinna Lian Zeitan av Dullavar, välkomna att sitta ner Befriare Coor med vänner.

Kejsarinnan visade med handen mot ett avlångt lågt träbord en bit bort med många grå kuddar runt sig på det mattbeklädda golvet. Hon tecknade åt en av tjänarna som stod utmed väggen och bad henne ordna med te. Tjänarinnan bugade djupt och försvann tyst i väg.

- Leon, är det du? viskade Amina stirrandes på honom.

Han nickade åt både henne och Per. När de gjorde en ansats att gå mot bordet riktades alla vapen mot Amina.

- Din krigarvän får lägga av sig sitt vapen annars blir Kapten Xian

Xoo inte nöjd. Han ansvarar för min säkerhet förstår ni.

- Mitt svärd?

- Amina, du får säkert tillbaka det sedan, sa Leon och tittade frågande på Kejsarinnan.

- Naturligtvis, en krigares vapen är heligt.

Hon gav Kaptenen motvilligt sitt gamla samurajsvärd och han bar bort det till sin Kejsarinna.

- Intressant, traditionella jordiska japanska tecken, sa hon när hon studerade vapnet närmare. Sådana här har vi bara på vårt jordmuseum, var har ni fått tag i det flicka?

- Det är mitt sa Amina, jag har fått det av min lärare.

- Ni känner alltså till både Jorden och Japan? undrade Leon.

- Javisst. Vår kulturs ursprung är mestadels från det som kallas Kina och Japan på Jorden. Även om det är tusentals år sedan vi kom hit så vårdar vi vår kultur och de flesta av oss är släkt i rakt nedstigande led till Jordiska förfäder. Min släkt kommer från den kinesiska Tangdynastin på Jorden.

- Intressant, sa Leon och skruvade på skägget. Amina och Per här kommer också från Jorden. Kan det möjligen vara så att ni har en portal här hos er som går dit?

Kejsarinnan studerade honom kort, bad sedan tjänarna lämna rummet och bara Kapten Xoo och hans män fick vara kvar.

- Ni känner till portalerna, sa hon sedan. Tyvärr fungerar den inte sedan tusen år. Det är inte allmänt känt att Dullavar har en sådan, hur vet ni det?

- Jag kommer från skeppet Glorien och där finns en portal som bland annat går hit men också till tre portaler på Jorden, varav en finns i Kina.

- Jag förstår.

Det var sedan tyst medan Kejsarinna Lian utförde en fläckfri japansk te-ceremoni framför dem och gav dem varsin mindre kopp med varm grön dryck. Leon kände igen ceremonin från Youtube, då han alltid funnit den japanska kulturen fascinerande. När Kejsarinnan själv smuttade på sitt te förstod han att det var ok att dricka. Det smakade gott.

- Är det Matcha-te? frågade Per som varit tyst hela tiden och Leon såg att Kejsarinnan sken upp.

- Ni känner till Matcha-te? Trevligt med en kultiverad man.

- Ja jag har både Matcha och Gyokuro hemma, sa han vant.

- Ni ser inte asiatisk ut?

- Nej, jag kommer lång bort ifrån men vi har handel med både Japan och Kina, sa han och tittade lite ängsligt på Leon. Han visste inte riktigt vad han borde och inte borde säga.

- Så ni kommer alltså från Jorden, från portalen på skeppet Glorien?

- Det är en lång historia, sa Leon trött.

- Ja ni skulle just berätta den för mig, sa hon och trummade på bordet.

Kapten Xoo var snabbt framme med ett svärd runt Pers hals när han öppnade sin ryggsäck och stoppade ner handen.

- Eh, jag ska bara ta fram mina pennor och ett block om det är ok? han tittade frågande mot Kejsarinnan.

- Ta fram dem långsamt så Xoo får se.

Han tog fram ett block, färgpennor och akvarellpenslar.

- Jag är konstnär, hoppas det är ok?

- Som sagt, trevligt med en kultiverad man.

Han märkte att Per såg ut att rodna en smula när hon log mot honom. Leon berättade en kort version av vad som hänt honom och det nu aktuella läget i Wolwar med Zatalocki och draken Pest. Kejsarinnan satt tyst utan att röra en min och lyssnade tills han var klar.

- Så ni är rent tekniskt inte Coor utan en jordman i hans kropp.

- Jo det är sant, sa han lite nervöst. Jag ville fånga er uppmärksamhet, situationen är allvarlig.

- Det har ni helt rätt i. Om Zatalocki och den här kvinnan intar Kungsgaard finns det inget som stoppar dem att därefter gå mot oss med sin onaturliga armé.

Per harklade sig och gav Kejsarinnan ett ark han suttit och tecknat och målat på under tiden Leon berättat.

- Men strålande!

- Bara ett simpelt försök att fånga något vackert, sa Per och var lite röd på kinderna.

Lian Zeitan log med hela ansiktet och visade dem alla målningen av henne sittandes med temuggen. Ljuset sken in från den öppna väggen och Kejsarinnans hår och vackra sidendräkt blänkte i alla färger. Det var faktiskt riktigt skickligt gjort, tänkte Leon.

- Tack herr Per, ni är verkligen duktig. Vad heter den här tekniken, jag har aldrig sett något sådant innan?

- Åh, det är akvarell, sa Per och visade henne asken med färger.

- Herr Per, när vi är klara med Zatalocki och allt elände ska ni komma hit och måla en stor tavla av mig för att hängas upp här i salen.

- Gärna Kejsarinna, en stor ära för mig.

Satt verkligen Per och flirtade med en Kejsarinna från en annan planet? Leon log.

Kejsarinnan beslöt att de tidigt morgonen därpå skulle mötas igen för att planera, tillsammans med hennes högste General Yoshiro Bushido, om hur de skulle hantera situationen med Zatalocki på bästa sätt. Hon kallade på tjänarna som fick duka fram mat åt dem, vilken de åt med god aptit och blev sedan visade till sina gästrum. De fick var sitt rum inrett i traditionell japansk sparsmakad stil och Leon somnade med en gång han la huvudet på den låga träsängens grå kudde.

De stod och väntade en stund på Leon och Freja, men när de inte kom fick Sekel tillåtelse att ta portalen tillbaka till Cragia för att se vad som hänt. Väl på andra sidan fick hon höra att de försvunnit i tomma luften innan de kommit fram till portalen. Den enda förklaringen Sekel kunde tänka sig var att de aktiverat en av Leons tatueringar och hamnat någon annanstans. Men varför skulle de gjort det, och var hade de hamnat? Hon åkte tillbaka till Wolwar och informerade de andra och hoppades att hennes vänner snart skulle dyka upp. Hon kände att hon var orolig för Leon, men så länge hans medvetslösa kropp här i slottet var vid liv så borde han också vara det.

Rossiliana verkade mer bekymrad över att Freja försvunnit, hennes magiska färdigheter behövdes om det blev strid, förklarade hon. De var överens om att Leon och Freja förmodligen var tillsammans var de än var och att de säkert kunde ta hand om varandra. De fick helt enkelt vänta och hoppas att de skulle dyka upp snart.

Inne i Patrick Patrickssons stora stridsledningssal var alla i gång att diskutera taktiker. Patrick, General Bastix och Kapten Nixxi var där tillsammans med andra höga befäl. Både Patrick och Nixxi nickade åt henne när hon kom in tillsammans med Rossiliana.

- Ah, fröken Sekel och fröken Mästare, kom in, vi behöver era expertkunskaper.

285

- Jag diskuterade precis med Kapten Nixxi om de här krigsmaskinerna fienden har.

- Ja, vi måste ta hand om dem annars är vi rökta. De krossade Furuvik med de där maskinerna, sa Sekel.

- Vi har några ballistor, fem stycken, som kan vara till nytta. De skjuter visserligen inte stenar utan stora pilar men nog måste de kunna vara till hjälp?

- Det tror jag, men Zatalockis här hade minst ett tiotal stora krigsmaskiner och mer än det dubbla av mindre maskiner som sköt stensvärmar. Vem vet om de hunnit med att bygga fler nu när de slagit tillfälligt läger i Furuvik? Han har också befäl över flera horder av stora fåglar som anföll murarna effektivt i Furuvik. De kan säkert sabotera våra maskiner. Dessutom har de draken Pest.

Hon såg att sällskapet fick en djupt bekymrad min och alla var tysta ett ögonblick.

- Tusan att vi inte satsade mer på försvaret, sa Kung Patrick och bröt tystnaden.

- Inte ert fel ers majestät, inget land har varit i krig sedan fru Rossiliana var här för tusen år sedan och hjälpte till mot skuggdemonen, sa Bastix. Vi såg inte detta komma.

Patrick skruvade på ena mustaschen.

- Finns det skuggkrigare här? undrade Sekel.

- Javisst, vi har en trupp med skuggkrigare redo, svarade Generalen bestämt.

- Om jag kan få försöka leda dem i skuggform mot någon av fiendens stora maskiner och hinna förstöra den och sedan försvinna innan de hinner reagera?

- Utmärkt fröken Sekel! Bastix, se till att fröken får befälet över skuggkrigarna genast.

- Ja ers majestät, en utmärkt idé.

- Det är sorgligt att Leon och Freja försvunnit men jag och mina sex elever ska också hjälpa till med det vi kan, bröt Rossiliana in.

- Vi är tacksamma fröken Mästare, sa Patrick. All hjälp är bra hjälp.

- Kanske är det bäst om vi magiker sprider ut oss för att hjälpa soldaterna i vår närhet?

- Trupperna kommer att bli tacksamma att få Gloriens bästa magiker bredvid sig, fröken Mästare.

- Har vi helare? undrade Sekel.

- Vi har tre riktiga helare, tack vare Mästarens hjälp, de har fått träna under Xavier innan de blev stationerade här i stan, sa Bastix.

- Bra, de kommer att behövas.

Tankarna gick till skuggvargen, hoppas att Alfa finns nära staden, Sekel saknade honom och hans mjuka fina päls, han var en fin kamrat i strid.

Hon noterade att både Kung Patrick och Kapten Nixxi såg på henne med ett leende då och då. Det var mer bara artighet, så mycket förstod hon. De märkte efter en stund båda två att den andre tittade på henne och såg sedan i stället kort på varandra. Hon kunde se Patricks bestämda blick och att Nixxi då bugade lätt. Därefter var det bara Kungen som såg på henne på det sättet. Hon visste inte hur hon skulle hantera det. Hon var van vid att vara skuggjägare och vara ute i skogen, inte att få uppvaktning av en kunglighet. Men hon tyckte att han var attraktiv, hans mustascher var tjusiga. Likväl var det förmodligen snart krig här på liv och död, bättre att fokusera på det.

- Jag kan ta några skuggkrigare med mig och fara mot Furuvik och se var vi har Zatalocki?

- Utmärkt fröken Sekel, vi kan behöva all information som vi kan få.

Mötet avslutades strax därefter. Alla gick för att utföra sina uppdrag, medan hon gick mot sin pappas rum. Det var tomt där, men hon fann dem snart i en av matsalarna där de satt och åt gott.

- Dotter! Hur går allting?

- Bra pappa, jag ska snart i väg och spana som skugga, vi behöver veta hur långt de kommit.

- Ingen Leon? undrade Pöllsa.

- Nej han och Freja är borta, ingen vet vart.

- Han tar vara på sig, sa Mistih, Qwanden och Askasur tar hand om honom, han har ett öde att uppfylla.

- Du har säkert rätt, sa hon och log mot den kloka shamankvinnan.

En stund senare blev Sekel introducerad för alla skuggkrigarna av Generalen. De var säkert över femtio stycken. Bastix förklarade att Sekel nu var deras befäl på Kungens order och att de hade en viktig uppgift i det kommande kriget. Alla såg allvarligt på henne när hon förklarade för dem hur de skulle förstöra fiendens krigsmaskiner. Det var ett uppdrag med stor fara för livet, men alla mötte hennes blick stadigt och hon förstod att de var beredda att dö för Wolwar och sin Kung. Hon valde ut två av dem för att tillsammans med henne resa i skugga nu när solen gått ner. De satt bekvämt på var sin skinnpäls vid den sprakande eldstaden, när de gick ur sina kroppar och for ut genom slottets port som stod öppen för deras skull. Hon satte fart mot Furuvik med de andra efter sig. Det var en klar och vacker natt, stjärnorna blinkade och bägge mångudinnorna var närvarande på himlen, de skulle vaka över dem. Hon bad till Epone att vaka över Leon och Freja. Plötsligt fick de syn på en mörk skock som var på väg mot dem, de stannade och försäkrade sig om att de var osynliga. En hel flock av samma sorts vidriga stora svarta vargar som de mött innan Hogdal. Då var det tre, nu var de över tjugo. Vargarna sprang vildsint förbi dem utan att de blev upptäckta. En bit bort kunde de se en minst lika stor flock med väldiga vildsvin som dundrade fram så marken skakade. Bägge flockarna var på väg mot samma mål, men det var inte

Kungsgaard då de sprang längre söderut. Hon visste inte vad som fanns där, eller om det var så att Zatalocki bara ville placera ut trupper söder om dem, i deras rygg.

Halvvägs mot Furuvik stötte de på hären. Hon såg att den hade växt, nu var den tre gånger så stor som sist. Den gick inte så fort fram, de hade sina maskiner att släpa på, men alla deras facklor lyste upp en stor bit av horisonten och hären syntes tydligt på håll. Hon kunde se den lilla truppen i mitten som red framför alla andra, där fanns Zatalocki och kvinnan med det röda håret, det visste hon.

Plötsligt dök sex stora svarta faxar med gröna ryttare upp från sidan mot dem. En av Sekels män tappade kontrollen av det oväntade och blev synlig. Ryttarna som genast såg honom kastade sig av faxarna och anföll. Sekel slets mellan att fortsätta vara osynlig och tänka på uppdraget, eller att bli synlig för att försöka försvara mannen.

"Nej."

Det var Pall, den andre mannen hon hade med sig.

"Avslöjar vi oss dör vi och då har uppdraget misslyckats, befälhavare."

"Ja, men vi kan inte lämna honom med dem, de kommer att döda honom."

"Atli vet riskerna, vi är soldater, vi är alla beredda på att dö för Wolwar."

Under tiden hade den största av de gröna, en riktig best, fått tag i Atli och höll upp honom i luften med sina väldiga nävar.

- Du blir en bra fånge till Far, Gryhms fina fångst, lilla fjantmänniska.

Sekel fattade det svåraste beslut hon någonsin gjort. Hon drog sin kniv och gled osynligt upp bakom Atlis rygg, med den store gröne framför sig. Sekel gjorde sig sedan synlig för alla och skar utan att tveka halsen av Atli samtidigt som hon viskade ett förlåt i hans öra. För ett ögonblick mötte hon den gröne jättens blick, hon

289

såg förvåning men samtidigt också ett stort raseri, ingen rädsla. Innan jätten eller någon annan av de gröna hann reagera var hon osynlig igen och gled snabbt bakåt till Pall, utom deras räckhåll. Hon såg jätten hugga med sitt svärd och sin spikklubba i luften omkring sig och skrika i vansinne.

- Din fega kvinnomänniska, kom fram igen, våga möt mig, våga möt Gryhm!

De andra gröna slog också vilt omkring sig. Hon tecknande åt Pall att de skulle i väg, de måste komma därifrån.

Samtidigt som hon pressade tillbaka gråten och kände tårarna rinna nedför sin kind kunde hon höra den gröne jättens skrik bakom sig.

- Nästa gång vi möts fega kvinnokräk så ska Gryhm döda dig, döda dig, hör du det!

De for med hög hastighet mot Kungsgaard igen och snön gnistrade kallt under dem.

"Det var starkt gjort befälhavare. Du gjorde det som måste göras, vi kan inte bli deras fångar. De skulle med tortyr få oss att avslöja allt vi känner till om dem och oss själva, våra planer."

"Jag vet, men det är ingen tröst."

Maskinerna rosslade till och stannade i det snötäckta landskapet. Kapten Bazbez och den 18:e kanondivisionen hade tillsammans med Freja färdats hela dagen och nu när Moder Elafagur förberedde sig på en natts sömn behövde soldaterna få i sig mat och slå läger för natten. De var bara en dags färd ifrån Kungsgaard men nu låg det svårare terräng framför dem, med många stenblock och utspridda träddungar. Ångmaskinerna hade ingen el och därför inga lampor att lysa upp det kommande mörkret framför dem, annat än de som drevs av olja vilka inte var starka nog att sprida ljuset så långt. De skulle kunna fortsätta i långsam takt genom natten, men alla behövde få mat i sig.

Freja klagade inte på att det äntligen hände något, hon hade svävat fram i luften timme efter timme och längtat efter sina hörlurar och pumpande musik, det hade passat fint till utsikten. Naturen var bitvis riktigt vacker med sina vidsträckta skogar och istäckta sjöar och vädret hade varit fint för dem med bara några moln här och där. Nu hade de kommit närmare bergsmassiven vars snötäckta bergstoppar reste sig storslaget över horisonten. De plana markerna hade övergått till ett landskap med åsar och kullar och bitvis en del stora snötäckta stenblock, vilket gjorde att det tog längre tid för dem att komma framåt.

Men medan dagen på ett sätt varit uttråkande så hade hon fått ägna sig åt att skapa nya matematiska magiska formler. Hon hade kommit på ett sätt att kunna kryptera dem också. Hur användbart det var visste hon inte ännu, men hennes tanke var att kryptera och programmera flera mindre formler till en större komplexare formel. En magi som utförde flera saker samtidigt, utan att andra kunde förstå vad som hände eftersom energin inte kunde avkodas. Hon skapade en formel för att sätta upp sex energiväggar i luften samtidigt, en från varje håll och låta dem gå in mot mitten tills de bildade en kubformad bur. På det viset kunde hon fånga vem hon ville, eller utplåna för den delen. En annan mer avancerad formel skapade tjugo kulblixtar och kunde sprida dem i två olika mönster, rakt ut åt alla håll från henne eller rakt fram på ett led. Helt beroende på vilken extra gest hon använde.

Hon hade kodat om alla sina formler till att nu vara krypterade, även lyfta-formeln. Hon mindes när Leon berättade att Zatalocki kunnat se honom även när han gjorde sig osynlig. Kanske kunde den rödögde magikern på något sätt läsa av energistrukturer och göra dem helt obrukbara. Med sin nya kryptering skulle varken han eller någon annan kunna läsa av eller förstå hennes magi. Ja, osynlig är ju något användbart, den formeln måste också skapas.

När ångmaskinerna stannat och alla soldater fått komma ut och sträcka på benen så var maten klar. Freja hade önskat av kocken att få deras nationalrätt, den ugnsbakade stora squashliknande frukten fylld med gott innehåll och han hade blivit glad över tillfället att få laga en av Cragias stoltheter åt henne.

- Varsågod Beskyddare, hoppas det smakar!

Det gjorde det, hon uppskattade maten hon fick i den här världen, lite roligare än näringsfattiga frysportioner från affären. Pizza kunde vara gott förstås, hon kanske skulle lära kocken hur man gör en sådan, det skulle säkert bli en stor succé.

Kapten Bazbez hade posterat ut vakter omkring dem medan de åt. Nu hörde de en av vakterna komma skrikandes mitt i maten.

- Odjur, de är på väg hitåt!

Alla soldater reste sig hastigt, tallrikar och glas flög åt alla håll och Kapten skrek ut order. De skulle alla in i kanonmaskinerna och förbereda sig för strid. Freja svalde sista tuggan, slog på magin och lyfte ett tjugotal meter upp i luften. På håll kunde hon se två mörka massor komma fort mot dem med snön rykande efter. Hon beslöt sig för att flyga närmare och ta en titt. Den första gruppen djur hon mötte var någon sorts vidriga svarta vargar, det måste vara dem som Leon berättat om. Ett femtiotal meter längre bort såg hon hur väldiga vildsvin borrade ner sina huvuden och sprang rakt mot Cragias ångmaskiner. Ett snabbt beslut senare flög hon bort mot vildsvinen, de var stora, tunga och kunde antagligen göra väldig skada. Hon såg att vakterna, som nu var tillbaka, samlade sig i en trupp med sina armborst och verkade vänta in vargarnas attack.

När hon var tillräckligt nära de skenande vildsvinen och kunde känna dem i sitt energifält satte hon med en gest upp en vägg framför dem. Just då delade gruppen upp sig i två mindre grupper, vek av åt var sitt håll och missade precis väggen. De tänkte anfalla maskinerna från var sitt håll. Hon var tvungen att välja den ena gruppen och satte nu upp en ny osynlig vägg framför dem, innan de skulle hinna träffa den första maskinen. Under tiden sköt kanonerna stålkulor och lyckades träffa några av vildsvinen som blev liggandes livlösa i den vita snön. Djuren träffade Frejas magiska mur och där tog det tvärstopp. Allihop såg ut att dö omedelbart, hon kunde höra kropparnas hårda dunsar och det skarpa ljudet när nackarna knäcktes då de träffade den osynliga barriären med all kraft. Samtidigt hördes ett öronbedövande gnissel av metall och skrik från soldater bakom henne, där flera ångmaskiner nu låg sönderslitna och förstörda. Några av vildsvinen hade dött i sammandrabbningen men det stora flertalet fortsatte rakt mot nästa maskin. Hon kunde se hur männen i panik hoppade ur den och flydde.

Vargflocken slet samtidigt överlevande från de förstörda

maskinerna i stycken och sprang nu mot vakterna som avlossade sina armborst, där magasinen med sex pilar snabbt tog slut och alla laddade om. Tre vargar hade dödats av pilarna men det var nästan tjugotalet kvar. Freja tog sitt beslut och flög dit så fort hon kunde. När vargflocken nästan var framme vid vakterna såg hon en av dem, en kvinna, dra sitt svärd och springa rakt mot flocken. Freja förstod att hon tänkte offra sig genom att fördröja flocken tillräckligt länge så hennes vänner hann ladda om och försvara sig. Nu var de innanför energifältet. Hon vågade inte sätta upp en vägg med risk att träffa kvinnan, det var dags att försöka något nytt, något hon förberett sedan innan. Ur hennes elektriska nätverk uppstod nu kraftiga urladdningar från ljusbågar ovanför vargarna, bågarna for knastrande genom luften och träffade djuren som plötsliga blixtar. Det small ordentligt för varje ljusbåge och lät som ett helt smatterband när odjuren en efter en förvandlades till en hög med svart aska på snön. Kvinnan med svärdet hade nu tre överlevande vargar kvar framför sig. Hennes vänner, som laddat klart, sköt sina salvor med pilar och alla tre vargarna träffades. Det gav kvinnan tillfälle att hugga ihjäl en av dem direkt. Freja for ner och stannade i luften bredvid henne. Hon skickade två klotblixtar, en från varje hand, mot de två vargarna som var kvar och de klövs genast på mitten i en blodig explosion. Freja och kvinnan tittade bekräftande på varandra innan hon åter lyfte och flög åt andra hållet.

Hon hade hört kanonerna dundra, hur maskinernas metall skrikit och förstörts bakom sig under tiden. Ytterligare tre ångmaskiner var förstörda. Det var fem vildsvin kvar som nu var på väg mot Kapten Bazbez stora maskin. Den avlossade ett skott och missade odjuren, men de var nu inom hennes energifält. Hon ställde sig i luften mellan de nu tilltufsade och blodiga bestarna och Kaptens maskin. Hon såg att djuren tvekade när de fick syn på henne. Den som fjärrstyrde dem visste nog vad hon gjort med de andra varelserna. De fem vildsvinen kastade sig plötsligt åt ett annat håll och tog sikte mot en annan ångmaskin. Men det var för sent. Freja hade redan aktiverat sin nya formel med de sex väggarna som från alla riktningar slöt sig in mot gruppen. Bestarna slog nu i den närmaste väggen, försökte sedan fly åt ett annat håll, bara för att slå i nästa vägg. Till slut hade hon dem infångade i sin energikub framför sig. De, eller den som styrde dem, hade nu förstått att de var fast och djuren stod frustande och stampade i mitten av den osynliga buren. Freja landade på snön bara några meter från dem, ett av vildsvinen kastade sig genast mot henne men studsade bara tillbaka från barriären. Kapten Bazbez och flera andra soldater kom försiktigt närmare med dragna vapen.

- De är fångade i en osynlig magisk bur, ni behöver inte vara rädda, sa hon.

- Vi måste döda dem, sa Bazbez.

Hon såg in i ögonen på det väldiga vildsvinet närmast henne. De var svarta och fyllda av hat. Svinet skrek till och märkligt nog lät grymtningarna som ord. Som om djuren skrek "råtta" åt henne om och om igen. Hon tvekade. Men det fanns inget val, hon kunde inte släppa dem fria, de skulle genast attackera och döda alla de kom åt.

- Du som styr och plågar alla stackars djur, jag kommer att leta överallt efter dig, tills jag hittar dig. Du ska inte komma undan dina vidrigheter och du kan inte gömma dig för alltid, sa hon känslosamt till det närmaste svinet och därefter lät hon buren kollapsa inåt. Alla vildsvinen krossades omedelbart och snön färgades mörk. Det var över.

Alla hyllade henne, de stod och skanderade "Beskyddare, Beskyddare", men hon mådde inte bra. Att ta liv på det här sättet gick emot hennes principer som mänsklig varelse, hon var bedrövad. De hade visserligen varit förvridna bestar och fjärrstyrda, men de var ändå ett liv och liv var heligt för henne. Men hon hade inte haft något val, precis som med fåglarna var det antingen dem, eller hon själv och hennes vänners liv det gällde. Hon förstod nu vad

Rossiliana sagt till henne om styrka och ansvar, det vilade tungt på hennes axlar nu.

Efter att ha samlat sig kunde Kapten Bazbez konstatera att de förlorat hälften av sina kanonmaskiner och en tredjedel av männen. De bar varsamt in både skadade och döda i de maskiner som fortfarande fungerade. De döda skulle begravas med hedersbetygelser när de kom fram till Kungsgaard, förklarade Bazbez för henne. Tyvärr kunde hon inte hjälpa till att hela de skadade, det var en magi hon inte lärt sig ännu, men hon gjorde en mental notering att forska efter den formeln framöver. Bazbez försäkrade att de hade flera bra läkare med sig och även om de inte kunde jämföras med riktiga helare så hade Cragia forskat en hel del i vetenskaplig läkekonst.

Det hann bli mörkt när allt var klart och Kaptenen gett sina order till alla, utom vakterna, att försöka sova så gott det gick. De behövde ge sig i väg tidigt på morgonen därpå, Kungsgaard kunde mycket väl vara i fara.

Hon märkte hur alla nickade respektfullt och bugade sig lätt åt henne när de gick förbi, det kändes märkligt. Tankarna vandrade i väg och hon undrade var Leon befann sig, hon saknade hans sällskap och behövde tröst och snälla ord. Freja beslöt sig för att följa Kaptenen till hans stora maskin och få lite sömn där till besättningens stora glädje och lovord.

Hon kunde känna hur den gamla ångesten grep tag i henne och ville dra ner henne i mörkret, mörkret där hon skadade sig själv. Det var med ett tungt hjärta hon till slut somnade och beslutade, om inte annat för sin egen sinnesfrids skull, att den som låg bakom allt detta skulle få betala dyrt för allas lidande.

General Yoshiro Bushido visade stolt upp sitt samurajsvärd, ett ta-chi, föregångare till katanan, för Amina.

- Det har varit i min släkts ägo i snart tusen år. Mina förfäder kom från Japan genom portalen i Kina.

Generalen undersökte nyfiket hennes svärd under tiden.

- Ert ser lite yngre ut?

- Ja, det är ungefär 400 år gammalt.

- Åh, det är väldigt vackert.

- Tränar ni både kampsport och svärdskonst?

- Alla soldater i vår armé utbildas i både traditionell wushu och vapenstrid.

- Intressant, både japansk och kinesisk kultur?

- Ja för oss gör det ingen skillnad, vi vördar alla våra traditioner högt.

Under tiden slog sig Leon ner på en träbänk bredvid Per. De befann sig i en stor öppen paviljong med körsbärsträd och mark av ljust stampat grus med inslag av gröna växter, det var en solig dag och fåglarna sjöng sina vackraste sånger. En lätt vind fångade några rosa blad från träden och förde dem långsamt genom luften ut över den öppna platsen. De skulle snart få bevittna en uppvisning i svärdskonst, Generalen hade insisterat. Alla reste sig när Kejsarin-nan kom in och satte sig på en tron av trä på paviljongens långsida, med en vakt på var sin kant och Kapten Xoo plikttroget precis bakom sig.

- Leon, Per, sitt här hos mig är ni snälla.

De tog snabbt plats på en bänk bredvid tronen och en signal skar genom luften. Åtta soldater kom fram mot mitten hållandes var sitt svärd framför sig. De var klädda i något som påminde Leon om de vita dräkter han och Amina brukade träna med. Gruppen bugade sig djupt för kejsarinnan, Leon och de övriga. Både Generalen och Amina hade nu satt sig bredvid dem på bänken och tittade uppmärksamt. De åtta började att parvis fäktas med sina svärd. En del var likt den japanska katanan och en del såg ut som det kinesiska traditionella dubbeleggade jian-svärdet. Soldaterna var mycket skickliga och paren växlades om att visa upp sina konster med varandra. Efter en stund var de klara och en av soldaterna dröjde sig kvar. Han utförde en form av kata, schemalagda rörelser, med sitt jian samtidigt som han väldigt akrobatiskt utförde eleganta volter i luften för att slutligen landa mjukt och ljudlöst som en katt på knä framför Kejsarinnan, som reste sig och klappade sina händer. Alla ställde sig då upp och applåderade gruppen för deras skickliga uppvisning.

- Är det möjligt att vi kan få se en jordisk uppvisning också? undrade Generalen menande mot Amina.

Hon nickade och steg ut i mittcirkeln och utförde en av sina inövade kator med sitt gamla samurajsvärd. Leon var stolt över henne, hon var graciös och smidig som en katt och utförde sina rörelser med felfri timing. Hon fick stora applåder efteråt och bugade sig djupt inför kejsarinnan.

- Jag har förstått att ni Leon också har övat en del svärdskonst? frågade Kejsarinnan.

Han blev ställd.

- Ja, jag har bara varit en enkel sparringpartner åt Amina.

- Det vore väl trevligt om ni kunde visa något?

Han förstod att han inte skulle komma ur den här situationen, gav sin stav till Per och gick sakta ut mot mitten. Amina bad om två träsvärd och fick dem genast av en soldat. Hon gav det ena till Leon.

- Vi kör samma kata som vi tränade sist, det kommer att gå bra, sa hon lugnande.

- Sist var jag 25 år och inte 70, så ta det lite lugnt är du snäll.

Han kände på svärdet och gjorde några hugg i luften, det kändes bekant ändå.

Amina gick ut hårt och han hade fullt upp med att hinna försvara sig i tid, hon förstod snart och gick ner en aning i tempo inför finalen där hon snyggt högg händerna av honom och sedan avslutade med hans huvud. Leon lyckades bra med sin del och dog teatraliskt på rygg med flaxande armar till allas förtjusning. De fick applåder och han såg att flera soldater nickade uppskattande mot dem.

- Mycket bra Leon-san sa General Bushido efteråt, jag har aldrig sett någon shaman eller magiker svinga ett svärd så där förut. Ni Amina-san är mästerlig, ett sant nöje att se er svärdskonst.

Per hade under tiden snabbskissat och färglagt en teckning där Leon i sin orangea dräkt sparrade med Amina i sin traditionella vita aikidodräkt med svart hakama-kjol och de vackra blommande körsbärsträden i bakgrunden. Han visade upp den för dem och gav den sedan till Kejsarinnan som ett minne. Hon blev mycket förtjust och Per såg åter ut att få lite mer färg på sina kinder.

Efter uppvisningen upplöstes samlingen och Kejsarinnan med följe gick in mot den stora salen där de skulle samlas och planera tillsammans med General Bushido. Efter någon timmes diskussioner slog Kejsarinnan Lian Zeitan fast att 4000 soldater på faxar med Generalen själv i spetsen genast skulle avgå mot Kungsgaard. Leon och de andra skulle givetvis också med. Yoshiro Bushido bugade och gav sig snabbt i väg för att förbereda deras avfärd. Kejsarinnan vinkade till sig Leon och de andra.

- Som Coor har du lyckats besegra Zatalocki och hans drake en gång förut, visa nu att även du Leon går samma öde till mötes.

- Jag ska göra allt jag kan, sa han med säkrare röst än hur han kände inombords.

- Per, jag vill att du tecknar och målar under er resa. Dokumentera allt som händer och kom sedan tillbaka hit, så får du visa och berätta alltihop för mig, förstår du?

- Med nöje Kejsarinna.

- Amina Azazza, jag vill att du skyddar dina vänners liv med ditt eget. Din skicklighet kommer att ställas på prov.

- Det är för det här jag tränat i hela mitt liv, sa hon bestämt.

De tog avsked och samlades utanför den stora kejserliga staden Xiakyo där den nu 4000 man stora hären var klar för avfärd. De tre vännerna fick varsin röd fax, alla red på röda faxar i Dullavar. Generalen själv gav med en bugning Leon en modern variant av ett samurajsvärd, en katana, med ett handtag klätt i orange mjukt läder.

- Ni har visat att ni inte bara är en magiker Leon-san utan också har en sann krigares själ.

Leon bugade tillbaka, tackade Bushido så mycket och satte svärdet med sin skida i bältet på sidendräkten och steg upp på den bastanta faxen.

Till trumpeternas stötar sattes hären sedan i rörelse mot sitt mål. Långa rader av stadens invånare vinkade och önskade dem lycka till, han kunde se att Kejsarinnan själv beskådade deras avfärd. Det skulle ta dem två dygn att nå Kungsgaard om de red snabbt, så det fanns ingen tid att förlora.

Leon kände allvaret nu, kanske var de på väg mot sin död. Han kände med handen sin Qwand innanför dräkten och hoppades att den och Askasur skulle skydda dem på något sätt. Han förstod fortfarande inte vad hans roll var, eldfågeln hade sagt att han hade ett öde, men vilket? Vännerna dök upp i hans tankar, var fanns de nu, levde de ens? Han kunde se Frejas vackra ansikte framför sig och en stark ängslan skar till i bröstet på honom, vart hade hon tagit vägen, skulle han någonsin få se henne igen?

Han hade knappt sovit alls den natten, plågad av oro och tankar på vad som väntade dem. Men Amina var sitt vanliga pigga jag och spred energi omkring sig när de åt en stadig frukost och drack baasa som gjorde Per förtjust.

- Inte som kaffe, men åt det hållet. Jag tar en kopp till, smackade han.

- Det tycker jag, det finns olika nötter som de gör baasa på, den i Cragia var stark och den här mer som vår mellanrost?

- Bra där, sa Per. Jag måste få med mig olika nötter hem sedan.

Om vi nu kommer hem, funderade Leon.

Lägret var nedmonterat och allt klart för avfärd när Bushidos scouter kom tillbaka.

- Fienden ligger en halv dagsresa före oss, General. De är många, vi såg dem tydligt redan på långt håll.

- Då är de mellan oss och Kungsgaard, sa Generalen. Hur stor är hären?

- Svårt att säga på det avståndet General, men säkert tre gånger så många som oss. Dessutom såg jag horder med djur bakom dem och många fåglar cirkulera i luften.

- Vi får akta oss för deras djur, de är fjärrstyrda. Ser de oss vet snart varenda fiende var vi är, sa Leon.

- Leon-san har rätt. Vi får ta en rutt något mer söderut och runda dem mot Kungsgaard, om vi nu hinner före. Fortsätt hålla dem under uppsikt.

- Ja General.

Hären sattes åter i rörelse, nu med en justerad kurs. Skulle de hinna fram till Kungsgaard innan fienden, skulle de bli upptäckta på vägen dit?

Den lilla bläckfisken i buren tjöt av sorg och ilska.

- De är döda, allihop, Fars djur är döda.

Smil hade varit ovanligt lugn, hon kunde se vreden i hans röda ögon, men hans röst förblev stadig.

- Berätta vad som hänt Az-Eko.

- Alla vildsvin och vargar, döda. Det var hon, hon, den svarta flygande råttan som dödade dem.

Xinthia fick kalla kårar utmed ryggraden, hur var det möjligt?

- Hur Az-Eko.

- Det kom osynliga murar i luften, hon knäckte ihjäl dem, de sprang mot sin död. Sedan fångade hon resten i en magisk bur innan hon dödade dem alla, väggarna föll ihop. Hon bara dödade dem Far! Hon sa att hon skulle komma efter oss.

För ovanlighetens skull var Smil tyst ett ögonblick. Xinthia visste inte om hon själv skulle klara av att döda alla djur Zatalocki sänt mot Cragias maskiner. Hon som ändå tränat magi i hela sitt liv. Hur kan den svartklädda lilla kvinnan klara det? Hur hade jordkvinnan sådan magisk kraft? Magiska burar och osynliga väggar? Flyga?

- De Cragianska maskinerna Az-Eko, fick du förstört dem?

- Hälften förstörda, men tiotalet är kvar. De gick på ånga, stora maskiner.

- Bah, tio maskiner kommer inte att göra någon skada. Vi tar dem när de närmar sig. Håll ett öga på dem med några örnar på avstånd och säg till när de kommer i närheten. Den där kvinnan kommer jag själv att ta hand om.

- Ja Far, de måste dö, råttan måste dö!

Hon var inte lika säker som Smil på maskinerna, Cragias vetenskap var beryktad, de kan fortfarande utgöra ett hot. Men hon sa inget.

Xinthia red den svarta faxen bredvid Smil och vargmannen Fenrir. Alldeles bakom henne red den där store gröne som kallades Gryhm, hon kunde känna i nackskinnet hur han blängde ilsket på henne då och då. Han hade kommit tillbaka från en spaningstur med en död skuggkrigare, ett dåligt tecken. Då visste fienden var de fanns någonstans och hur deras här såg ut.

Zatalocki hade blivit rasande och slagit den gröne med sin stav men det såg inte ut att bekomma besten.

- Levande Gryhm, varför är kräket inte levande?

- En kvinnoskugga dödade honom Far.

- Var är kvinnan?

- Hon blev osynlig och försvann Far.

Smil hade slagit honom igen, hon kunde se blod, men den gröne var oberörd. Magikern hade i raseri gjort lerhögar på marken med den döde skuggkrigarens kroppsdelar och mumlande kallat på den dundrande åskan. Blixtarna slog ner i högarna och ur dem steg tjugoen långsmala grå varelser med vita ögon som genast fick rustningar och vapen.

- De är skuggvarelser, de kan se fiendens skuggkrigare även om de försöker göra sig osynliga, sa Smil och skickade ut dem i mindre grupper för att patrullera området omkring hären.

Hon kände på sin Qwand där den låg mot hennes halsgrop. Kraften var betryggande, hon kände sig stark, men hon fick inte visa Zatalocki sin styrka. Hon måste låta honom få vara överlägsen, få hans ego att avslöja mer hemligheter, mer magi. Hon hade försökt locka ur honom hur han själv kunde se de osynliga krigarna, vilken sorts magi det var, men han hade bara hånlett och varit tyst. I värsta fall fick hon komma till honom på natten och ge honom det hon visste att han så gärna ville ha, hennes kropp. Men inte ännu. Hon bet hårt ihop käkarna av bara tanken. Inte ännu.

De kunde se Kungsgaard framför sig, stadens ljus lyste vid den ännu mörka horisonten och Zatalocki skrek ut order till sina befälhavare som snabbt red bort till sina trupper. De sände ut sina örnar för att på långt avstånd kunna läsa av vilket motstånd som fanns inne i staden. Månsystrarna var på väg ner över himlen och Moder Elafagur var snart vaken igen. Då skulle de stanna och förbereda sina krigsmaskiner, de skulle belägra staden och bombardera den dag och natt innan de anföll. Stadens murar och byggnader skulle raseras tillsammans med invånarnas moral. Stora mörka massor av förvridna fåglar skulle störta ner mot dem från himlen och döda alla de kunde se. Det var inte intressant för dem om någon människa därinne överlevde. Snarare behövde de nya lik för att få sin här att växa sig ännu starkare.

Den lilla bläckfisken talade snart om för dem hur Kungsgaards trupper var fördelade och att de hade fem stycken katapulter utplacerade bakom muren. Smil gjorde dem till en prioritering och gav order om att alla krigsmaskiner skulle börja med att förstöra katapulterna och efter det bombardera murarna och staden till smulor.

Hon kunde se den stora skuggan på marken växa av draken Pest, som gled fram ovanför dem. Smil ville att han skulle ta en sväng över staden och låta alla där få se honom, få dem skräckslagna. En stad i skräck var en slagen stad.

De hade sett Zatalockis stora här vid gryningen, vakternas lurar hade varnat och väckt staden. Sekel som fortfarande var nedslagen efter skuggfärden, kom snart upp på muren och såg fiendehären på långt avstånd sakta närma sig, för att sedan stanna helt. De var för långt bort för Kungsgaards bågskyttar. Alla såg sedan när den väldiga svarta draken kom flygandes över staden. Befäl skrek och soldaterna sköt sina pilar, men de studsade bara mot drakens pansar. Folkmassorna som samlats sprang i panik när skuggan kom över dem. Deras stora katapulter, som kanske skulle kunna hjälpa dem, var inte byggda för att sikta så högt upp mot himlen och blev inte till någon hjälp.

Sekel märkte hur uppgivna soldaterna blev, hur skulle de kunna försvara sig mot något sådant? Plötsligt dök draken ner mot muren en bit bort och grep tag i flera soldater med sina väldiga klor, hon kunde se hur de slets i stycken och hur resten av soldaterna sprang därifrån i panik. Besten stod still i luften för ett ögonblick och bara såg på dem allihop, vände sig sedan om och flög sakta bort mot fiendehären. Strax därefter började de första flammande stenblocken regna över staden.

Senare på eftermiddagen låg alla fem katapulterna i spillror. De hade lyckats slå ut tre av Zatalockis maskiner, men det fanns sju kvar och de fortsatte att terrorisera staden med brinnande stenblock. Kung Patrick samlade åter sina främsta befälhavare. Rossiliana och Sekel skulle också vara med.

- Detta håller inte, de kommer att bombardera oss i småbitar, vi har redan många döda och skadade. Hus har raserats och delar av muren har på sina ställen gett vika helt och nu var det inte längre något som hindrar dem från att komma in i staden den vägen.

- Det är precis samma taktik som de använde mot Furuvik, sa Sekel. Till slut fanns varken människor eller stad kvar, vi måste gör något. Zatalocki har varit smart nog att attackera oss i gryningen så vi inte har kunnat använda oss av våra skuggkrigare på hela dagen. Men snart blir skuggorna långa och Modern ska lägga sig för natten, då är det vår tur, då måste vi slå till.

- Fröken Sekel har rätt, vi måste slå till och det hårt, sa Patrick med pressad röst.

- Vet någon när Cragias maskiner skulle vara här? undrade General Bastix.

- Förmodligen nu ikväll, sa Rossiliana, som fortfarande kände sig oroad och undrade vart Leon och Freja tagit vägen, ingen hade hört något från dem.

- Vi väntar på Cragias maskiner tills mörkret faller, men sedan måste vi gå till attack för att rädda staden. Varenda en av Zatalockis maskiner vi kan lyckas förstöra gör stor skillnad. Jag föreslår att skuggkrigarna försöker attackera den längst åt söder, vid härens flank. Under tiden gör mina män en skenmanöver där, för att dra uppmärksamheten ifrån er, nickade Generalen mot Sekel.

- Har vi tur kanske vi kan slå ut ett par maskiner på det viset, sa hon.

- Några av mina magiker kan följa med på skenattacken och skapa kaos bland fienden, sa Mästaren.

Kung Patrick slog i bordet.

- Utmärkt! Då väntar vi tills solen gått ner, har inte Cragias förstärkning kommit sätter vi planen i verket.

De kunde alla höra ett stort oväsen utanför i staden, något måste ha hänt. Plötsligt slogs salens dörr upp och ett befäl sprang in.

- Ers majestät, Cragias maskiner, de är på ingång!

Bakom mannen steg en svartklädd kvinna fram och gick med allvarlig min in genom dörren mot dem. Sekel såg genast vem det var.

- Freja!

Skuldkänslorna tyngde henne efter gårdagen. Alla dödade djur gjorde ont i henne. De var visserligen förvandlade till monster och styrda av någon annan, men ändå, de var liv som hon hade tagit. Freja visste att hon var tvungen att acceptera alltihop, hur ska hon annars kunna fortsätta, de var ju på väg mot ett krig. Men mörkret inom henne, det som gjorde ont, det som en gång fått henne att skada sig själv, hade väckts till liv. Här fanns inga datorer, appar att programmera eller företag att hacka som kunde få mörkret att ge vika. Här fanns bara hon själv och hennes nya magi. Den härliga väldiga kraften och energin inom henne som fortfarande var starkare än mörkret och höll det på plats. Men mörkret skar upp blodiga sår inombords, skåra för skåra. Hon visste ännu inte hur hon skulle hantera det. Freja skakade på huvudet, fokus nu, fokus på uppgiften.

De kvarvarande tio ångande och frustande kanonmaskinerna följde henne där nere i den snötäckta kuperade terrängen. Flera stora stenblock låg i vägen framför dem. Hon gjorde som hon gjort många gånger under dagen och flög bort till blocken, lät dem komma in i sitt energifält, lyfte upp och flyttade dem en bit bort, ur vägen för maskinerna. På det viset sparade de mycket tid då det funnits gott om hinder under deras färd. När hon satte ner ett av blocken såg hon rökpelare stiga mot skyn borta vid horisonten.

Nog var det något som lät också, dova smällar? Efter att ha meddelat Kapten Bazbez om det hon sett och hört lämnade hon dem för en stund och flög mot ljudet och steg ännu högre upp från marken. Nu såg hon långt och det var många rökpelare därborta. Hon ökade takten.

Snart förstod hon att det var Kungsgaard som låg framför henne, en stad under belägring. Hon flög nu högt över hustak och torn. Därnere låg staden delvis i spillror av de stora flammande stenblocken som for fram genom luften från hären långt där borta. Det var alltså Zatalockis krigsmaskiner som hon hört berättelser om. Förödelsen var på sina ställen stor, där låg döda människor tillsammans med nakna krossade byggnader och hus.

Hon såg en familj springa på gatan under sig, med ett litet barn som sackade efter och inte orkade hänga med i föräldrarnas tempo. Samtidigt kunde hon se ett stort brinnande stenblock som var på väg mot dem genom luften. Några snabba beräkningar i huvudet sa henne att den förmodligen skulle träffa barnet och också kunna döda resten av familjen i nedslaget.

Under dagen som gått hade hon fått tillfälle att skapa flera nya magiska formler, hon kände sig nu tvungen att testa en av dem. Med ett par handgester ändrade sig energifältet och skapade en genomskinlig klotformad sköld runt henne. Hon beräknade stenens bana och åkte ner till en punkt där den skulle träffa henne i stället för familjen. Detta var livsfarligt, skulle inte hennes sköld hålla skulle hon säkerligen krossas, dö. Men hon kände att sorgen och mörkret inom henne krävde en försoning för de liv hon tagit, genom att göra gott, genom att rädda liv, det var värt risken. Stenbumlingen kom snabbt emot henne, den växte framför henne, projektilens bana såg rätt ut. Nu.

Freja skakade till i luften av kollisionen men skölden höll. Stenen studsade som mot ett klot av gummi och for i väg åt motsatt håll, samma håll den kommit ifrån.

När hon programmerade den nya skölden la hon in i formeln att allt som träffade den skulle studsa tillbaka med exakt samma energi och med samma bana som det kommit ifrån. Enligt hennes beräkningar skulle stenbumlingen fara tillbaka och träffa maskinen som skjutit i väg den. När hon skapade den klotformade skölden var hennes tanke att om fienden sköt en pil mot henne så skulle den fara tillbaka mot skytten, en otrevlig överraskning.

Freja tittade ner mot familjen som i sin tur stirrade upp på henne, de hade sett alltihop. Hon visste inte varför men vinkade åt dem och barnet vinkade ivrigt tillbaka. Det kändes bättre i bröstet. Hon satte fart uppåt och kunde se hur stenen nu träffade och förstörde en av Zatalockis krigsmaskiner där borta, det kändes ännu bättre. Nu var det sex maskiner kvar.

Tio minuter senare hade hon använt sin skyddande sköld om och om igen och nu var alla fiendens maskiner i spillror och tystnad infann sig samtidigt som solen, den stora Modern, gick ner för horisonten. Freja bestämde sig för att försöka kontakta de ansvariga i staden, kanske var Leon där, Mästaren? Hon flög in mot staden ner innanför muren och möttes av mängder med människor, mest soldater. Alla hade sett vad hon gjort, vilket resultat det hade fått. De skrek, hon kunde knappt höra vad, det var kaos.

Alla soldater som levt under stark press och dödshot det sista dygnet, fick nu utlopp för många motstridiga känslor på en gång. De skrek och hurrade för den svartklädde flygande magikern som räddat dem från dödsmaskinerna. Den första och enda framgången de haft sedan belägringen startade.

En liten trupp ridande på faxar närmade sig henne, de försökte få folkmassan att backa undan och låta henne landa. Hon såg att en av dem var ett befäl, hon landade framför honom.

- Jag är Freja, jag kommer med förstärkning från Cragia, finns Kung Patrick här?

- Tack Freja, Beskyddare! Ja Kungen sitter i krigsråd just nu, kom jag leder er direkt till honom.

Befälet och hans män banade väg genom folkmassan åt henne. De var snabbt framme vid det stora slottet som säkert varit vackert att skåda för bara något dygn sedan. Nu var flera torn raserade och väggar hade kollapsat av allt bombardemang, vissa delar av slottet hade rasat ihop helt. De tog den breda trappan och gick in genom en stor port som fortfarande fungerade, upp en våning och fram till en ny dörr. Befälet öppnade den genast utan att knacka och gick in.

- Ers majestät, Cragias maskiner, de är på ingång!

Därinne kunde hon se både Mästaren och Sekel, även Kung Patrick och flera högre militärer fanns runt bordet.

- Freja!

Hon såg Sekel komma och fick en kram innan hon hann reagera. Men den kändes bra just nu, hon hade längtat efter tröst i flera dagar och höll hårt om Sekel innan hon släppte taget.

- Beskyddare Freja har kommit ers majestät, hon har förstört alla fiendens maskiner!

Genom den öppna dörren kunde alla höra hur folkmassan där ute hurrade och sjöng, det kanske bara var en liten seger och de kanske alla snart skulle dö, men just nu hade de vunnit något.

Mästaren stod framför henne, tog hennes hand med bägge sina.

- Är du ok Freja?

- Det är ok, sa hon sammanbitet.

Hon kände hur händerna kramades och sedan släppte Mästaren taget.

- Välkommen in fröken Freja, verkligen trevligt att se er, sa Patrick. Kommer ni med goda nyheter?

- Zatalockis krigsmaskiner är förstörda, en ny formel jag jobbat på fungerade. Kapten Bazbez och den 18:e kanondivisionen från Cragia är på väg hit. Det som är kvar av dem. Vi blev attackerade av fjärrstyrda djur och bestar på vägen hit som tyvärr förstörde och dödade en del av vår trupp.

Alla ville sedan veta hur hon lyckats slå ut Zatalockis maskiner, så hon fick kort berätta om sin nya formel och hur den fungerat.

- Ryktet om er som en Beskyddare verkar stämma fröken Freja, utmärkt, vilka goda nyheter! Kung Patrick såg både glad och lättad ut.

- Då kanske vi ska lägga om våra planer ers majestät, sa General Bastix, nu när maskinerna är borta?

- Vi kan nog räkna med att Zatalocki också får ändra sina planer, sa Rossiliana, frågan är bara till vad?

- Följer de mönstret från Furuvik kommer de att närma sig och använda sina små maskiner som inte når oss ännu, men tro inget annat än att de är dödligt farliga, sa Sekel. Förmodligen kommer han att sätta in sina flygande fåglar också, eller ännu värre, draken Pest.

Alla tittade först på varandra och sedan på Freja. Mästaren tog om hennes axlar.

- Nej, det är inte hennes ansvar, draken är allas vårt bekymmer. Vi vet inte hur den kan stoppas. Coor lyckades besegra Zatalocki och draken, men det var med Askasurs hjälp. Jag, Freja och mina magiker från Glorien får försöka hitta något sätt, medan ni fokuserar på deras mindre maskiner och den stora hären som snart kan vara över oss.

- Är inte Leon här Mästare?

- Nej min vän, bara hans medvetslösa kropp.

- Inte hans vänner heller?

- Vilka vänner?

Freja fick förklara var de tagit vägen den gången och att både Amina och Per följt med dem i tunneln där de splittrats upp.

- Leon är stark Freja och har både sin Qwand och Askasur med sig, sa Sekel, Coors kropp lever fortfarande, då gör Leon det också.

Freja blev berörd och såg tacksamt på Sekel, kvinnan hon först känt en stark svartsjuka mot men sedan förstått att hon haft helt fel.

Sekel var Leons vän, då var hon också Frejas vän.

- Tack, sa hon.

- Jag föreslår att jag och skuggkrigarna tar oss ut och spanar på fiendehären, ser deras status, kanske förstöra några av de mindre maskinerna. Mörkret är till vår fördel nu innan det ljusnar igen.

- Bra fröken Sekel, sa Kung Patrick som nu fått ny energi i rösten. Kanske ska vi ändå samtidigt göra ett skenanfall General?

- Ja ers majestät, vi låter en liten trupp med bågskyttar smyga ut och beskjuta flanken och ser om den fällan kan fungera.

Mötet skingrades och alla hade sina uppgifter. Freja gick ut med Rossiliana på innergården där de sex magikereleverna nu samlats. De välkomnade henne med stor respekt och glädje, ingen hade missat hur Zatalockis maskiner förstörts.

- Jag måste tillbaka till Kapten Bazbez och kanonmaskinerna, för att se till att de kommer fram ordentligt. Men vi kommer den norra vägen och anfaller den flanken, säg det till Generalen.

- Det ska jag göra, var försiktig flicka.

Hon for rätt upp i luften och blickade mot fiendens här som nu förflyttade sig långsamt mot staden. Då hade nog Sekel rätt, de tänkte använda sina små maskiner. Sedan vände hon helt om och flög söderut.

Nu såg hon tvekan i ögonen på Zatalocki, för första gången fanns ett spår av rädsla där inne någonstans hos mannen som alltid var så kall och hänsynslös.

Alla deras stora krigsmaskiner låg nu i spillror. Stenarna de skjutit mot staden hade kastats tillbaka av någon liten flygande människa som plötsligt dykt upp långt därborta vid Kungsgaard. Xinthia visste precis vem det var, det fanns bara en svartklädd kvinna som kunde flyga. Var Freja här så var snart Cragias ångmaskiner det också. Hon kom på sig själv med att känna beundran inför den lilla jordkvinnan. Den magin hon visade upp var kraftfullare än något Xinthia sett förut, hon hade ingen aning om hur den skapades. Av det hon såg i Smil Zatalockis ögon hade han aldrig heller sett något liknande. De hade bara kunnat se på hur stenarna kommit tillbaka och krossat deras maskiner, sedan flög den lilla jordlingen ner bakom murarna i staden.

Zatalocki hade först bara stirrat ner i marken. En stund senare kom raseriutbrottet då ett befäl skrikande dog av hans blixtar. Hon visste att det var bäst att hålla sig undan. Han kom sedan fram till henne efter att ha skrikit order till några nya befäl som genast försvunnit i väg.

- Cragias maskiner kommer i norr, säger fåglarna.

- Maskinerna och Freja, sa hon mjukt.

- Maskinerna ska få ett varmt välkomnande, sa han hest, vi gömmer en hel styrka i gläntan i norr som tar dem i ryggen. Den lilla flygande kräket ska få träffa Pest, sedan ser vi inte mer av henne.

- Du skickar dit draken?

- Ja om du inte vill hantera det på egen hand? frågade han hårt.

- Kan Pest stå emot de där osynliga väggarna som bläckfisken pratade om?

- Du vet inte så mycket om Pest, eller hur? Smil hånskrattade.

- Hon kommer inte att förstå vad som hände. Han sköt upp hakan och stirrade på henne.

- Du ska också få vara användbar, kvinna.

- Det var på tiden, vad ska jag göra?

- Medan Pest tar hand om situationen i norr ska du och befäl Bombom få göra en attack i söder.

Han pekade bortåt med spetsen av sin stav, där den röda Qwanden lyste i mörkret.

- Du ser hur muren raserats därborta. Vi går in med tvåtusen soldater och bågskyttar för att ta över hela den södra delen av staden. Låt dem snabbt bygga en försvarsmur därinne av all raserad sten, sätt upp våra små maskiner och börja beskjut fienden i sidan och ryggen. Låt ingen leva, döda alla ni ser. Sedan kommer du tillbaka till mig, förstått?

- Förstått. Vem har befälet?

Hon såg hur hans röda ögon smalnade.

- Du har ännu inte gett dig till mig, accepterat att bli min drottning, då är det befäl Bombom som bestämmer och du som gör som han säger och så kommer det att fortsätta vara, sa han hårt.

Hon kände hur hon skakade inombords. Han förnedrade och förringade henne. Hon kände rädsla, hat och tvivel men tog sedan bestämt ett steg framåt och kysste honom på munnen.

- Självklart är jag din drottning, min härskare.

- Bevisa det nu, ge dig till mig.

Han pekade mot sitt stora tält och hon förstod att hon inte längre kunde komma undan, hon var tvungen att följa med honom in. Tjugo långa minuter senare kom de ut genom tältöppningen, Zatalocki med ny rapphet i steget.

- Du gjorde bra ifrån dig, sa Smil med ett leende på läpparna.

- Du med, sa hon aningens kort.

- Ge mig en arvinge i framtiden och du får allt du vill ha, sa han.

- Jag vill nog ha en del innan dess också.

- Det ska du få, nu är det du som tar befälet över trupperna och intar den södra delen av staden, förstått?

- Ja dom ska krossas.

Hon grät av skam inombords men vägrade visa honom någonting av det. Han hade visserligen varit oväntat mjuk och på sitt vridna sätt kanske en aning kärleksfull, men hon kände sig förnedrad och utnyttjad, dragen i smutsen. Men hon såg att han drog lite på munnen och verkade nöjd.

Så fick det vara tills vidare. Hennes egen hämnd, hennes plan på att bli den rättmätige Diktatorn av Primaria var viktigare än att han utnyttjade hennes kropp då och då. Hon blev plötsligt hård och hänsynslös, tryckte undan alla känslor, hämtade styrka från tankarna på sin hämnd, släkten Kabarias hämnd.

Hennes tid skulle komma, hon måste stå ut, samla kunskap och makt. Den dagen, eller natten för den delen, då Smil inte längre hade något att lära henne skulle hon sätta dolken i halsen på honom, se honom i ögonen när han förstod vad som hänt och skratta honom hånfullt rakt in i det döende ansiktet.

Sekel samlade sina skuggkrigare och gick igenom planen. De skulle gå ut via den norra porten och spana av fiendens flank. Hitta och förstöra deras mindre maskiner om det gick, försöka sabotera och skapa kaos lagom till att Cragias ångmaskiner kom och kunde gå till anfall.

Alla satte sig i en stor varm sal under jord, gick ur sina kroppar och susade osynliga ut genom försvarsmurens port i norr. De avancerade långsamt i mörkret mot fiendens eldar. Plötsligt såg Sekel rörelser i ögonvrån från gläntan av björkskog en bit bort. Hon gav Pall, som hon utsett som sitt närmaste befäl, order om att fortsätta avancemanget mot fienden så länge medan hon själv susade bort mot gläntan. På närmare håll kunde hon se att flera hundra av de gröna bestarna nu satt gömda i skogen med många av de mindre dödsmaskinerna. Dessutom hade de en hel skock av stora vildsvin med sig. Hon förstod att de lagt sig i ett bakhåll för Cragias maskiner, de tänkte säkert attackera dem i ryggen där de var oskyddade. Sekel var tvungen att ta ett beslut och susade snabbt i kapp Pall och truppen. Hon förklarade snabbt situationen för dem och gav order om att fortsätta attacken medan hon själv tog sikte söderut.

Efter bara fem minuters färd stötte hon på Cragias ångmaskiner, de gick långsamt framåt där i mörkret. De hade hängt oljelampor på utsidan av maskinerna för att få lite sikt omkring sig. Freja såg hon inte till, förmodligen var hon uppe i luften någonstans. Sekel ställde sig ett tjugotal meter framför den främsta maskinen och gjorde sig synlig och viftade med armarna så att de skulle stanna. Hon kände en vindstöt bakom sig och när hon vände på huvudet fanns Freja där i luften.

- Det var du Sekel.

- Freja, ja, vi måste få stopp på dem, de kommer att gå in i ett bakhåll.

Freja landade på den främsta maskinen och bankade på taket med sin stav. Plötsligt stannade de allihop och en lucka i taket öppnades, där en man med en vackert dekorerad vit turban stack upp huvudet.

- Kapten Bazbez, vi har en situation, kom ut.

Kaptenen och ett par av hans män kom ut genom en dörr på sidan av maskinen och Sekel fick förklarat faran för dem.

- Det finns flera hundra av deras gröna bestar med små krigsmaskiner och en hel del vildsvin därborta i björkskogen som tänker anfalla er i ryggen när ni åkt förbi.

De gjorde upp taktiken. Maskinerna skulle lägga om kurs och stanna en bit framför gläntan och på Frejas signal börja beskjuta den lilla skogsdungen. Freja och Sekel skulle fara dit i förväg och dra uppmärksamheten till sig och börja sabotera för fienden under tiden.

Hon märkte att Freja hela tiden var lite kort i tonen och väldigt allvarlig. Hennes ögon visade på fokusering och samtidigt en mörk sorg. Sekel kunde förstå att allting måste kännas betungande för henne, hon hade ett stort ansvar på sina unga axlar. Kaptenen samlade sina befäl och gav order, sedan skakade maskinerna till och var i gång med ett rosslande.

- Kom, håll mig i handen, sa Freja.

Hon gjorde som Freja sa.

- Jag ändrar lite i mitt energifält så det flyger dig också.

Sekel kände hur hennes kropp plötsligt blev tyngdlös och lyfte från marken. Hon höll Freja hårt i handen medan de långsamt for fram säkert trettio meter upp i luften, därifrån fick man en väldigt bra överblick. Maskinerna under dem satte fart nu framåt medan de själva snabbt närmade sig gläntan. Än kunde man inte se något onormalt med björkskogen.

- Vill du att jag sätter ner dig här? undrade Freja.

- Tack det blir bra. Vad ska vi göra?

- Jag tänker skapa kaos, sa hon kort.

- Bra då gör jag det också.

- Ta dig härifrån när du ser min signal.

- Hur ser den ut?

- Den kommer att lysa upp hela området.

Det var ingen idé att fråga mer, Freja var redan uppe i luften och i väg. Sekel susade osynlig fram ensam in i skogen.

Inatt var det mörkt, molnen skymde stjärnornas ljus och den enda ljuskällan som fanns kom från mångudinnornas bleka sken som försökte leta sig fram mellan molnens sprickor. Nu kunde hon se siluetterna av gröna bestar sittandes vid en liten maskin. En bit bort satt några till. Sedan förstod hon att de alla hade satt sig på en lång rad mellan träden så de fick fri sikt att kunna skjuta samtidigt.

Hon drog sin pilbåge och gömde sig bakom en björk i ryggen på den första lilla fiendegruppen, tog fram tre pilar, blev synlig och sköt i väg dem mot sina mål och gjorde sig sedan osynlig igen. Alla pilarna träffade, en av bestarna segnade ner och blev liggande medan de andra två skrikande av smärta hoppade runt för att hitta fienden. Samtidigt kunde hon höra oväsen och rörelse borta vid den stora fiendehären, det var säkert Pall och skuggkrigarna som börjat sina attacker.

De skadades skrik fick fart på andra bestar i närheten som kom springandes och letade efter henne med dragna vapen. Hon passade på att susa bort till en övergiven liten krigsmaskin och slog snabbt sönder den med sitt svärd, gjorde sig osynlig igen och upprepade sedan alltihop flera gånger. Nu var det kaos bland de gröna jättarna som förstod att de slogs mot en osynlig fiende. De började tända facklor och leta omkring sig, säkert helt emot de order de fått, för nu blev de synliga. Hon kände en rörelse i marken och såg horden av vildsvin som var på väg framåt. Marken skakade när de dundrade förbi och alla gröna kastade sig åt sidan. Kanske hade den som . styrde dem förstått att deras bakhåll nu var avslöjat och tänkte attackera ångmaskinerna medan det ännu fanns tid.

När horden kommit ut i gläntan såg hon Freja flyga ovanför dem göra några gester med sina händer och hur de stora djuren sedan brakade rakt in i en osynlig vägg. Det tog tvärstopp. Hon hörde hur nackar och ben knäcktes i kollisionen. De flesta av djuren dog direkt, medan resten mosades av osynliga väggar som kollapsade inåt. På ett ögonblick var hela horden bara en blodig massa som låg på snön och tystnaden var total. Hon häpnade över Frejas effektiva men samtidigt brutala magi och började förstå varför hon haft en sådan sorgsen mörk blick.

De gröna bestarna bredvid henne var också tysta för ett ögonblick, förmodligen chockade av det som hänt. När sedan den svartklädde magikern flög mot dem skrek de och började springa i panik. Hon såg hur Freja kastade blixtklot mot dem i närheten som omedelbart föll döda till marken och sedan for hon rakt upp i luften. Där skapades ett stort runt lysande klot omkring henne som lyste upp hela skogen och alla som fanns där. Sekel förstod att det måste vara signalen och susade genast därifrån. Hon kunde höra dundret från ångmaskinernas kanoner en bit bort och snart slog de första stålkloten björkskogen i spillror och krossade allt och alla som fanns därinne. Fiendens bakhåll var förlorat.

Medan kulorna slog sönder det sista av motståndet susade Sekel fort fram mot stridslarmet borta vid hären där skuggkrigarna fanns. Plötsligt hörde hon tunga vingslag i luften ovanför sig och kunde se den stora draken Pest segla förbi henne, bort mot björkskogen, bort mot Freja och Cragias maskiner.

Hon tvekade först men förstod att det inte var något hon kunde påverka, hon hade inte en chans mot någonting som Pest. Det gjorde ont i bröstet, men hon gjorde nog mer nytta med sina skuggkrigare än mot draken och kunde bara hoppas att Freja såg den i tid.

När Freja skapat ljusklotet runt sig kunde hon höra hur kanon-maskinerna sköt sina salvor och snart slets träden och de gröna trupperna under henne i stycken. Hon såg hur varelserna försökte fly men kanonerna sköt i snabb följd och ingen där nere hade en chans att komma undan. Det var ren slakt. Fler liv som gick förlo-rade. Hennes hjärta svartnade men hon bet ihop, det var inte över ännu. Sedan såg hon något stort mörkt på himlen komma mot henne, något som flög. Mångudinnan Ariane kom tillfälligt fram ur molntäcket och lyste upp världen med sin kunskap.

Freja såg nu direkt vad som var på väg mot henne, det måste vara den beryktade draken Pest. Hon visste egentligen inte vad draken kunde göra, i hennes värld av fantasyböcker sprutade drakar eld, men det gjorde de inte i den här världen, vad hon visste. Den kunde säkert döda med sina väldiga klor, men då måste den först få tag på henne. Nu var den inom hennes energifält. Hon slog genast upp en vägg framför den. Draken for rakt genom väggen som om den inte funnits där. Freja frös till, hon blev överraskad, innan dess hade ingenting kommit igenom hennes väggar, stått emot hennes magi. Hon förstod snabbt att hon måste flyga undan annars var hon snart fast i drakens grepp. Nu gällde det att flyga utanför dess räckvidd och samtidigt ha kvar draken innanför energifältet så hon fick till-fälle att testa med något annat. Tio ljusbågar skapades ovanför Pest och slog med tio smällar ner mot honom, men helt utan effekt, de studsade bara ut i tomma luften och gjorde ingen skada alls.

"Du är begåvad flicka, men din magi biter inte på mig."

Hon hörde rösten i sitt huvud, draken kunde alltså kommunicera med telepati.

"Hur kommer det sig?"

Hon såg hela tiden till att hålla avståndet till drakens väldiga klor.

"Jag är immun. Jag har levt i över 16 000 år och sett många små människor komma och gå från en dag till en annan. Vissa av er som magikern Zatalocki lever länge nog för att jag ska minnas dem. Dig kommer jag antagligen att ha glömt imorgon."

Freja tänkte hårt och fokuserat, hon kunde känna den mörka paniken vakna ur hålan inom sig och testa henne, testa hennes psyke. Samtidigt var magin stark, en styrka hon aldrig haft innan och den gjorde att paniken än så länge höll sig i schack, men det svarta hade växt i storlek nu.

Hon drog snabbt upp ärmen på sin dräkt och tryckte på sitt "A".

"Du har ingen chans att komma undan flicka, jag kommer snart att ha tröttat ut dig. Men du är talangfull och roar mig, så jag ska döda dig snabbt så du slipper lida."

"Varför gör du det här?"

Hon såg hur datakoderna fyllde himlen framför henne. Där var hennes egen magi, hon svepte bort kod för kod, var fanns drakens?

"För att jag vill. Om du levt lika länge som mig får du snart tråkigt. En sådan maktgalen liten människa som Smil Zatalocki roar mig, det händer alltid någonting i hans närhet. När du lever som mig, ett liv utan rädsla, utan att se något nytt, så måste du bli road. Just nu roar du mig lille magiker."

Där var han, Pest. Koden rullade snabbt fram. Hon kunde se nu, förstå varför han var immun, han hade en sorts magisk brandvägg som skyddade honom. Fastän hennes egen magi var krypterad studsade den bara mot brandväggen. Hon förstod vad hon var tvungen att göra – hon måste hacka draken. Men samtidigt som hon gjorde det måste hon också vara uppmärksam och hålla ett öga på omgivningen, hon fick inte ge honom en chans att komma för nära henne. "Kul att du känner dig road. Tycker du det är så roligt med liv som plågas och dör, är det inget som påverkar dig?"

"En gång i tiden när jag var ung påverkade det mig mycket om jag var tvungen att ta ett liv. Jag har sedan dess deltagit i många, många krig i den här världen, på olika platser och under olika civilisationers härskare. Men när åren gick blev människor som myror, några obetydliga stackare som lever ett ögonblick eller två och förvirrat går mot en snabb undergång. Ni dödar hela tiden varandra eller försöker döda mig. Till slut slutade jag känna någonting, ni saknar betydelse, den enda betydelsen ni har numera är om ni någon gång kan lyckas roa mig med något oväntat. Som du flicka, inte många har under mina 16 000 år flugit ifrån mig, du är den tredje som försöker. De andra två dog, precis som du snart kommer att göra."

Hon flög fram och tillbaka med draken på det tomma området mellan Kungsgaard och den fientliga hären och förstod att båda sidor såg hur Pest jagade henne. I sin ögonvrå kunde hon se hur soldaterna på stadens, nu delvis raserade, mur stod och såg upp mot dem. Sedan svepte hon bort kod, skapade ny kod, kopplade ihop den med ännu en ny kod. Hon byggde en trojan, den påminde mycket om trojanen Harpya som hon använt för att hacka militärens servrar. Den skulle hon lägga dold i en kulblixt och när drakens brandvägg aktiverades och stötte bort den, då skulle hennes trojan passa på att ta sig innanför och aktiveras. Den var snart klar, bara lite mer kod.

"Du kan flyga dig trött om du vill eller stanna och dö. Mig gör det detsamma men du börjar tråka ut mig människa, du kan väl försöka göra motstånd ändå?"

Klart.

"Det ska jag, nu."

Hon vände sig snabbt om i luften och flög baklänges, nu med draken framför sig, hon kastade flera kulblixtar mot Pest och såg samtidigt koden växa fram på himlen bakom honom. Blixtarna studsade som väntat, men hon såg koden då brandväggen aktiverades och hur hennes trojan lyckades smita in bakom försvaret.

Där, där kom koden som bekräftade att hennes trojan gjort sitt jobb. Brandväggen var knäckt, Pest var inte längre immun mot hennes magi, hon hade lyckats hacka honom. Freja tryckte lugnt på sitt "A" och koden på himlen försvann.

"Det var ett uselt försök flicka, bättre kan du."

"Jodå, det kan jag."

Plötsligt flög draken med ett stort brak in i en osynlig vägg, allt tog tvärstopp. Hon skyndade sig att krympa väggarna. Pest som aldrig i hela sitt liv känt av eller påverkats av någon magi förstod inte vad som egentligen hände honom. Efter den första förvirringen försökte han backa, men oavsett åt vilket håll han försökte ta sig tog det stopp, han var fast i en osynlig bur. Han förstod.

"Hur gjorde du människa?"

"Jag hackade din immunitet, ditt skydd."

"Fantastiskt. Magin du använde var den första som någonsin påverkat mig. Paniken jag nyss kände var det största och mest intensiva jag känt på många, många, tusen år, sedan tiden jag var ung. Tack människa för att du fick mig att känna någonting igen, känna att jag lever. Även om det inte var bra, så är jag tacksam. Vad heter du?"

"Freja."

"Dig ska jag minnas Freja, du är en av få människor som är värda att minnas."

"Du förstår nog att jag inte kommer att släppa ut dig, din magiska bur är krypterad och det är bara jag som har nyckeln att kunna befria dig och det kan jag tyvärr inte göra."

"Jag förstår när jag är slagen. Det har bara du och Askasur lyckats med."

"Vad hände egentligen när Coor och Askasur fick fast dig?"

"Åh, Zatalocki fick storhetsvansinne och förlorade mot magikern Coor, honom minns jag faktiskt, han var duktig och det sägs att han fortfarande lever, kul. Den enda som innan dig kunnat skada mig var Askasur, fågelns eld är gudomlig bortom magi och skulle dödat mig, jag var tvungen att ge upp eller upphöra att existera. För mig har tiden ingen betydelse. Jag visste att jag förr eller senare skulle vara fri igen, att alla skulle dö och försvinna under tidens långa gång, nya tider, nytt liv. Så kommer det att bli nu igen magiker Freja om du inte dödar mig, jag hamnar i ett fängelse, men tiden kommer att gå, jag kommer att bli fri igen, någon gång."

"Kanske det drake, men det kommer att dröja, så länge min Qwand vill ha mig kvar kan jag leva i flera tusen år."

"Jag ser fram emot att vi ska ha fler samtal i framtiden flicka, för du roar mig verkligen."

Hon lyfte med sig drakburen och flög med den innanför stadens murar och satte ner Pest på en stor gård. Gården fylldes snart med soldater som hurrade och sjöng hennes namn som Beskyddare. De höll sig på avstånd från buren, vissa försökte skjuta pilar mot draken men de studsade bara på hans hårda skal. Hon fick dem att sluta. Pest tröttnade snabbt på alltihop och la sig ner och såg ut att somna. Folkmassan delade sig plötsligt när Kung Patrick, General Bastix och Rossiliana dök upp.

- Min flicka, du gjorde det!

Mästaren kramade henne hårt, hennes långa gråa hår täckte för ögonen på Freja som passade på att blunda och tog tacksamt emot värmen. Hon behövde det, den kalla smärtan inombords åt på henne. Hon kramade tillbaka hårt och länge.

- Beskyddare, utmärkt, fantastiskt gjort, sa Kung Patrick ovanligt ivrig.

- Enastående bedrift, fyllde Bastix på med.

- Är du ok Freja?

Hon förstod att Mästaren såg att hon var plågad av någonting.

- Det är ok, jag kan vila sedan.

- Du har gjort nog, du kan vila nu.

- Nej... nej inte nu. Jag måste tillbaka och hjälpa Cragias maskiner.

- Jag sätter genast tjugo man att hålla vakt vid draken, sa Patrick.

- Det behövs inte, den osynliga buren är krypterad, ingen kan få loss honom utom jag och han kan inte komma någon vart.

Hon såg att Patrick inte förstod vad hon sa.

- Tjugo man blir bra, verkställ Bastix.

- Ja ers majestät.

Plötsligt kom en soldat springande från norr.

- Ers majestät, Cragias maskiner är här!

- Utmärkt! Bastix, se genast till att avdela en stor trupp som utgår från den norra delen och försvarar maskinerna mot fienden.

Generalen skrek ut order till befäl i närheten som genast satte fart.

Sedan hörde de skrik och oväsen från den södra delen av muren och en soldat som snabbt kom springandes emot dem.

- Ers majestät, de anfaller, de anfaller genom hålet söderut, vi kan inte stoppa dem!

Freja hörde orden väldigt långt bort, hon kände hur hennes krafter plötsligt tog slut, sedan svartnade det för ögonen och hon föll handlöst ihop på den snötäckta marken.

Hon såg en av skuggkrigarna göra sig synlig och med en lång kniv hugga in i springan mellan två pansardelar. De hade upptäckt att springan mellan just de två delarna blottade en svaghet hos de stora gröna. Hugger man in och samtidigt uppåt träffar man ett vitalt organ och de gröna bestarna dör oftast omedelbart. Efter hugget blev krigaren osynlig igen. Besten skakade till, ramlade ihop och blev sedan stilla på marken.

Sekel hade kommunicerat med sin trupp. De hade slagit ut ett tiotal fiender per man och förlorat fjorton egna. Närmare femhundra döda fiender var ett bra facit och en hel del av de små dödliga maskinerna var också utslagna.

Men nu verkade alla vara i fara, många skrek i hennes huvud, flera dog. Det hade dykt upp en ny sorts fiende som kunde se dem, trots att de var i det osynliga läget. Långa smala grå varelser med vita ögon som nu hade ihjäl hennes män. Hon kommunicerade till dem alla att genast slå till reträtt, tiden var ändå inne för det.

Det var inte långt kvar till att Moder Elafagur åter skulle vakna och lysa upp landskapet med sina varma strålar. Mångudinnorna hade redan sjunkit under horisonten och världen befann sig nu i det korta stilla mörkret innan dagsljuset återvände. Dessutom var Cragias kanonmaskiner snart här och då måste de vara ur vägen. De hade lyckats bra med att skapa stor förvirring och kaos hos fiendernas flank, men det var dags nu. Hon hörde efter en stund sina trupper rapportera att de nu kommit in genom den norra porten och var i säkerhet.

De hade alla sett nattens stora händelse, när Freja och draken Pest farit fram över himlen. Både hon själv, hennes krigare och alla fiender hade stannat upp mitt i striden och blickat med spänning mot det häpnadsväckande som hänt. Draken som först verkade helt oberörd av Frejas magi och jagade henne fram och tillbaka, men sedan hade hon på något sätt ändå lyckats. Efter att många av hennes stora blixtar lyst upp deras värld, men utan verkan, så hade hon plötsligt fått fast honom i en osynlig bur. Sekel hörde då hur fiendehären grymtade och gnydde oroat, ryktet om den svarta magikern hade redan spritt sig och nu fick de själva se vad hon kunde göra. De var rädda. Hela deras värld byggde på rädslan för Smil Zatalocki och hans magi. Nu kunde de se en annan magiker vars magi var minst lika skrämmande, de blev mycket rädda och tappade sin disciplin, blev sårbara för skuggkrigarnas attacker. Hon hade själv haft ihjäl flera stycken av dem, det var kaos i deras trupper. Hon förstod att Zatalocki höll på att förlora greppet om dem. Det blir intressant att se hur de kommer att reagera på Cragias stålkulor, hade de kanske en chans ändå?

Hon såg de långa smala grå skepnaderna en bit bort, de hade fått syn på henne trots hennes osynlighet och närmade sig snabbt, men hennes fart var högre. När hon kommit innanför den norra porten stängdes den av vaktande soldater, de var alla inne nu. Hon gick in i sin kropp i den varma salen under jord tillsammans med de andra. De var tolv skuggkrigare kvar, resten av kropparna var livlösa. Zatalockis nya skepnader hade lyckats döda många av dem på kort tid. Sekel kände sig skyldig, men Pall som överlevt, sa till henne på skarpen att ingen av dem mött sådana varelser innan och att det inte gick att förutse. Dessutom var det krig, då var man redo att möta den stora Modern igen. Sekel visste att han hade rätt, men det gjorde ändå ont i henne. De tolv kvarvarande skuggkrigarna ställde sig i en ring, höll varandras händer och bad sedan Moder Elafagur att ta emot deras stupade kamrater, låta dem få nytt liv hos henne och att de snart skulle ses igen.

Sekel gick efteråt till rummet där de haft krigsråd men det var tomt. En stund senare hittade hon Kung Patrick och Rossiliana utanför på gården, där hon en bit bort kunde se draken Pest ligga och sova i sin osynliga bur. Hon rapporterade vad som hänt och hur det gått för dem.

- Utmärkt fröken Sekel, ni har skapat kaos och död hos fienden. Nu är de försvagade. Vi har tyvärr under tiden förlorat hela södra delen av staden, en stor trupp har invaderat oss och byggt ett skyttevärn med små maskiner som de nu beskjuter oss med. Den rödhårige magikern har synts till där också. Samtidigt har vi nyligen fått veta att Cragias maskiner kommer hit från norr. Vi måste beskydda dem, de kommer säkert att bli attackerade.

- Var är Freja?

- Hon mår inte bra, hon tappade medvetandet och ligger i sjukhussalen. Din far tar hand om henne, sa Mästaren ledset. Vi får fortsätta utan henne.

- Jag måste dit och träffa dem, sa Sekel kort.

- Kan ni komma hit sedan fröken Sekel? Vi behöver organisera försvaret av Cragias maskiner.

- Vi är bara tolv skuggkrigare kvar och nu går snart vår Moder upp på himlen, då är vår fördel borta.

- Ni har rätt.

- Jag och mina magiker hjälper till, sa Rossiliana.

- Tack Mästare, ni får såklart med er en stor trupp soldater.

- Jag och de som är kvar av mina krigare kommer och hjälper er snart, jag ska bara snabbt besöka Freja och min far.

Mästaren la handen på hennes axel.

- Gör det som är viktigt, vi klarar oss så länge.

- Dotter!

Den store shamanen gav henne en kram värdig en stor björn och även Mistih gav henne en riktig omfamning. Hon tyckte om shamankvinnan och såg hur bra hon var för sin pappa, hon gav honom nytt liv. Pöllsa kom runt hörnet bärandes på en skadad soldat, nickade åt henne och lade ner soldaten i en av de tomma sängarna.

- Så du har hamnat här, sa hon.

- Ja jag hjälper din pappa och Mistih, men jag vill egentligen vara med där ute och möta fienden.

- Du kan följa med mig sedan, vi behöver starka män som dig för att försvara Cragias maskiner.

- Gärna det!

- Hon vaknar, utbrast Mistih plötsligt.

Alla sprang fram till sängen där Freja låg. Hon såg så skör och svag ut där i sin svarta uppenbarelse med sitt bleka försvarslösa ansikte som stack fram ur det vita lakanet. Hon öppnade sakta sina blå ögon och såg förvånat på dem allihop.

- Var är jag?

- Lugn, du är på sjukhussalen i Kungsgaard, sa Mastik.

- Cragias maskiner?

- Vi beskyddar dem, din Mästare är där med era magiker och många soldater.

Sekel kunde se den plågade blicken kalkylera.

- Jag och Pöllsa ska själva dit snart, jag ville bara se hur det var med dig.

- Jag vet inte vad som hände, jag kanske tog ut mig. Har ni sett Leon?

- Nej, ingen har sett honom. Men han dyker säkert upp, han vet ju var vi är och hans kropp lever fortfarande, förklarade Mastik. Den ligger härborta, sa han och pekade mot en säng i hörnet, vi sköter om honom.

336

- Här, ät lite av grytan. Den kommer att pigga upp dig, sa Mistih som varit i väg och hämtat en tallrik fylld med varm rykande mat.

Freja åt under tystnad, hon verkade utsvulten.

- Låt pappa och Mistih ta hand om dig så tar jag och Pöllsa och hjälper din Mästare, sa Sekel och kramade Frejas kalla hand.

- Jag kommer senare, jag ska bara äta klart.

- Du stannar här, sa hon bestämt, vi ordnar det.

Sedan gick hon och Pöllsa i väg och lät inte Freja få tillfälle att protestera något mer.

De gick snabbt upp på muren för att få bra överblick, solens strålar började skymta vid horisonten och man kunde se slagfältet tydligare nu. Den stora fiendehären var nu mindre, de hade lyckats slå ut delar av den. Det syntes att det var kaos i dess norra del där skuggkrigarna farit fram. Hon kunde också se Cragias maskiner snabbt avancera vid slottets norra del där de skulle stanna, redo att när som helst öppna eld. En stor trupp soldater med Rossiliana och hennes magiker fanns redan där ute för att möta upp och försvara dem. Samtidigt såg hon i söder hur staden var full av fiender, hon tyckte sig även se den rödhårige magikern mitt bland dem. General Bastix och större delen av Kungsgaards soldater försökte förtvivlat slå tillbaka fienden, men såg inte ut att lyckas.

De fann resten av skuggkrigarna vänta vid porten och red sedan ut på sina faxar. De frustande maskinerna hade nu stannat på en lång rad och plötsligt började det smälla ordentligt när stålkulorna for i väg mot fienden. Hon förstod genast varför Freja varit så bekymrad om maskinernas säkerhet. Kulorna slog rakt genom alla hinder och fiender på sin väg, det blev ett blodbad där de träffade och mer kulor var på väg. Hon såg en stor del av den fientliga hären genast bryta sig loss och rida rakt mot dem, det var minst fyra tusen ryttare. Hon uppskattade att de själva på sin höjd var femhundra försvarande förutom Cragias maskiner. Sekel såg på Pöllsa och de förstod bägge två att detta nog var slutet för dem.

De låg i kanten av skogen och blickade bort mot slagfältet, solens första strålar gav dem äntligen fri sikt. De hade legat och spanat där under slutet av natten och hela tiden hört stridslarmet framför sig, bara väntat på ljus för att kunna få överblick av vad som pågick. General Bushido låg bredvid honom på den lilla kullen tillsammans med Amina och flera officerare.

- Store Moder, fiendens här är verkligen stor, sa en av officerarna.

- De har tagit södra delen av Kungsgaard, rakt framför oss, sa Bushido, man ser striderna där.

Leon spanade intensivt men såg ingen han kände igen på murarna, ingen Freja, ingen Sekel. Men de fanns där, det kände han på sig.

- Vi måste hjälpa våra nordiska vänner i staden. Förbered trupperna på att attackera södra delen och slå ut fienden, sa Yoshiro Bushido bestämt.

Leon tittade på Amina.

- Nu är det allvar, sa han.

- Nu är det allvar Leon, sa hon och greppade skaftet på sitt svärd.

De kunde alla höra dundret av kanoner borta i norr och antog att det var Cragias maskiner som dykt upp. Det gav dem ett utmärkt tillfälle att själva attackera i söder. Bushido drog sitt tusenåriga samurajsvärd och skrek, flera soldater tutade i trumpeter som signal att de nu gick till attack. Den fyratusen man stora hären red med stort oväsen ut ur skogen och rakt mot de rivna murarna i söder.

Den stora massan av röda faxar, bärandes sina ryttare i rött vackert siden och svarta bröstplåtar med blänkande guldinslag, red i full fart med dragna katanor och jian-svärd, långa spjut och traditionella japanska pilbågar.

De överraskade fienden totalt när de anföll dem i ryggen. Den stora ridande hären slog snabbt ner motståndet vid muren, sedan gick det långsammare när de måste igenom murens smala raserade öppning. Därinne insåg den tusen man stora fiendetruppen vad som hänt och vände om sina små maskiner som nu spottade sina dödliga skurar av sten mot dem. Plötsligt nådde de varandra. Den röda armén brakade in i de gröna bestarna och det blev kaos.

Leon såg sig om och kunde se Per längre bak, sittandes på sin fax med block och penna i handen. Han tog sitt tecknande på allvar. Bredvid honom red Amina framåt för att attackera närmaste fiende. Längre fram såg han genast hur en rödhårig kvinna kastade blixt och död omkring sig omgiven av mängder med de gröna odjuren. Hon fällde alla som kom i närheten av henne med sina fräsande blixtar och genom att lyfta upp soldater i luften med sin magi och kasta dem rakt mot deras egna trupper. Striden var i gång för fullt omkring honom och den snötäckta marken började färgas röd, men han såg också att många tvekade inför kvinnan och hennes starka krafter. Han kunde se Amina en bit bort strida med sitt vackra gamla svärd och hur hon högg halsen av en av de gröna jättarna, men det kom många fler mot henne. Han insåg att han satt där overksam mitt i alltihop. Han med sin orangea Qwand och Coors stav. Han måste göra något, vad som helst. Faxen var orolig, frustade och stampade. Med fingrarna kramade han hårt sin Qwand.

"Hjälp mig Askasur."

Han fick inget svar, men kände hur magin började strömma

genom kroppen. Den flödade så där starkt och skönt som när han använt elden och förkolnat stenen. Nu fick det bära eller brista. Han uppmanade all kraft han kunde och kände hur elden kom ur händerna på honom.

Han kastade genast i väg två eldklot rakt mot fienden. De träffade flera av de stora gröna som omedelbart slukades upp av elden och deras förkolnade kroppar föll sakta mot den vita snön. Uppmuntrad av vad som hänt steg han nu av sin fax och ökade energinivån ytterligare. Den rödhårige Xinthia såg honom och skickade en stor trupp med gröna bestar mot honom. Leon höll ut sina armar med staven framför sig och nu vällde den fram ur händerna på honom. Som två stora floder strömmade den hungriga elden obevekligt framför honom och träffade den stora truppen, hundratals av gröna jättar som genast förvandlades till aska. Han riktade sedan en hand mot fienderna framför Amina och det blev ingenting kvar av dem. Han kände den mäktiga kraften, hur elden värmde, hur fienden blev rädda för honom. De gröna trupperna som var i hans närhet fick panik och sprang rakt mot General Bushido och hans mannar och dog snabbt för deras svärd och pilar.

Framför honom stod nu Xinthia i sin mörkt röda sidendräkt och nya röda stav. Han såg hur den gula Qwanden lyste på hennes hals.

- Så du har hittat din eld till slut jordling, skrek hon till honom i stridslarmet.

- Du har hittat blixtar, Xinthia?

- Ja Smil lärde mig, en av dem kommer snart att döda dig, som alla andra, du är bara en människa Leon.

- Eller så blir det aska av dig, sa han med oväntad bestämdhet.

Han kunde se rädslan i hennes ögon, men också styrka och fokus. Plötsligt svängde hon med staven och en blixt sköt mot honom. På ren reflex kastade han en eldboll mot blixten som fräsande förintades av eldsflammorna. Klotet fortsatte snabbt vidare och Xinthia hann inte undan, men hennes smidighet räddade ändå livet på henne då hon kastade sig åt sidan. Hon skrek av smärtan när elden träffade henne på höger sida. Huden på ansiktshalvan smälte och förvandlade hennes utseende, det röda håret brann fräsande upp i snabba eldsflammor. Han såg henne skrikandes falla ner på sina knän, sedan blev hon tyst. När Xinthia sedan såg upp mot honom, var hennes blick full av hat. Hennes hår var helt borta och ena halvan av ansiktet var vanställt. Leon höjde hotfullt sin stav.

- Ge upp medan du kan.

- Aldrig.

Hon gjorde en kort gest med handen och försvann framför honom.

Han blinkade snabbt till, vart tog hon vägen? Han såg sig omkring överallt, men kunde inte se henne någonstans? Sedan bestämde han sig för att släppa tanken på Xinthia. Striden var inte över, och hans vänner behövde honom.

Mer eldfloder strömmade fram ur hans händer och askan från fienderna framför honom färgade snön svart. De sista av bestarna slogs nu panikartat mot den överväldigande röda armén från Dullavar. Han såg Amina strida för fullt mot deras befäl. En kraftig grön jätte med svart rustning och ett långt spjut som han försökte spetsa henne med, men hon gled snabbt undan, svingade sitt japanska svärd och spjutet splittrades på mitten. Den gröne såg förvånat på stumpen i sin hand medan svärdet genomborrade hans hals och kroppen föll sedan sakta ihop. Hon fick syn på Leon och gav tummen upp.

Det blev oväntat tyst för ett ögonblick, striden var över, han insåg att de vunnit.

Sedan skrek alla Kungsgaards soldater vid sin mur högt sina segervrål och vinkade till dem, den röda armén svarade med glada tillrop. Hans magi hade nu dämpats och han klev upp på den röda faxen igen. Amina och General Bushido dök upp vid hans sida och dunkade honom i ryggen. En del av truppen avdelades för att vakta och försvara öppningen i muren medan resten av hären från Dulla-var red in i Kungsgaard där de hälsades av glada medborgare och soldater. När de kom fram till den stora gårdsplanen, framför det halvt raserade kungaslottet, steg de av och där väntade Kungen av Wolwar och hans General på dem.

- Förbaskat bra! utbrast Kung Patrick och skakade både Leons och Bushidos händer.

- Det var den mest oväntade, men också bästa hjälpen vi kunde få, sa General Bastix omskakat.

- Finns mina vänner här? undrade Leon.

- Åh, javisst de är här allihop, fröken Freja vårdas, hon har liksom ni gjort succé med sin magi.

- Vårdas?

- Leon!

Han hörde steg bakom sig och när han vände sig om såg han Freja, Mastik och Mistih komma springandes nedför den breda slottstrappan.

Freja var snabbt i hans famn och han kramade henne hårt. Värl-den stannade upp för ett ögonblick, han kände hennes kropp mot sin och hur hon skakade som av frossa. Han släppte efter en stund taget om henne.

- Är du ok Freja?

- Ja, jag är ok, lite matt bara.

Han ryckte till. Först nu såg han den stora svarta draken som låg på marken en bit bort, som betraktade honom med ett öppet öga.

- Ingen fara, Pest är fast i min krypterade bur, sa Freja som höll honom hårt i handen.

Han förstod inte riktigt vad hon menade, men tolkade det som att draken var oskadliggjord.

Mastik skakade hans axlar och gav honom en stor kram precis som Mistih.

- Vi har undrat var du varit, sa shamanen, så kommer du med en hel armé och räddar oss!

- Jag visste att Modern och din fågel vakade över dig, sa Mistih och log.

- Ni måste hälsa på mina vänner, kom Amina och Per, ropade han åt dem där de stod en bit bort.

Alla fick glatt hälsat på varandra. Kung Patrick skakade också hand med dem och prisade sedan General Bushido igen för Dullavars stora hjälp. Generalen förklarade att det var hans ärade Kejsarinna Lian Zeitan som skickat den stora hären till deras hjälp. Leon tyckte sig se en tår i Kungens ögonvrå, han var märkbart rörd och förklarade genast att det här skulle inte Wolwar glömma.

De kunde höra hur kanoner avfyrades i norr och hur marken dundrade av tusentals faxar.

- Vi måste nog tyvärr genast gå och se efter vad som händer, Cragias ångmaskiner har lämpligt nog anlänt, sa Patrick, nu med sin vanliga nyktra stämma.

- Min kropp? Finns den här?

- Den är här sa Mastik, den ligger i sjukhussalen, där unge fröken också borde vara, sa han menande mot Freja.

- Jag är ok, sa hon bestämt.

Han tvekade, men tog ett beslut.

- Kan vi gå dit, jag vill komma in i kroppen och sluta vara skugga.

Shamanerna, Amina, Per och han själv, som höll Freja i handen, gick uppför slottstrappan medan de andra med Kungen i spetsen fortsatte mot murarna i norr.

Där i sängen framför honom låg Coors gamla kropp, han hade saknat den som sin egen. Ett lugn vilade över ansiktet och det vita skägget var genomkammat, de hade skött om honom bra. Han såg på sina händer som fortfarande var i skugga och satte sig på golvet bredvid sängen och fokuserade på att gå in i kroppen. Det fungerade inte. Han satte sig mer till rätta och fokuserade hårdare, men det fungerade fortfarande inte, han kunde inte komma in i sin kropp igen. Leon såg häpet på Mastik som skakade på huvudet.

- Jag vet inte Leon, det har nog aldrig hänt att någon inte lyckats komma in i sin kropp igen. Men du har ju varit med om mer än de flesta i skuggform. Testa att vara närmare, håll i den?

Ja varför inte, han satte sig på sängkanten, grep tag i Coors kalla hand och slöt ögonen. Han skakade genast till och kände hur det gick en stöt genom kroppen och sedan svartnade allt.

Han såg på håll hur den röda människohären kom fram ur skogen och anföll deras styrka i söder. Han såg också hur människorna hurrade och att inga Grorgals kom tillbaka, de var alla döda. Gryhm bet ihop käken. Det gick dåligt, hur var det möjligt att förlora mot dessa usla människor? Han hade sett den lilla svarta kvinnomagikern besegra svarta Pesten i luften. Hon var stark som Far, han kunde inte förstå varför Far bara stod och såg på och själv inte tog strid mot henne, var han rädd? Gryhm var stark.

Den lilla klumpen i buren hade tjatat om de där krigsmaskinerna i norr, att de skulle komma nu. Hoppas Far låter honom ta hand om det. Han borde gjort det från första början, då hade det inte funnits några maskiner kvar.

- Fenrir, Gryhm, förbered er, vi anfaller Cragias maskiner med den stora truppen och elitsoldaterna. Denna gång ska de krossas.

- Ja Far! svarade de båda befälen.

Plötsligt dök Fars kvinnomagiker upp från ingenstans, hon som haft rött hår men nu var skallig och ful i ansiktet.

- Vad har hänt kvinna, skrek Zatalocki när han såg henne, du förlorade staden!

Gryhm kan se hatet i hennes ögon, hon var förändrad, inte bara till utseendet.

- Elden.. Coor, Leon eller vad han är för något, han hade eld, snyftade hon fram medan kroppen skakade av ilska. Han brände upp trupperna. Dullavar, de var för många.

Han såg sedan Far göra något ovanligt, han la mjukt sin hand på människokvinnans axel och pratade med snäll röst.

- Vi ordnar det, vi hittar en bra helare åt dig sedan. Jag har en slutgiltig plan, de ska snart vara döda allihop, eld eller inte.

- Fenrir, Gryhm – gå till attack nu!

Gryhm slog sig för bröstet, äntligen, nu ska deras usla maskiner och usla krigare dödas, krossas. Han ska visa för dem vem som är den bästa krigaren av alla, han ska visa Fenrir den fjantiga vargmannen hur man slåss på riktigt.

Fyratusen man och Fenrirs elittrupper red i full fart mot norr, marken skakade och luften dånade. Där framme vid slottets norra mur kunde de se de första maskinerna dyka upp. Gryhm manade på sina närmaste män, de måste vara snabbare. Nu började maskinerna där framme att dåna och dundra, han kunde se klot, som blänkte i Moderns strålar, snabbt åka genom luften och träffa ryttare bredvid honom, de försvann från hans syn. Han blickade snabbt bakåt och såg hur kloten slet sönder allt de träffade på sin väg genom hären. Något sådant hade Gryhm aldrig sett förut. Han blev arg, det är inte att slåss på riktigt, det finns ingen heder, så typiskt fega människor att gömma sig i usla maskiner.

Nu närmade de sig fegmaskinerna, men många människor kom ut ur den norra porten och ställde sig i vägen. Han kunde se en blåklädd kvinna i sitt blänkande siden med en stav skicka blå strålar som dödade många Grorgals längst fram, ännu en trollkvinna, ännu en feg människa, hon kommer att dö.

Både Gryhm och Fenrir hoppade av sina svarta faxar för att närma sig kvinnomagikern. Fenrirs elittrupper, de stora människoliknande krigarna sprang snabbt fram och besegrade de usla fienderna framför dem. Den stora hären dundrade rakt in i försvararna.

Nu är de fega maskinerna till ingen nytta längre, de skulle bara träffa sina egna. Gryhm såg hur sidan på maskinerna öppnades och det vällde ut vitklädda människor med konstiga armborst som spottade pilar mot dem, många ryttare föll.

Han slet en soldat i två delar med sin spikklubba och spetsade en annan med sitt svärd. Han kastade av den döde mot människorna framför sig. Han kunde se Fenrir slå ihjäl tre stycken samtidigt med sina svärd, han låg efter. Nu kom det plötsligt ut mängder av ryttare från murens port. De nya konstiga soldaterna med röda faxar. De såg ut som riktiga krigare med riktiga vapen fastän de bara var människor. Gryhm slog sig fram mot dem, han ville möta dem i strid. Det kom bara fler och fler, de var lika många som våra trupper nu. Bra, då ska han och hans trupp visa vem som är de bästa krigarna. Han såg Fenrir slå ihjäl flera av de nya röda soldaterna och gjorde samma sak själv, han ska inte ligga efter.

Långt där framme såg han det där fega kvinnokräket slåss. Hon som varit osynlig och dödat människan han fångade, hon som fegt försvunnit. Han kunde erkänna hennes mod att stå öga mot öga med honom och döda fången, men inte hur hon fegt smitit undan striden sedan. Skuggkrigare, usla människor. Han hade lovat henne att hon skulle dö nästa gång de sågs, det löftet tänkte han hålla nu och slog sig fram åt det hållet.

Bakom sig hörde han samtidigt hur himlen blev arg, solen försvann i mörker och blixtar slog ner. Marken gungade, han tittade snabbt tillbaka och såg hur himlen delade sig där borta hos Far och att någonting därinne kom fram mot öppningen. Far har äntligen börjat använda sin starka magi, nu ska de usla människorna få se!

Fenrir och hans elittrupp högg ner de nya röda krigarna men den där blå magikern lyckades förinta många av elitsoldaterna med sina strålar. Han såg Fenrir snabbt kasta ett av sina svärd som for genom luften och träffade henne. Den blå trollkvinnan slog en volt i luften och föll sedan ihop på snön utan att röra sig. Han blev arg, nu har vargmannen lyckats döda en viktig fiende medan han själv bara sla-git ihjäl oduglingar. Frustande hugger han halsen av en fjant framför sig och ser hur vargmannen nu står öga mot öga med kvinnokräket han lovat att ha ihjäl. Den usla Fenrir får inte döda henne, detta är hans strid, hans heder, hans seger. Han skriker till och springer fram mot dem.

När han öppnade ögonen såg han in i sitt eget ansikte. Ansiktet hade en bekymrad blick. Det var Coors ansikte, Leon blev förvirrad.

- Är du ok grabben?

- Coor?

- Javisst ser du, nu är jag här, sa den gamle mannen och skrattade.

- Leon!

Freja kramade om honom där på golvet och såg honom i ögonen, hon såg lycklig ut.

- Leon, det är du igen, du är här.

Han tittade på sina händer, det var verkligen hans egna händer. Hade han fått tillbaka sin egen kropp, här i världen Lumnos? De andra hjälpte honom upp på fötter igen, alla såg på honom. Mastik gick fram och klappade honom på axeln.

- En ära att träffa dig i din egen kropp Leon, sa han.

- Kom, sa Mistih, det finns en spegel härborta.

Fortfarande lite förvirrad leddes han bort mot en stor lång spegel på väggen och såg sig själv. Jo, det var hans egen kropp, han var tjugofem igen. Fortfarande med den orangea fina sidendräkten och den orangea staven. Han kände på bröstet, där innanför dräkten fanns Qwanden också. Han tittade bort mot Coor och gick fram till honom.

- Du förstår Leon, jag har funnits med dig i kroppen, i bakgrunden hela tiden, men har inte kunnat göra mig hörd. Jag har sett vad du gjort och känt av alla dina utmaningar, du har skött dig bra grabben, du är värdig Qwandens förtroende.

Leon tog av sig Qwanden och räckte fram den och staven till Coor.

- De är dina.

- Nej nej, du förstår inte. Qwanden har valt dig, det är du som är bäraren nu. Den är inte min längre. Jag visste att jag skulle dö där i er Nord en gång i tiden, när de jagade mig. Jag gjorde en ritual och förde in mitt medvetande i Qwanden. Askasur skulle se efter mig och när tiden var mogen skulle rätt person hitta kristallen. Askasur skulle med sina krafter låta den nya bäraren åka till Lumnos och så skulle jag kunna återskapa min kropp igen. Resan mellan världarna skulle göra det möjligt förstår du. Men någonting gick inte som planerat. Du hamnade i min kropp i stället för din egen och därinne satt jag fast, men utan att kunna göra mig hörd. Askasur viskade till mig att han kunde ordna det genom renande eld. Du vet ju hur det gick, du kom undan den första gången. Men till sist lät du elden rena dig, då var det bara för mig att vänta på att du skulle låta skuggan komma in i kroppen igen, då skulle jag vara befriad. Tack Leon, du lyckades!

- Men varför gick det fel från början?

- Åh, sa jag inte det? Vi är släkt, Qwanden tog fel på ditt och mitt, vi har så likt blod.

- Ni har samma DNA, sa Freja.

- Släkt?

- Ja, nordkvinnan jag levde tillsammans med, Ylva Grimsdotter, en riktig krigarkvinna på sin tid, var i femte månaden när de hittade mig, när jag var tvungen att försvinna. Jag gjorde hemska saker på den engelska ön och tog med mig mina elever och flyttade den stora rosa portalen till er i Norden. De hade jagat efter mig i flera år och till slut var de där, jag fick Ylva att ge sig i väg med vårt ofödda barn. Det blev sista gången jag såg henne. Hon var så tapper i sitt långa vackra blonda hår.

Leon såg hur Coor torkade en tår i ögonvrån.

- Du förstår, hon måste ha lyckats fly och fött vårt barn och det är din förfader. Du är i rakt nedstigande led släkt med mig och Ylva Grimsdotter. Qwanden måste ha känt till det och valde därför dig.

Han såg hur Coor log mot honom. Han kände nu hur något stort släppte taget inombords, det var som om allt det tunga han gått och burit på i hela sitt liv nu lossnade och försvann. Som om allt det mörka inom honom släppte taget, lät honom andas. Som att han aldrig hade andats förut, som att han aldrig varit hel förut. Pusslet var färdigt, äntligen. Han blev svag i knäna, men Coor tog tag i honom.

- Kom min gosse. Du har gjort mig stolt.

Han kramade sin anfader, sin gammelfar och kände hur tårar rann utmed kinderna.

Någon rusade in i rummet, en kvinnlig soldat, hon såg förvånat på Leon och vände sig mot Freja.

- Beskyddare och ni andra, vi behöver all er hjälp, skuggdemonen anfaller oss!

Alla fick fart ut genom dörren, sprang över gårdsplanen och uppför närmaste mur. Leon skulle aldrig glömma det han fick se. Det var inte den stora striden som stod därborta i norr, utan vad han såg framför sig som fick honom att häpna. På himlen vid Zatalockis kvarvarande här hade en stor reva öppnat sig, det såg ut som ett stort öppet darrande draköga och framför den fanns skuggdemonen. Den måste vara minst 40 meter hög där den stod stilla på sina kraftiga bakben. En förvrängd kraftfull svart varelse med blank grovt pansar, svans, horn på huvudet och vassa klor på sina händer. I den ena handen höll den en lång stav med lysande inskriptioner.

Demonens ögon glödde och den såg med ett leende bort mot dem. Bakom den kom mindre varelser ur det stora himmelsögat, de hade också svans men sprang på alla fyra med grova käftar och skällde som helveteshundar. Demonens egen här.

- Stora Moder, beskydda oss! skrek soldaten bredvid Leon.

- Zatalocki är galen, sa Coor. Vi måste stoppa den.

- Men hur?

- Den måste in i revan igen, den och alla smådjävlar. Vi måste tvinga in den. Min magi är inte som förr utan Qwanden, men vi hjälps åt Leon.

- Jag är här också, sa Freja.

- Hjälp vännerna i norr först Freja, så försöker Leon och jag uppehålla demonen så länge, sa Coor.

- Ok, håll ut, sa hon och lyfte från marken och flög norrut.

- Jag och Mistih måste ta hand om alla skadade som bärs in nu, lycka till Leon och Coor!

- Jag följer med er, sa Amina. Per du stannar här.

- Ja, jag ska dokumentera det som händer, sa Per kort medan han stod och tecknade av demonen.

- Nej, Amina, det är för farligt.

- Inget att diskutera, sa hon bestämt.

De gick bort till den norra delen av muren där Kung Patrick stod med bågskyttar och överblickade det stora slaget. Leon såg att alla soldater från Dullavar nu kämpade i striden och gjorde den jämn. Kungen, som förvånat betraktade Leon, fick snabbt allt förklarat för sig.

- Utmärkt att herr Leon är sig själv igen och nu i sällskap av den legendariske Coor. Vi behöver er verkligen bägge två.

- Jag och Coor försöker hejda skuggdemonen. Finns det några mannar ni kan avvara som vi kan få med oss?

General Bastix med de flesta soldater fanns i norr och slogs mot fiendens anfall men Kungen ropade till sig ett befäl. Leon såg att det var Kapten Nixxi och nickade mot honom. Kaptenen kände förstås inte igen honom men var snart införstådd med vad som var på gång. Han fick order att samla ihop alla tillgängliga soldater för att skydda Coor och Leon när de snart skulle gå mot demonen. Kaptenen blev blek i ansiktet, men gick snabbt i väg för att samla ihop alla han kunde.

Den stora hären från Dullavar som nu vällde ut ur den norra porten kom verkligen i sista stund. Pöllsa och Sekel slogs för sina liv mot gröna Grorgals och en märklig trupp av stora människolika soldater som verkade oslagbara, de dödade allt i sin väg, ledda av den vargliknande ledaren. Sekel sköt flera pilar mot en av människobestarna och lyckades få stopp på den, två pilar till och till slut föll den ihop.

Jägarna i Fellia hade alltid varit stolta över sin långa mycket speciella båge som både sköt långt och kunde genomborra pansar. Den var utvecklad för att jaga de stora gazzkabjörnarna i bergen i norra Fellia. De var kända för sin aggressivitet och gick ibland till attack mot mindre byar och kunde sprida stor skräck då deras päls och hud var så tjock att vanliga bågar inte bet på dem. Men tillverkad av ett tåligt och starkt träslag från de karga bergen och med de hårdaste strängarna skapade den legendariske jägaren Dragastix Kallastix en båge med en speciell teknik, som sedan dess helt enkelt kallades Dragabåge. Den var dyr att tillverka och krävde lång erfarenhet för att bli perfekt. Sekel hade en sådan båge, hon fick den av sin mor när hon fyllde femton år. Den var hennes morfars jaktbåge, morfar som hon aldrig fått träffa då han dött innan hon föddes, men hennes mor Bella hade skött om den väl. Sekel orkade inte spänna den helt när hon började träna på sin femtonårsdag, men bara några år senare orkade hon och hade skjutit sin första björn med en endavälriktad pil. Sekel var alltid mån om att djuren inte skulle lida, hon såg det som sitt ansvar som jägare att döda snabbt och smärtfritt. Ofta bad hon den stora Modern att välkomna djurets ande till eftervärlden i en ceremoni efter jakten.

När människobesten fallit riktade vargmannen sin uppmärksamhet mot henne. Hon såg hur flera pilar bara studsade mot den stores kraftiga svarta blänkande pansar. Hon visste att ett så tjockt pansar vägde väldigt mycket och en vanlig människa skulle bli för klumpig och långsam i strid med det, men vargmannen verkade röra sig helt obehindrat och kraftfullt, precis som hela hans omänskliga trupp. Han rörde sig snabbt i en cirkelrörelse in mot henne och det var svårt att hinna sikta. Men hon avlossade en pil med Dragabågen. Den träffade vargmannens bröstpansar och gick rakt in vid sidan av magen. Vargmannen rykte till, såg ner mot pilen som stack ut ur sidan, tog tag i den med sin lediga hand och bröt av den. Hon kunde se svart blod rinna nerför sidan på honom. Men innan hon hann avlossa nästa pil, var han redan framme och slog efter henne med svärdet. Anfallet kom så plötsligt att hon snubblade till och föll ner på den snötäckta marken, fortfarande med bågen i handen, men pilen hade hon tappat. Vargmannen stod nu ovanför henne med sitt svärd riktat mot hennes strupe. Hon visste att hon inte skulle hinna dra en ny pil från sitt koger på ryggen, eller sitt svärd för den delen, hon skulle vara död långt innan dess. Plötsligt hörde hon ett skrik och såg hur Pöllsa kom springandes och högg vilt mot vargmannen som snabbt tog ett par steg åt sidan och sedan träffade honom i sidan med sitt stora svärd. Pöllsa kastades i väg flera meter av träffen och blev liggande livlös på snön. Sekel frös till av chock när hon såg sin vän ligga där på marken med den växande röda snön under sig. Vargmannen var snabbt över henne igen, hon kunde nästan se hånleendet i de röda ögonen när han höjde svärdet en aning för att kunna stöta det i bröstet på henne. Samtidigt såg hon bakom honom hur en stor grön jätte kom springandes, hon tyckte sig känna igen jätten, det var han som hållit fast skuggkrigaren Atli, den stackars mannen som hon blev tvungen att ta livet av. Hon mindes den grönes raseri i blicken när han förstod vad hon gjort, hon mindes att han hette Gryhm.

Gryhm måttade ett väldigt slag med sitt svärd och slog av vargmannen Fenrirs arm. Armen som fortfarande höll i sitt svärd föll livlöst ner på den snötäckta marken. Han var ursinnig, skuggkvinnan var hans att döda, han hade lovat både sig själv och henne det. Vargmannen vände sig snabbt om och hade dragit en lång kniv med sin enda hand och högg honom i sidan med den. Smärtan exploderade i kroppen, samtidigt som Gryhms spikklubba träffade vargmannen i huvudet med full kraft. Han såg hur hjälmen sprack och spikarna trängde in i Fenrirs skalle. De röda ögonen tappade sin vrede och Gryhm såg hårt in i dem när vargmannen föll ihop till en livlös hög framför honom. Där fick han se vem som var den största krigaren. Han bet ihop käkarna och sköt undan smärtan i sidan. Kanske var det hans tur att dö idag, men inte förrän han uppfyllt sitt löfte. Kvinnan låg där och greppade efter en pil, han sparkade den ur handen på henne.

- Nu kan du inte göra dig osynlig kvinna. Nu ska du dö för Gryhms svärd, så som jag lovade dig. Gryhm är den bäste!

När han höjde sitt svärd för att döda henne, såg han plötsligt hur den där lilla svarta kvinnomagikern flög fram över Fenrirs elittrupp och hur många konstiga kraftiga blixtar högt smällde av i luften och dödade dem allihop, det bara rök ur deras kroppar.

Så var den där igen, den stora smärtan i bröstet efter Fars blixt, den som tog andan ur honom, svagheten, rädslan. Han kände sig genast paralyserad, kroppen skakade, han kunde inte hugga, kunde inte döda. Inte nu, inte den stora svagheten nu.

Sekel såg förvånat hur den store gröne slog ihjäl vargmannen. Han var svårt skadad, svart blod rann nedför sidan på honom. Nu stod han över henne. Hon kom ur sitt chocktillstånd och försökte dra en pil men han sparkade den ur händerna på henne. Leon hade berättat att de på Jorden brukade säga "ur askan i elden", hon förstod nu vad det betydde.

Jätten skulle just döda henne med sitt svärd när han tittade upp. I ögonvrån såg hon hur Freja flög fram över de människoliknande varelserna och hur det hon kallat "ljusbågar" skapade märkliga blixtar som med hårda smällar slog ner i dem. Döda föll de rykande mot marken. Hon såg hur den som kallade sig Gryhm bara stod där som fastfrusen och såg på det som hände. Hon insåg genast att det var hennes chans, drog svärdet och spetsade den gröne mellan bröstplåtarna, där de lärt sig att döda dem. Gryhm ryckte till och slog instinktivt svärdet ur handen på henne med sin spikklubba. Han stod sedan där blödande och skakade, som om han inte kunde bestämma sig, han höjde svärdet men dödade henne inte. Hon mötte hans blick, hon såg rädsla, rädslan förlamade honom. Sekel kunde inte förstå var hans rädsla kom ifrån, men innan hon hann dra sin kniv och rulla undan såg hon hur skuggvargen Alfa kom som från ingenstans och högg den gröne jätten i strupen. Det kom ett krasande ljud och han föll sedan ihop på marken med vargen över sig. Hon var snabbt på fötter och med kniven utsträckt stod hon sedan ovanför den gröna varelsen där han låg med en växande svart pöl under sig i den vita snön och Alfas stora käftar runt halsen.

- Gryhm... kvinna.

Hon hörde orden komma som en väsning, sedan såg hon Gryhms ögon för alltid slockna.

Sekel såg nu hur mängder av skuggvargar anföll de gröna jättarna omkring henne. Alfa hade kommit med en stor flock till deras hjälp. Ovanför henne for Freja fram i luften och hon såg hur hennes osynliga sköld fick fiendens pilar att studsa tillbaka, hur hennes osynliga väggar och kulblixtar dödade dem överallt. Det tillsammans med Dullavars framryckande röda armé, fick den kvarvarande fienden att vända och i panik springa. Hon förstod att de på något underligt sätt lyckats vinna striden. Alfa såg på henne, hon log.

- Tack Alfa.

Sedan mindes hon med förtvivlan vad som hänt och sprang bort mot Pöllsas kropp. Men den store vänlige mannen var död, för alltid borta. Han dog antagligen omedelbart av vargmannens hugg. Hon föll ner på knä, höll hårt om Pöllsas blodiga huvud och skrek skakandes av sorg och smärta.

Coor och Leon hade fått faxar och de red nu ut tillsammans med Amina och Kapten Nixxis trupp på femhundra man ut ur den östra porten, rakt mot skuggdemonen och Zatalockis här.

- Jag har en idé att mota bort demonen med en elektrisk vägg, de tycker inte om eld eller elektricitet. Om du kan kasta din eld mot dem och få dem att backa under tiden.

- Hur gör vi om Zatalocki lägger sig i?

- Vi får improvisera, sa Coor kort.

De mörka molnen började skingras, åskan och blixtarna hade tystnat. Några av Moder Elafagurs strålar bröt igenom molntäcket. Hon kunde inte vara glad över det hon fått se.

De var inte långt ifrån skuggdemonen nu, där den stod och väntade på att alla smådjävlar skulle samlas för att kunna gå till attack. Han kunde se Zatalocki och Xinthia en bit bort vid det som var kvar av den en gång så stora hären med förvridna varelser.

Coor och Leon steg av faxarna.

- Längre än så här kommer du inte demon! skrek Coor till den och gjorde gester med händerna.

En lång vägg av fräsande elektricitet svävade sakta mot demonen. Han såg demonen vifta med sin stav täckt av lysande tecken och väggen upphörde.

"Ni tror väl inte att jag går på något sådant igen, jag har lärt mig sedan dess."

Han hörde demonens röst tala till dem i huvudet.

- Vem är du demon, skrek Coor.

"Jag är den store Betelzax och jag har väntat på att komma in i er värld igen i 600 år."

"Betelzax? Var det inte dig som magikern Alfildhir Njorddottir med sin svarta Qwand låste fast i er dimension?" undrade Leon.

"Du är bildad, hon använde precis samma trick som din vän här för att tvinga mig tillbaka in i dimensionsrevan. Men sedan dess har jag haft mina samtal med Smil Zatalocki, han har lärt mig om den sortens magi, jag vet hur den fungerar nu."

"Zatalocki, men varför hjälper du honom?"

"Vi hjälper varandra, jag får min del av den här världen och han sin."

Leon tog på sin Qwand och magin strömmade genast genom kroppen, han kände hur elden spred sig ut ur porerna. Hela han var snart ett brinnande inferno av magi.

"Gå tillbaka in i revan igen demon, annars bränner jag upp er allihop."

Leon såg hur demonen viftade till samtidigt som Coor kastade blixtar mot honom. En blixt träffade den stora varelsen som grymtade till, men nästa blixt studsade mot den genomskinliga barriär som han fått upp.

"Det där var dumt gjort gamle man."

Demonens stav lyste och blixtar for genom luften mot Coor som träffades och skrek högt, föll ihop på marken och blev liggandes helt stilla. Leons hjärta hoppade till, han var väl inte död, förfadern som nyss kommit in i hans liv? Nu höjde demonen sin stav igen men då kastade Leon två eldbollar mot honom, en från varje hand. Bägge eldbollarna studsade av barriären med ett fräsande.

"Ni kommer snart alla att dö unge magiker, din eld gör ingen skillnad."

Demonen höjde sin kloförsedda hand och blixtarna kom rakt

mot Leon. Han kastade instinktivt flera eldbollar mot dem och några försvann i elden men inte alla. En meter från Leon studsade plötsligt blixtarna bort ifrån honom. Nu landade Freja vid hans sida. Hon hade aktiverat sin sköld som omslöt dem båda. De såg snabbt på varandra, han såg sorg och mörker i hennes ögon, hon mådde inte bra. Han försökte le uppmuntrande.

"Är det den lilla flygande magikern med Alfildhirs svarta Qwand, jag har hört talas om dig."

"Ja det är jag, Freja."

"Få se vad du har att komma med då, lilla Freja."

Han såg hur Freja tryckte på sitt "A" på armen och efter några sekunder var demonens barriär borta.

"Hur.. hur kunde du ta bort den?"

"Jag hittade formeln och avaktiverade den."

Just då dök Zatalocki upp vid sidan av dem.

- Freja och Leon antar jag? De två pinsamt jobbiga hornen i min sida. Det får vara slut på det nu, det är dags för er små kräk att försvinna för gott, sa han kallt.

- Nej, jag tänker inte kasta någon blixt in i din sköld flicka, den kommer bara att studsa tillbaka och träffa mig själv, nej jag tänker i stället att förstöra dig inifrån. Jag ser hur du plågas av ditt mörker, det är dags att du möter det nu.

Leon ser hur Zatalocki mumlade och viftade med sina händer. Plötsligt skrek Freja till och föll ner på knä. Ur henne kom något svart, som trögflytande rök. Det vällde virvlande fram ur hennes kropp och växte snabbt i omfång. Han flyttade sig, Zatalocki backade, alla aktade sig för den svarta trögflytande sörjan som spred sig utåt. Han kan inte se henne längre, men vet att hon fanns någonstans därinne i allt mörker. Han måste rädda henne och kastade sig i förtvivlan mot mörkret, men så fort han nuddade vid det skrek han av smärta. Det gick inte att tränga igenom.

- Hennes mörker kommer att förgöra henne inifrån, hörde han

Zatalocki säga och skratta hårt.

Mörkret hade växt så mycket att det skiljde honom och Zatalocki åt, men demonen och alla smådjävlar fanns fortfarande framför honom. Han såg hur den stora skuggdemonen gav ett tecken och de gick alla till attack. Både smådjävlarna och det som är kvar av Smils här, gick nu rakt mot honom och deras lilla trupp. Bakom honom hörde han hur Kapten Nixxi och Amina manade trupperna till försvar. Leon greppade sin orangea Qwand.

- Hjälp mig, Askasur hjälp oss!

"Det är dags."

Han hörde eldfågelns röst och kände sedan hur hans kraft ökade mångfalt, hur elden levde överallt omkring honom och nu forsade den fram ur händerna, som ett stort stormande hav av eld, rakt mot fienden, allt blev rött. Något väldigt flaxade dovt till ovanför honom och han såg hur den stora eldfågeln Askasur manifesterade sig i den brinnande luften, böjde bak sin nacke och sedan kom den varma flodvågen av eld rakt mot demonen.

Moder Elafagur såg sin skapelse.

… och himlen färgades röd.

Smärtan var outhärdlig. Allt var svart, allt var plåga. Hon hade svårt att fokusera sina tankar. Hon visste inte vad Zatalocki gjort med henne, på något sätt hade han släppt lös all hennes sorg och ilska, all hennes destruktiva smärta som nu åt upp henne inifrån. Hon försökte se formlerna och visste att datakoderna fortfarande rullade fram någonstans i mörkret, men hon orkade inte.

"Du måste acceptera, Freja."

Någon pratade med henne i hennes huvud, det var en kvinnlig röst hon aldrig hört förut.

"Vem är du?"

"Jag är Alfildhir Njorddottir, den svarta Qwandens förre bärare."

"Hur?"

"På något sätt kände jag av dig och Qwanden när dimensionsrevan öppnades igen. Jag vet inte hur, kanske är det ett band som skapas mellan två samtidigt levande bärare."

"Mörkret äter upp mig, jag orkar inte stå emot det så länge till."

"Du måste acceptera det som hänt. Du kan inte slåss mot dig själv, du kan inte vinna mot dig själv, du kan bara förlora den striden."

"Hur ska jag acceptera alla liv jag tagit, alla jag dödat?"

"Ditt öde har gett dig verktygen för att uppfylla det förutbestämda, Qwanden valde dig. Du har hamnat i situationer där du inte kunnat göra annat än det du gjort. Hade du inte dödat fienderna och de fjärrstyrda djuren hade dina vänner och mängder av andra människor dött. Du kan ha räddat mer liv än du tagit Freja."

"Det gör så ont, jag vill bara skada mig själv, ångesten."

"Du kan inte slåss mot dig själv. Du måste acceptera det som hänt, det du gjort. Du behöver inte tycka om det, men du måste skapa fred med dig själv, du är inte din egen fiende. Tänk på Leon här bredvid dig, dina vänner, låt din kärlek vinna över mörkret."

Leon. Något skiftade till inom henne. Hon såg hans ansikte framför sig och plötsligt öppnades hjärtat igen och kärleken strömmade fram, stark och livgivande. Hjärtat hon nästan helt stängt igen i så många år. Det hade gjort så ont i hennes liv, hon hade inte orkat känna sina känslor, hon hade straffat sig själv. Hon kände plötsligt hur hon nu kunde skapa fred med sig själv, med sina handlingar. Hon förstod att hon inte kunnat välja annorlunda. Hur hon älskade Leon och också i slutändan sig själv som en levande varelse.

Mörkret gav vika, smärtan gav vika. Hon kände livet återvända med förnyad styrka, hur det växte fram ur hennes nu öppna hjärta. Freja reste sig upp från marken. Mörkret skingrades och hon såg raderna med kod framför sig igen. Hon letade och hittade den.

- Hur är det möjligt, skrek Zatalocki, ni ska vara döda!

Hon stängde av sitt "A" och svepte till med sin stav, det var klart. Först nu noterade hon att solen och himlen var rödfärgad. Hur Leon bredvid henne hängde i luften och var omgiven av eld. Hur den väldiga fågeln Askasur, som långsamt flaxade med sina stora vingar, fanns ovanför honom. Hur skuggdemonen Betelzax och hans armé av smådjävlar inte längre fanns, där låg i stället väldiga mängder av svart aska längs den vidsträckta vita snön. Även Zatalockis stora här av gröna förvridna bestar hade förvandlats till flyktig svart aska. Allt som fanns kvar var Zatalocki själv. Hon såg hur den rödögde magikern hest försökte väsa fram formler och vifta med sin stav men ingenting hände. Hans magiska röst hade tystnat.

- Din magi är krypterad, du kommer inte åt den längre, sa hon kort och såg honom i ögonen.

Hon såg hur rädslan växte i hans ögon när han insåg att magin inte fanns där för honom längre. Plötsligt dök en kvinna upp bakom honom. Hon såg att det var Xinthia, trots att hon inte längre hade sitt röda hår kvar och att ena ansiktshalvan var förvrängd.

- Då har jag ingen nytta av dig längre Smil, du kan inte lära mig något mer. Nu ska du få betala för ditt hån och hur du förnedrade mig.

Freja såg hatet i Xinthias ögon när hon snabbt drog sin dolk och högg Zatalocki i halsen upprepade gånger. Innan Freja hann reagera gjorde Xinthia en gest med sin hand och försvann framför henne. Men Freja kände av henne i sitt energifält, även om hon inte längre såg henne med sina fysiska ögon, så såg hon med sin andra syn hur Xinthia snabbt smög bort från dem, hur hon flydde fältet.

- Jag skonar dig den här gången Xinthia, försvinn härifrån och låt mig aldrig se dig igen.

Nu var hon borta ur fältet och Smil Zatalocki låg livlös på marken och skulle aldrig plåga någon mer varelse igen. Hon såg bredvid sig hur Leon landat på snön och att hans eld slocknat. Den stora fågeln var borta och himlen hade fått tillbaka sin vanliga blå färg, Modern lyste varmt på dem högt uppe på himlen.

- Freja, är du ok? frågade han oroligt.

- Nu är jag ok min Leon, sa hon och kysste honom och kramade om honom hårt.

Bakom dem hörde de hur alla soldater, Amina, Kapten Nixxi och alla de som stridit hårt vid den norra porten jublade.

Coor som var uppe på benen igen efter att ha blivit knockad av demonens blixt, kramade om dem liksom Amina.

- Det där gjorde ni bra mina vänner, världen är räddad. Nu måste vi stänga dimensionsrevan så inget mer dumt händer.

- Alfildhir, hon är kvar därinne, utbrast Freja.

- Hon sitter fast utanför Babylos i Cragia, vi öppnar revan där och släpper loss henne. Nu behöver hon inte vakta demonen längre, sa Coor. Men den här revan stänger vi.

De såg på hur han mumlade och svepte med handen och att revan slöt sig igen.

- Det där får du lära mig farfar, sa Leon och skrattade till.

- Farfar för dig va? utbrast Coor glatt.

De fick snart höra att många stupat i striden vid norr och att en av dem var Pöllsa. Mästaren Rossiliana hade överlevt men låg svårt skadad på sjukavdelningen. När de kom innanför murarna igen stod det människor överallt, soldater, vanliga medborgare med barn, de flesta hurrade och kramade om varandra, en del grät i någons famn. Många ropade "Beskyddare" åt dem när de snabbt gick uppför trappan till det kungliga slottet. Därinne möttes de av Kung Patrick med Generalerna Bastix och Bushido. Kungen ville snabbt ta dem i hand och tacka, de var alla tagna av det som hänt. När de sedan kom in i sjukavdelningen var det stor rörelse. Sjukvårdare och shamaner arbetade för fullt med alla behövande, salen var överfull av skadade. Leon såg genast Sekel sitta vid en säng med ansiktet begravt i händerna och rusade fram till henne. Där låg Pöllsa täckt av ett tjockt lakan. Ansiktet var rentvättat och han såg fridfull ut. Leon kramade om Sekel som höll honom hårt. Snart var Mastik och Mistih där också. De fick hjälpas åt att trösta varandra.

- Han gav sitt liv för mitt, sa Sekel med ansträngd röst.

- Det var sådan han var. Han mindes hur Pöllsa kommit till hans undsättning mot de tre vargarna.

- Han var en tapper man, sa Mastik.

- Han var en vänlig man, sa Mistih.

- Tack för att du hämnades honom, Zatalocki är väl död? Frågade Sekel.

- Ja han är död, Xinthia dödade honom efter att Freja tagit hans magi.

- Xinthia må vara en ond människa, men där gjorde hon något gott, sa Sekel hårt.

- Jag såg vad du gjorde med demonen och hans här, sa hon sedan och kramade hans hand. Du är en hjälte.

- I krig finns bara förlorare, sa han tomt och tittade på Pöllsa.

- Du hör vad jag säger, sa hon bestämt och kramade om honom.

Mästaren låg nedbäddad, klädd i en vit sjukhussärk. Hennes vackra blå sidendress låg på stolen bredvid, trasig och blodig. De två oskadda eleverna satt vid var sin sida om hennes säng. Två andra elever låg i sängarna därefter, de hade också skadats svårt i striden men skulle överleva. De två sista hade stupat när de försvarat sin skadade Mästare.

- Freja, min flicka, sa Rossiliana med lite tunnare röst än vanligt, kom och sätt dig hos mig.

- Hur är det med dig Mästare?

- Åh, det är ingen fara med mig, gammalt segt virke.

- Jag hörde du fick ett svärd i dig.

- Jo det tog under axeln, där hade jag tur ändå. Men ena lungan är punkterad sa hon och andades tungt. Det finns bra helare här, Voxtron där borta tar väl hand om mig. Men jag kommer att bli kvar ett tag, det kommer att ta sin tid. Jag vill att du tar över ansvaret så länge, du är min högra hand, min bästa elev. Du får vara Gloriens Mästare i min frånvaro.

De två eleverna bugade sig lätt för Freja.

- Tack Mästare, jag ska göra mitt bästa.

- Det vet jag. Du får leda arbetet med att återställa skeppet igen, laga portalen och sedan träna de elever som finns kvar. Vi får hitta nya sedan, vi ska ju alltid ha tio stycken.

- Jag ordnar det Mästare, ta du och vila här. Jag åker mellan

Kungsgaard och Babylos portaler och håller dig uppdaterad.

– Jag såg vad du och Leon gjorde därborta, vad som hände, jag är stolt över dig Freja.

Freja kände en värme i bröstet som var ovan för henne, men hon ville gärna vänja sig vid den.

– Vi kommer att åka till Cragia omgående, Coor vet hur man öppnar och stänger dimensionsrevor, vi ska befria Alfildhir där.

– Bra, jag hörde att Coor var tillbaka. Med honom och Alfildhir har vi två erfarna och bra lärare till att bygga upp vår nya klass med elever, rosslade hon fram. Gå nu flicka och låt mig vila.

Freja släppte Rossilianas hand och gick sedan bort till sängen där Pöllsa låg. Hon kramade om Sekel och de andra. Kramar var inte något hon normalt tyckte särskilt mycket om, men just nu gick det bra och hon kunde förstå värdet av dem.

I Cragia togs de emot som hjältar. Hela Babylos var ute på gatorna när President Hammus höll en parad till deras ära tillsammans med Kapten Bazbez och det som var kvar av den 18:e kanondivisionen. Alla hurrade och hyllade dem, särskilt Freja, deras nya Beskyddare. Maskinerna hade förstörts i striden vid norra porten, men alla visste vilken stor insats de gjort och vad de betytt för krigets utgång.

Efter alla artigheter skyndade de sig vidare mot platsen där Alfildhir låst in sig och skuggdemonen för 600 år sedan. Platsen markerades av en stor minnessten över den historiska händelsen. Coor fick upp revan och lät sedan Freja låsa den med en kryptering, hon hade lärt sig formeln och förfinat den. Alfildhir var strålande glad att se dem, särskilt över att få träffa Freja.

– Jag visste att du skulle klara det Freja, jag såg det inom dig.

– Tack för din hjälp, jag vet inte om jag överlevt annars.

De två kvinnorna höll om varandra och kände ett starkt band mellan sig.

- Jag vill ta namnet Njorddottir i den här världen, om det är ok med dig? undrade Freja.

- Freja Njorddottir, det kan inte bli bättre min syster, log Alfildhir.

- Tack, jag känner att det är jag.

De lät Coor och Alfildhir ta befälet över reparationen av skeppet Glorien medan de själva hade en helt annan uppgift att lösa.

Han höll hårt i Frejas hand där de for fram över landskapet. De hade studerat kartan och visste ungefär vart de skulle, till det gamla slottet Belhafur i östra Wolwar. Det var där de trodde att Zatalocki haft sin hemvist, den centrala plats där han byggde stommen av sin armé. Det var också där de trodde Az-Eko fanns, han som styrde alla de förvridna djuren. I Zatalockis tält hade de funnit buren med den lilla bläckfisken. Az-Eko hade svurit åt dem, kallat dem "råttor" och att han skulle hämnas genom att låta de djur som var kvar av den väldiga armén sätta skräck överallt hos människorna. Med hjälp av General Bastix och de stora kartorna hos Kung Patrick hade de förstått att det gamla övergivna slottet Belhafur måste vara rätt plats. Freja var väldigt tydlig med att de måste befria alla fjärrstyrda djur, de må vara vanställda hemska versioner av riktiga djur men de var ändå oskyldiga och dessutom var människors liv i fara.

- Titta där nere, sa Freja plötsligt och pekade.

På en kulle bland björkarna fick Leon syn på ett litet hus med en svart ponny utanför. Han tyckte sig se någon i dörröppningen.

- Stanna, landa där, sa han.

De landade framför den öppna dörren. Han såg att huset var klumpigt gjort, den som uppfört det kunde ingenting om husbyggande. Men taket satt på plats och gav ändå skydd, just taket verkade vara det som husbyggaren lagt mest möda på. Han såg någon därinne.

- Hej, sa han, är det någon hemma?

Han fick inget svar.

- Vi vill inget illa, vilket fint hus och vilken fin ponny du har.

Nu såg han att någon rörde sig mot dörren. Sedan tittade ett ansikte fram. Det var ett svartsotigt förvridet litet ansikte som satt på en vanställd och sned kropp, med det ena benet längre än det andra. Den lilla varelsen haltade ut till dem.

- Gnista har byggt huset själv, sa hon.

- Ett vackert tak, sa han vänligt.

- Det skyddar mot den mörka arga himlen med blixtarna.

- Har du sett mycket blixtar? undrade Freja.

- Många blixtar, Fars blixtar. Men nu är fina solen här, sa hon och gned försiktigt sin kind.

- Vet du var Far har sitt slott?

- Ja, det ligger därborta, sa hon och pekade in mot skogen.

- Känner du till någon Az-Eko? undrade Leon.

Han såg att hon fick ett skrämt uttryck i hela kroppen och skakade till.

- Klumpen, Fars stora Klump, han är hård och elak mot Gnista.

- Vet du var han finns?

- Gnista vet var han finns.

De förklarade att de ville befria alla djuren som Klumpen styrde och rädda oskyldiga människor, om Gnista kunde visa dem var Klumpen fanns? Det kunde hon. Freja undrade om Gnista ville flyga, de lovade att hålla hårt i henne. Gnista såg först förskräckt ut, men nyfikenheten tog överhanden och hon ville.

De följde vägen som Gnista pekade ut och fann snart det gamla nedgångna slottet med alla sina soldatbaracker, smedjor och andra byggnader. I mitten av slottet fanns ett högt torn, det var där Klumpen fanns sa Gnista. De landade framför tornet. Genast stormade vanställda djur fram och svarta fåglar kastade sig skriande mot dem.

- Gå in med Gnista du så håller jag dem borta, sa Freja och

byggde upp skyddsmurar i luften.

De öppnade dörren och började gå uppför den runda långa trappan och Leon höll lilla Gnista i den kalla handen för att hjälpa henne upp, hon hade ont. Till slut kom de fram till en stor trädörr.

- Den är magisk, den går så lätt, sa Gnista och tog tag i den.

Den öppnade sig mycket riktigt tyst och mjukt och de steg in i salen. Magiska facklor som aldrig slocknade fladdrade med sina skuggor runt rummet. I mitten fanns en stor bur med en svävande bläckfisk där fyra av de fem ögonen stirrade på dem.

"Kommer du nu igen lilla fegråtta!"

- Jag har med mig Herr Leon.

"Jag vet nog vem han är, det är han som dödat oss, dödat oss alla, magikerråttan!"

Leon hörde hur orden ekade hårt inne i sitt huvud och hur han tappade sin balans och vacklade till. Klumpen slängde ut en av sina långa armar mot honom, men han drog instinktivt sitt svärd med det orange läderhandtaget som han fått av General Bushido och högg av armen med en teknik han tränat in många gånger tillsammans med Amina i dojon.

Klumpen skrek plågat av smärtan och Leon tappade synen, allt blev vitt och huvudet värkte, han tog sig hårt för pannan och föll ner på knä.

"Du ska dö nu magikerråtta, dö!"

Han kunde urskilja hur en av Klumpens armar greppat ett träbord vid sidan av rummet och nu svingade det mot honom med full kraft. Han skulle inte överleva den smällen, men han var fortfarande paralyserad av skriket och kunde inte röra sig.

Han hörde nu i sitt huvud hur Klumpen plötsligt skrek till igen, nu ännu högre. Synen gick från att se helt vitt till att allt blev svart. Huvudet kändes som att det snart skulle sprängas av det hårt skärande skriket, sedan hörde han först en duns och sedan en till när stora Klumpen föll ner på golvet. Skriket tystnade och han levde.

Synen återvänder sakta och han såg den långa armen med bordet ligga stilla på golvet bara några meter från honom. Klumpen låg livlös i sin bur och bakom honom satt Gnista mot en vägg. Han kom vacklande upp på fötter och sprang bort till henne. Han såg att hon på något sätt lyckats få tag i ett spjut och sticka det in i bläckfisken så han dog. Gnista andades med ett väsande. Han såg att hennes förvridna kropp blivit krossad av en av Klumpens armar. När han fått bort den tunga armen från henne sätter han sig genast ner och håller om hennes axlar.

- Gnista, hur är det med dig?

- Gnista är sönder nu.

Han känner sig förtvivlad och maktlös samtidigt.

- Du räddade mig Gnista, du räddade mig och alla djuren, sa han hest och höll hennes kalla hand.

- Gnistan är slut nu, sa hon tyst och ögonen föll sedan långsamt ihop för alltid.

Han höll hårt hennes livlösa lilla hand och grät hulkande på golvet en stund. Sedan bar han henne nedför alla trapporna och ut på gårdsplanen. Där stod Freja ensam, alla djur var borta.

Hon förstod vad som hänt och höll hårt om honom och Gnista medan tårarna inte kunde sluta rinna nedför hans kinder.

Efter att ha begravt Gnista utanför hennes lilla hus på kullen, där hon alltid kunde nås av Moder Elafagurs varma strålar, tog de med sig den svarta ponnyn tillbaka till Kungsgaard, där den blev en populär maskot bland soldaternas hästar.

Mastik blev tillfrågad av Kung Patrick Patricksson om han kunde ta över den bortgångne Runvars plats som shamansk rådgivare till Patrick själv? Kanske han kunde installera en shamanskola i Kungsgaard i väntan på att Furuvik blev uppbyggt igen? Det gjorde Mastik gärna om han fick ha med sig Mistih som lärare. Det fick han och de fick en fin boning i Kungsgaard att ha som deras egen.

Sekel fick också en förfrågan av Kung Patrick om hon ville hjälpa honom och General Bastix att bygga upp en ny trupp med skuggkrigare. Han ville göra henne till Kapten och en av hans personliga rådgivare. Sekel som visste att hennes far och Mistih skulle finnas i Kungsgaard en längre tid, tackade ja. Hon ville återvända till Fellia, men det fick vänta. Men hon bad om några dagars ledig tid, att de alla skulle få återvända till Shina för begravningen av Pöllsa. Patrick sa givetvis ja och bad henne att lägga en stor krans blommor på hans grav som tack från hela Wolwar.

Leon som undrat över Kungens jordiska namn fick förklarat av Sekel att när Patrick den Store var i Wolwar ska han ha haft en flirt med Drottning Hilfilghur. Detta var strax innan han försvann upp till Glorien och gav över ledarskapet till de olika ländernas ledare, bland annat till Hilfilghur. Drottningen hävdade bestämt att den nyfödde sonen nio månader senare var Patricks. Efter det fick varje son namnet Patrick Patricksson och varje dotter Hilfilghur Patricksdotter. Kung Patrick var nu den 29e i ordningen att styra Wolwar från Kungsgaard.

Genom ett besök av Elafagurs Väktare fick Leon veta att den stora Modern själv ville träffa honom. Den stora Modern visade sig vara en mindre mager mörk kvinna med stora bruna ögon full av vishet och tidlöshet. Hon tackade Leon för hans insats i kriget på Lumnos. Hon tackade också för att han hittat Coors Qwand med Askasur, hennes eldfågel som varit försvunnen i tvåtusen år. Det hade kommit som en överraskning för henne att se honom lös på planeten igen, men hon såg det som gott. Däremot var det sista gången hon lät hans starka kraft få finnas bland människorna och lyfte ut honom från Leons Qwand. När han tittade in i den igen var fågeln borta precis som alla andra symboler. Men som tack för hans insatser la hon in en ny symbol, ett träd. Hon kallade det för livsträdet. Genom det skulle han kunna åka till henne, månsystrarna och alla portaler. Även mellan Jorden och Lumnia. Tatueringarna på armarna ersattes nu av ett vackert träd på ena armen och en flammande eldfågel på den andra.

- Ett minne av vad du gjorde och som tack för att du gav mig tillbaka Askasur. Det är en annan version av honom, som inte har tillgång till den dödliga elden. Jag har förstått att ert band betyder mycket och nu har du tillgång till honom på ett fredligt sätt. Han besitter mycket kunskap, du har säkert en hel del att lära dig.
Han fick dessutom besök av Notitia, Väktaren av Ariane, kunskapens måne. Hon ville välkomna Leon att besöka det stora biblioteket i Arianes sal. Notitia själv som skriver ner historiens gång ville gärna

ha hans berättelse om allt som hänt. Leon var glad åt att få ett tillfälle att träffa den andra Väktaren och den andra månsystern och lovade att komma dit.

Freja arbetade mycket med återställandet av skeppet Glorien, hon hade lyckats få i gång skeppets datorer och den stora rosa portalen. Hon funderade också på hur man skulle kunna få i gång alla portalerna på Lumnos och inte bara de tre nu aktiva. Dessutom fanns ju portalen till Siranderna, skaparna själva.

Alfildhir och Coor gick igenom alla frivilliga barn för att hitta de sex nya elever som behövdes för att få en full klass med magiker. Många familjer från både Kungsgaard och Babylos ville låta dem testa sina barn för magiska egenskaper, att vara en av Mästarens och Beskyddarens elever var bland det finaste man kunde tänka sig.

Freja utsåg Xin Lee till sin högra hand så länge Rossiliana var borta, hon hade en bra förmåga och var pedagogisk, hon fick leda lektionerna när inte Freja själv kunde ta dem.

Valvet var nu lagat och iordningställt. Hon hade låst in Qwanderna i montern med en krypterad formel. Där låg nu även den röda kristall som Zatalocki haft, i framtiden skulle den få välja en ny bärare.

Mästaren fick också veta av Freja att uppgifter från deras dolda medarbetare i Primaria sa att Xinthia dykt upp där. En kusin till blodslinjen från Agathix Kabaria som varit Diktator de senaste tjugo åren dog plötsligt en märklig död tillsammans med flera andra släktingar och Xinthia manövrerade sig till makten som ny Diktator av Primaria, främst genom att visa hur nära blodsband hon hade till Sinnis Kabaria. Freja lät hålla noga uppsikt över henne och vad hon företog sig så de inte skulle få ett nytt växande hot därifrån.

De mottogs alla som hjältar i Dullavar. Kejsarinna Lian Zeitan lät hela Xiakyo få ledigt för att kunna återse dem och General

Bushido med sina tappra soldater. De hyllades tillsammans med Kejsarinnan och fick var sitt ceremoniellt jian-svärd. Per var mycket stolt över sitt. Kejsarinnan bjöd in honom att stanna hos henne i palatset och måla. Hon ville också gärna att han visade alla teckningar och målerier han gjort av slaget vid Kungsgaard och allt annat som hänt. Per, lite röd om kinderna, tackade ja och sa till Leon att han nog kommer att tillbringa en del tid i Xiakyo, att ha det som sitt andra hem.

Amina Zazza erbjöds att bli lärare åt soldaterna i att hantera en katana, samurajsvärdet, under General Bushido själv. Amina som kände sig hemma i Dullavar skulle liksom Per ha det som sitt andra hem och kände att hon minsann kunde lära sig en del där att ta med till Dojon hemma i Sverige.

Leon och Freja bestämde sig för att skaffa en stor gemensam lägenhet i Eskilstuna. Freja hade pengar och hon ville att de skulle bo tillsammans, så länge hon fick ett rum för sina datorer. Leon svarade glatt ja och de hittade en vid ett fint område som de bestämde att gå och titta på. Planen var att tillbringa halva tiden där och resten av tiden på Lumnos och skeppet Glorien. Leon skulle få hoppa in som lärare där och berätta om slaget vid Kungsgaard för de nya eleverna.

Hemma på Jorden var allt som vanligt. Leon pratade med sina föräldrar som undrat var han varit. Han berättade att han varit på resa med sin nya flickvän. De blev överförtjusta och bjöd ner dem till Barcelona för att få träffa henne. Freja hade ringt sin mamma och lovat att komma och hälsa på, hon ville träffa sin mamma igen och se hur det utvecklades.

Båda två hade fått tid samma dag hos Lena på Arbetsförmedlingen. När Leon följde med Lena genom korridoren, lade han märke till att den vackra gröna monsteran fortfarande stod kvar. Den här gången kom det ut en asiatisk kvinna från dörren bredvid och vattnade den, när hon såg Leon log hon och vinkade till honom. Han vinkade förvånat tillbaka, såg hon inte bekant ut? Hade han sett henne på Glorien?

Besöken gick bra och när de sedan gick hand i hand för att se sin nya lägenhet såg de på varandra med ett leende medan solen strålade på himlen över dem.

Samtidigt djupt inne i skeppet Glorien, intill den virvlande rosa portalen, blinkade en kristall plötsligt till och fick liv. En kristall som ingen sett lysa förut, den som styrde över portalen till Siranderna, skaparna själva.